U0139922

JOURNEY TO A WAR

[英] W.H.奥登 克里斯托弗 · 衣修伍德 著
马鸣谦 译

战地行纪

上海译文出版社

图字：09－2012－640 号

图书在版编目(CIP)数据

战地行纪/(英) W. H. 奥登(W. H. Auden),(英)克里斯托弗·衣修伍德(Christopher Isherwood)著；马鸣谦译. —上海：上海译文出版社,2023.7
(奥登文集)
书名原文：Journey to a War
ISBN 978－7－5327－9284－9

Ⅰ.①战… Ⅱ.①W… ②克… ③马… Ⅲ.①诗集－英国－现代 ②日记－作品集－英国－现代 Ⅳ.①I561.15

中国国家版本馆 CIP 数据核字(2023)第 092124 号

战地行纪
〔英〕W. H. 奥登　克里斯托弗·衣修伍德 著　马鸣谦 译
责任编辑/顾真　装帧设计/周伟伟

上海译文出版社有限公司出版、发行
网址：www.yiwen.com.cn
201101　上海市闵行区号景路 159 弄 B 座
浙江新华数码印务有限公司印刷

开本 889×1194　1/32　印张 12.5　插页 5　字数 170,000
2023 年 9 月第 1 版　2023 年 9 月第 1 次印刷
印数：0,001—6,000 册

ISBN 978－7－5327－9284－9/I·5783
定价：88.00 元

本书根据兰登书屋 1939 年美国初版(由费伯出版社同步推出了英国初版)译出。须作说明的是,1973 年,《战地行纪》曾出版修订版,奥登和衣修伍德分别撰写了前言,奥登对书中诗作作了大量改写。

目 录

《战地行纪》中文版前言

《战地行纪》这本书由两位英国人合写而成，对于书中所述的这个国家及其文化，两位作者都所知甚少。因此，当他们在一个陌生的文化地理环境里试图摸索出自己的方向时，他们对中国的描述有时故作天真，有时甚至故意落入俗套，如此行文，目的当然在于强调他们作为欧洲人的身份意识。不过，W. H. 奥登和克里斯托弗·衣修伍德却十分了解非正义、侵略和战争，在书写这场中日战争的时候，其笔端自带有强烈的道德立场和深刻的道德智慧。

他们自 1938 年 1 月开始了为期半年的周游世界之旅，在此期间合作写出了本书。书中内容由大篇幅的散文和两部分的诗歌组成。衣修伍德完成了散文部分的终稿，但他的创作全部取材于他和奥登分别撰写的旅行日记。奥登完成了所有诗歌部分的创作，其中包含了他最为杰出的一些诗篇。本书最后所附的十四行组诗，采用了微缩的十四行诗体来探索那些与历史和伦理有关的重大问题。组诗前半部分是一部浓缩的世界史，每一首十四行诗都刻画了一种职业身份（譬如诗人、士兵、农民等）及其在漫长岁月中的变迁。组诗后半部分是中国战事的系列画面，每一首诗歌都阐明了日本入侵和中国抗战所体现的道德含义。

奥登和衣修伍德意识到，真实的战争史绝非如历史书籍所叙述的那般精简与单纯。但他们都深知，他们可以在响应这场战争的同时赋予其道德与智力的明晰性，而他们合撰的这本书也已成为见证其敏锐与智慧的永久的典范之作。

奥登文学遗产受托人

爱德华·门德尔松教授

译者序

一本书，或者说一本经过转译的书，自有其命运。

允许译者所追求的世俗价值，其实只有些许的期望：如果这个译本能够忠实传达原著，并在译者的本土母语中助产其活泼生命的话，也许它会被人记得更长久一点吧。若更幸运一些，此后的某天，一个未来的读者翻阅它时，能被这些篇章深深吸引而会心一笑，那么，一切足矣。

如是，他就不单纯是原著者的一个影子(或者工具)。他更像是一个摆渡人，一个琢磨语言的工匠：借由其创造性工作，来自另一个语言体系的文字，将在一个新的语言国度里寻访到更多的读者。接近这个标准的翻译作品，其意义不下于独立的母语创作。

无须多言，奥登和衣修伍德这两个旅伴，无论在其真实的旅程中，还是在这本诗文合一的旅行读物中，其道德感是毋庸置疑的。在此，我们(包括你，读者本人)理应向他们致以迟到的敬意。

……

进入正文前，读者诸君或许可以花上一点时间，阅读以下两个部分的导读。

这些内容实是很有必要的背景铺垫：导读第一部分从汉弗瑞·卡彭特的奥登传记和其他资料中摘选了部分片段加以改写，补充了奥登和衣修伍德写作本书前后的本事经历，以便我们可以更好理解《战地行纪》两位作者的立意、观点，借此也能深入体察他们的生活实况和真实性情；此外，1938 年前后对奥登来说也是一个关键年份，其思想、创作包括生活空间进入了转变期，诗人正向中年的成熟演变，因此，这部分的传记资料对理解奥登其人其作品会有所助益；

导读第二部分是对奥登在本书中诗歌作品（尤其是《战争时期》十四行组诗）的简要评述，参考奥登文学遗产管理人门德尔松教授在其《早期奥登》中的有关解读，译者给出了一个基本框架，有心的读者可从这个评述和诗作译文后的注解，初识奥登诗歌艺术的堂奥。

诗人、诗歌评论家王家新和浙江大学的蔡海燕博士均曾对诗歌部分的译稿提出宝贵意见，受益良多，在此深表谢忱。

诗人长岛和画家卢苏明在本书翻译过程中一直给予我关切和鼓励。

以及我的家人，为你们无处不在的“良善”。

译者

2011 年 12 月

2021 年 3 月修改

导读一：

《战地行纪》成书的前后

1938年4月20日，在汉口领事馆的临时住处，奥登给友人道兹夫人写了一封信，其中有一段话："探究这场中国的战争，有如卡夫卡的一篇小说。"

确实如此。

从进程的不可预测来讲，此次旅行堪与卡夫卡笔下K的城堡之行一比。但基本而言，奥登和衣修伍德并不像K那样阴郁，一路上也未遭逢什么诡异不幸之事。这两人刚过而立之年，一个三十一岁，一个三十四岁，带着新晋才子的傲气，外加高中学童的调皮劲儿，在好奇和忐忑中，煞有介事地来到了中国。

此次中国之行，带有某种程度的商务委托目的：就在1936年，奥登与路易斯·麦卡尼斯结伴前往北欧，两人合著的旅行读物《冰岛来信》由兰登书屋和法伯出版社出版后，获得了某种成功。该书入选了英国读书协会的推荐书目，在1937年8月初版印刷了有八千册，这让奥登很受鼓舞。评论界也给予了好评，虽然有人认为此书言辞相当放纵，玩笑过了头，但多数人觉得很具可读性。奥登的收入状况因此改善了一些，《冰岛来信》出版几个月之后，他曾写信告诉一个朋友："我赚了些足够糊口的钱。"出版社建议奥登再写一本旅行读物，但指定必须去亚洲某个国家。当年 7 月，中日战事的爆发给了他们一个旅行目的地的答案。他们决定前往中国。

在当时英国以及欧美的左翼知识分子看来，中日战争只是法西斯主义与社会主义之间全球对决的远东前线而已，是西班牙事件的一个遥远的翻版：1937 年奥登曾去西班牙呆了七个星期，为共和政府开过救护车，在电台的政治宣传部门干了一阵，后来他放弃了电台工作去了阿拉贡前线，结果，他发现政治现实远比他想象的更为暧昧和麻烦。《西班牙》一诗发表后，奥登还因这首诗中的“今天/死亡的几率有预谋地倍增/在必要的谋杀中清醒地容忍那罪恶”的句子，招来乔治·奥威尔的言语攻击，引发了一场笔战。酝酿中国之行的时候，奥登和衣修伍德希望中国不会像西班牙那样，挤满了“明星文学观察家”(衣修伍德语)。对他们来说，中国之行是第二次机会——衣修伍德正懊悔自己没去成西班牙，而奥登觉得自己在西班牙一无所获——因此，中国似乎令人憧憬，恰如奥登本人所说：“我们会有一场属于我们自己的战争。”

请原谅两位作家小小的私人动机，毕竟，正如奥登所言：“所有的艺术家都必须担负起一点新闻记者的职责。”这方面，确乎存在着某种私底下的题材竞争。

……

中国之行未定前的一段日子，两人都有些没着没落。衣修伍德写给《新诗歌》的编辑约翰·莱曼的信中提及他本人和奥登的状态时，形容他们两人的未来计划“混乱而不明确”，衣修伍德想去维也纳，莱曼现时就住在那里，可奥登更希望留在英国，“可以省点钱”。

暮春和初夏的某段时间，他们在约翰·派普的乡居别墅参加了周末聚会，讨论“群体剧院”的未来事宜。可两人开会期间大多在瞎胡闹，似乎对剧院的目标失去了耐心。此前，奥登和衣修伍德合作的第二部诗剧《F6 的攀登》在剧院演出后获得了商业上的成功，他们开始谋划下一出戏，一出更迎合伦敦西区口味的戏剧。

1937 年 8 月初，奥登和结婚不久的史彭德在肯特郡的海边住了一阵。史彭德刚从瓦伦西亚开完国际作家会议回来，他告诉奥登，安德烈·纪德因为他那本《访苏归来》受到了与会代表们的抨击，有人甚至直言不讳地宣布，为了共产主义的伟大事业着想，有关苏联的真相应该禁止发表。奥登对此的评论是：“形势危急绝不应该是说谎的借口。”史彭德后来回忆说，这是他们在三十年代的政治姿态的一个转捩点。

8 月末和 9 月初，奥登和衣修伍德去了多佛港，租了东崖九号的一间公寓，开始在那儿写他们的新诗剧；E.M.福斯特也住在那里——自打六年前被引荐认识后，衣修伍德已与福斯特非常熟悉，他把福斯特形容为“反英雄的英雄”。奥登也同样如此，他在 1934 年的一篇评论里，谈起过福斯特“对生活神秘性的感知能力”，并把他列为“那些永久而惊人的典范人物之一”，正是以福斯特为代表的这些人物，依然认为经由精神活动挽救人性的斗争仍有获胜的可能。他们与福斯特保持着亦师亦友的关系，充满了敬慕之情；《战地行纪》中，奥登的开篇诗歌《致 E.M.福斯特》即是他们与福斯特友谊的见证。

奥登大部分时间都呆在百叶窗紧闭的房间里写作，福斯特的友人曾描述奥登那时的样子："他从房间里冒出了头，面色苍白，像只猫头鹰般眨着眼睛。"除了和衣修伍德合写剧本，他还完成了一首诗歌《多佛港》：

> 拂晓时鸥鸟哀号如在艰辛劳作：
> 士兵保护着付给他酬劳的旅行者，
> 每个人都用相同方式为自己祈祷，却既不能
> 掌控岁月也影响不了天气。有人或是英雄：
> 我们不都是那么郁郁不乐。

剧本写得很快——这是初稿很薄的原因之一。衣修伍德 8 月 31 日写给友人的明信片里提到"我们的剧本几近完工了"。两周过后，奥登离开多佛，回到了伯明翰西南部哈伯恩的父母家里，他告诉兰登书屋的贝内特· 瑟夫："衣修伍德和我刚刚写好了一个新剧本《边境》。"史彭德和其他朋友提出了一些批评意见，于是两人又在衣修伍德在伦敦的家中继续修改，10 月 9 日，奥登又返回了哈伯恩，他给此剧可能的赞助人 J . M . 凯恩斯[1]写信，解释了剧本修改的部分。

11 月初，奥登、衣修伍德、戏剧制作人鲁珀特 · 杜恩与凯恩斯会面讨论了《边境》一剧的演出事宜。凯恩斯愿意为"群体剧院"提供经济支持，并计划在来年开春上演。问题是奥登和衣修伍德随时

---

1. 那个著名的经济学家，同时也积极参与艺术事务，筹建了自营的"艺术剧院"。

可能出发前往中国。凯恩斯觉得作者非常有必要在排演过程中在场，因此他致信他们俩，要求他们将旅行出发时间延期至明年 4 月或 5 月。奥登礼貌地拒绝了这个提议："虽然中国之行是个妨碍，但我想衣修伍德和我都觉得不可能推迟那么长时间。布莱顿和史彭德定会照看此剧的编排事务，我想您也会同样如此。"凯恩斯仍然坚持要他们在场，最终决定等他们从中国回来后再开排。

可他们的行程又推迟了。奥登收到了一份邀请函，为声援共和政府，英国的作家和艺术家代表团正打算前往西班牙。奥登打算去两个星期。衣修伍德有些不太愿意去。由于某些延误以及旅行许可的问题，出发行程推迟了好几次。末了，奥登和衣修伍德决定不等了，他们把自己的名字从代表团名单里给划了出来，并且预定好了在 1938 年 1 月中旬去中国的船票。

……

这一年的秋天，围绕奥登的文学生涯有两件事情值得一提：一是《新诗歌》杂志出版了一个奥登评论合刊，他作为一个风生水起的文学运动的旗手的地位得到了确认。埃德温 · 缪尔[1]写道："对于他的年龄而言，他具有一种特异禀赋，对语言的纯熟控制和想象的大胆，唯有天才诗人才能获得。"格雷厄姆 · 格林把奥登称为一个"前途远大的最好的在世诗人"。休 · 沃波尔爵士更直言不讳地承认："我喜欢奥登的诗歌"；查尔斯 · 马奇[2]认为他"有独创性，仍有

---

1. 埃德温 · 缪尔：苏格兰诗人、文学评论家和翻译家。因与妻子威拉一起翻译弗朗兹 · 卡夫卡的作品而为人所知。
2. 查尔斯 · 马奇：英国诗人、记者和社会学家。

些笨拙，风格还未完全成熟……但还是预留了非常多的能量，如果不谈他的诗艺的话，他的个性也定会愈益产生影响。”迪伦·托马斯评价说：“我认为他是一个丰富而深刻的诗人……如同任何用英语写作的诗人那样，极具潜力写出更多的伟大作品……补上一句——祝贺奥登的七十大寿[1]。”几个月过后，杰弗里·格里格森[2]在《新诗歌》上对此作了总结，他把三十年代冠之以“奥登年代”，将这批应运而生的年轻作家称为“奥登集团”。奥登和他的文学同伴们作为英国文学的新生力量得到了承认。他成了一个符号。

在此期间，有一个插曲与詹姆斯·乔伊斯有关，《芬尼根守灵夜》第279页提到了奥登，他对此事的反应是：“乔伊斯，我真的不能说很在乎他，即使我的名字进入了《芬尼根守灵夜》，获得了某种不朽。”在发表于1941年《常识》刊物上的一篇文章里，他对乔伊斯表达了有限的敬仰；奥登晚年曾评价乔伊斯“是一个毋庸置疑的天才人物，但也是一个疯子……他要求你将他的作品放在与你的生活等量齐观的关系中，这就好似在说，你必须花费毕生时间来读我，永远不要放弃我，也别想半路逃跑”。作为一个诗歌修辞大师，奥登对乔伊斯心存敬畏，或许还有某种技术上的敌意。

另一件事，是奥登接受了“国王诗歌金质奖章”。这是个年度诗

1. 此处应为迪伦·托马斯的戏笔，他这篇短评发表在1937年11月，其时奥登才刚过完30周岁生日。没错，当时发表的原文确实如此，而汉弗瑞·卡彭特在传记中也照录不误。这或许反映出迪伦·托马斯对奥登的喜爱和崇拜，因此可理解为是在预言奥登的创作生命力将会长盛不衰；再细一琢磨，其中似也有暗讽奥登廉颇老矣的意味，虽然托马斯这个后起诗人的年纪才小奥登7岁。

2. 杰弗里·格里格森：英国诗人、作家，《新诗歌》杂志的编辑。

歌奖项，用以奖掖那些在此前十二个月中第一次或第二次出版个人诗集的作家——奥登因他第二本诗集《看！陌生人！》而入选。约翰·曼斯菲尔德，前桂冠诗人，评奖评委会的主席，提名了奥登。1937 年 11 月 23 日，奥登向文学批评家、好友西里尔·康诺利借了套燕尾服，在曼斯菲尔德的带领下，去白金汉宫觐见了乔治六世，领取了奖章。这件事让奥登的众多支持者相当不满。这是对左翼文学的背叛。斯蒂芬·史彭德，奥登集团中的一员，本希望奥登拒绝这个奖项，认为奥登领奖"成了某种进程的一部分，作家在二十岁左右内心纯正，然后变成了社会主义者，四十岁时智力成熟，最后成了个保守分子"。《新诗歌》的编者按评论说："也许，奖章本身要比奥登本人可笑得多，认识奥登的人都知道这一点，尽管如此，接受这个金质奖章仍然缺乏正当理由。"

奥登本人对这些赞誉保持了冷静，事实上相当程度地摆脱了虚荣心。这并非他故作谦卑或者不知道自己的价值所在。他对自己的能力非常自信。正是这自信使他得以避开那些阿谀奉承。他不喜欢崇拜者滔滔不绝地谈论自己的作品："他们称赞你，通常是因为某些错误的理由。"他宁愿把一首诗交给一个朋友过目，一句"我喜欢它"就足矣（衣修伍德和此后在美国遇到的切斯特·卡尔曼就是他愿意听取批评的两个人）。在奥登走向生命终点时，他写过如下的句子：

赞誉？并不重要，

但乐于去回忆

当落枕而眠时。

对于刊载出的对他作品的评论，奥登形成了一种超然姿态，当他上了岁数，基本就不大看了。不过他一度承认过："我们中有些人对评论保持了一种克制的淡然姿态……可我们其实都很介意。"另一方面，成功也没有阻止他对其他诗人心生妒意，他承认每当听说某位同行出版了一本新作，他总会感到不快。

……

这年秋天，奥登在写完了《边境》后，手头还有两件事：一个是选编《牛津轻体诗读本》。10 月到 12 月期间，他一直在为这本书选诗；当他们预定于 1938 年 1 月 19 日启程时，奥登的工作远未完成。出版社希望他在离开前能寄去手稿。于是，奥登临走前将这个未完成的活计移交给了 A.E.道兹夫人（他在伯明翰的朋友 E.R.道兹的妻子）。道兹夫人只得尽力而为。"奥登先生所有的打字稿都需要校对，"她写信给出版社时说道，"他根据记忆给了我参考，很多都是错的。有些诗歌选错了版本……我找到奥登先生所说的那首诗时，却发现一个完全不同的版本。"此后几个星期，道兹夫人和出版社的责任编辑有时不得不自己来选诗。奥登在中国旅行期间知道自己的工作做得很不够，启程后他在给道兹夫人的书信中说自己"整夜都醒着，想着《轻体诗读本》所有可能出现的错误"。

另一桩事情，是受 BBC 制作人约翰·普德尼委托，为一个广播节目撰写台词脚本，标题为《哈德良长墙：从恺撒到全国名胜保护协会》。奥登所写的本子了包括很多诗篇，有描写长墙沿线的风景的，也有描写驻守边关的罗马士兵的。脚本的结尾部分，与《战地行纪》的主题有某种契合之处：

> 人类生性是野蛮的，罗马墙就是明证，再也无需其他证据。它象征了民族国家的暴徒与谋杀者的双重特性。我们老一代的历史学家总是把苏格兰人称为野蛮人。我同意这个说法。他们袭击无辜者，杀死他们，将乡村夷为平地，然后撤离。尤里斯·恺撒、阿格里科拉、安东尼乌斯、塞维鲁斯[1]等比苏格兰人走得更远。他们袭击，谋杀，抢掠，还据为己有。我们可敬的祖先们，撒克逊人、丹麦人和诺曼底人也同样如此，他们蜂拥而来，屠杀，掠夺和占有；总而言之，这不比我要拿走你的衣服有更多的权利。无论是谁，若他剥夺了一个无罪之人的权利，他就是野蛮人。

11月25日开始，这个节目在纽卡斯尔播出了，由本杰明·布莱顿作曲——布莱顿和奥登都为这个节目感到相当自豪。

1938年1月18日，出发前一晚，在伦敦西区奇斯维克的一间工作室里，由“群体剧院”主办，为奥登和衣修伍德两人举行了一个送别晚会。客人包括E.M.福斯特，罗斯·麦考利（女小说家），杰弗里·格里格森，简·康诺利（前面借衣服给奥登的西里尔·康诺利的妻子），布莱恩·霍华德（诗人、政治评论家），本杰明·布莱顿和海德莉·安德森（“群体剧院”的女演员，演出了奥登和布莱顿合

---

1. 均是罗马帝国的皇帝。

写的《四首卡巴莱歌曲》，此后奥登还为她写过《致海德莉·安德森的两首歌》)。

虽然中国并不像西班牙那样有吸引力，第二天，维多利亚火车站还是来了些报社记者和摄影师。他们坐上了轮渡火车，第一站先前往巴黎。从巴黎他们再南下到马赛，在那儿他们坐上了“阿拉米斯”号邮轮横渡地中海，中途将在埃及塞得港停留。奥登在船上写了一首名为《哦告诉我那爱的真谛……》的谣曲体的诗歌(未收入《战地行纪》，在世纪版《奥登诗选》中，放在了《谣曲十二首》的最后一篇)这是该诗最后一节：

当它到来，会事先没提个醒，
而我正好在挖鼻子？
它会在早上按响门铃，
或会在公共汽车上踩我的脚趾？
它会像天气变化那样发生？
它会客气招呼还是粗野无礼？
它会彻底改变我的人生？
哦，告诉我那爱的真谛。

奥登对爱的疑问和追寻是极其严肃的。私底下，他这时有些闷闷不乐，甚至有些绝望。衣修伍德在他的日记里记录了一个插曲：此后在中国的旅途中，奥登曾有一次哭了起来，对衣修伍德说没有人会喜欢他，他永远不会像衣修伍德那样情场得意。在衣修伍德看来——在奥登去世后的1979年,他回忆起这段往事时,有这样的感觉——似乎奥登有某种自我折磨的行为倾向,但这首《哦告诉我那爱的真谛……》确实是真实心境的表达。奥登自己后来也说起过这首诗:“对我而言,这是一首很重要的诗。克里斯托弗指出了它的重要性。那真是太具有预言性了,因为就在此后,我碰到了那个真的彻底改变我的人。”一年多过后,奥登在纽约遇到了切斯特·卡尔曼,他终身挚爱的伴侣。

四天后,“阿拉米斯”号抵达塞得港,奥登和衣修伍德上岸后,碰到了英国考古学家弗朗西斯·特维尔·佩特。在佩特的陪伴下,他们游览了金字塔。奥登此后寄了张明信片给道兹夫妇:“金字塔非常令人失望,斯芬克斯还不错,但它既不信仰进化论,也不信仰古典时代。柯勒律治错了。在热带地区,星星不会突然出现。”第二天,他和衣修伍德在苏伊士运河又回到了“阿拉米斯”号上,然后就向香港进发。

衣修伍德注意到奥登坐船时常会有的忧郁症加重了,因为此时他深爱的寒冷北方已如此遥远。奥登在给西里尔·康诺利的信中说:“印度洋绝对沉闷之极。”在这段航程中,奥登写了一首《航海记》(见本书《从伦敦到香港》部分的诗歌)。在这首诗中,奥登透出了深深的自我怀疑,他对旅行的终极目的并不确信,并认定“旅行者”的前方并没有什么“美好乐土”的存在。此前充满乌托邦理想的青年期似乎即将告一段落。

……

2月16日,他们到了香港,对之印象不佳。奥登尤其鄙视那些英国侨民,因为其中一个家伙谈起中日战争,仿佛那仅仅是两帮土人之间的争吵。在由香港大学副校长陪同了十天后,他们离开香港前往广州,开始了真正的中国之旅。《战地行纪》的旅行日记完整记录了他们在中国的所见所闻。

还是有一些资料可以补充,主要是他们两人与友人书信往来中提到的旅途感想和个人观感,这些都未收入旅行日记中:在给道兹夫人的信中,奥登形容“中国人迷人而又纯真,他们有两种面容——一种如花朵般漂亮却全无生气,一种长得犹如富有同情心的青蛙”(译者按:这真是两个怪僻难解的比喻);对于史沫特莱,奥登把她描述成“一个极其忧郁而又盛气凌人的古板女人”,并且觉得当时中国的最高领导人蒋介石“看上去就像是个乡村医生”。

在旅途中,奥登和衣修伍德有太多时间相处,因此经常争论形而上学的问题。值得注意的是,衣修伍德怀疑奥登那时开始就出现了基督教的倾向——也许,奥登从来就没有真正抛弃童年时期的宗教信仰,不管嘴上是如何唱着反调。奥登当时却一点不觉得自己像个基督信仰者,他的精神状态有点接近于福斯特的人道主义不可知论,或是受了其影响——但比福斯特更要悲观。奥登曾嘲笑衣修伍德对宗教的敌意:“小心,小心,我亲爱的——如果你继续那么说的话,总有一天,你会幡然悔悟而改变信仰的。”

在汉口,衣修伍德注意到奥登成了真正的焦点人物,不再扮演“心怀敬慕的小弟弟”的角色,汉口领事馆的外交官巴希尔·布斯比认为奥登活像“一只疯疯癫癫的大白兔”;而他们在香港遇到的诗人兼评论家威廉·燕卜荪也持有同样的观点:他发现奥登吸引了所有的注意力,而衣修伍德几乎没有任何机会给人留下什么印象。

他们辗转到达中日战争的东南前线时,奥登曾告诉道兹夫人说:“两个月过后,我们变成了中国和传教士的支持者。”从奥登这个自述以及旅行日记中多处的行文记录中,我们确实看到了奥登和衣修伍德对战时中国所抱守的支持立场。在上海时,他们和四个日本人曾在一次午餐时会面,其正义感表现得非常鲜明:那是他们中国此行中,唯一一次与侵略者的直接对话。

奥登的中国之行基本上还是很愉快的。他告诉道兹夫人说“我想这是我去过的最美好的国家”,但又补充说试图在中国生活也许很危险,因为“一个英国人的优缺点都出自那个与自然相悖逆的意志,不经过一番退化,我认为他完全无法转换位置。”奥登指出,他和衣修伍德离开时对中国留下的印象不会超过“一个旅行者的认知范围”,此后他也曾说过:“中国绝对不同。西班牙是一个你所了解的文化。你能理解正在发生什么,事情是怎么回事。可中国没有可能去理解。撇开战争不谈,这个国家对人的生命没有任何尊重。”

在中国,奥登和衣修伍德见证了战时中国各方面的艰难状况,而在非常时期下,那些最为卑微的生命个体所承受的最大的苦难就是漠视和冷酷,十四行组诗中的那句“被他的将军和虱子所抛弃”是有感而发的。

……

他们决定转道美国返回英国,但在办理签证时起先遇到了些问题,当提到他们是英国大使的客人时,他们马上就拿到了一年内的免签许可。

6 月 12 日,他们乘坐“亚洲皇后”号离开了上海。中途在日本稍作停留,他们坐火车去东京,晚上在那儿逛了一圈,然后回到了船上。横渡太平洋的旅程结束后,他们到了加拿大的温哥华,然后坐横贯北美大陆的火车一路到了纽约。在那儿,他们与《哈泼时尚》杂志的小说编辑乔治・戴维斯见了面,一年前,他们在伦敦认识了戴维斯。这时,戴维斯成了他们两个在美国的非正式代理人,奥登和衣修伍德关于中国抗战的文章通过戴维斯在《哈泼》登载了出来,因此拿到了很大一笔稿费。戴维斯领着他们在纽约市内观光,接受采访,拍照,与当地名流见面,他俩被招待得殷勤备至。纽约,仿佛是纷乱欧洲的局外人,看来如此令人激动。呆了两个星期后,他们返回了英国,环球旅行结束了。

……

回国后不久,奥登又出国了,这回去的是布鲁塞尔・奥登在联邦街 83 号租了间房子,定下心来创作《战地行纪》中的诗歌部分。旅途中,奥登和衣修伍德两人各自记有日记,与此同时,衣修伍德正以这两本日记为素材写《战地行纪》的散文部分。“洗澡,然后在咖啡馆爬格子”,奥登上午写作,下午就泡在布鲁塞尔的游泳池里,日子过得很逍遥。

这时,他继续和道兹夫人就那本即将完稿的《牛津轻体诗读本》保持着通信联系。8 月 31 日的信中提到他参观了布鲁塞尔美术馆,“试图欣赏鲁本斯。其大胆和生动令人叹为观止。但它究竟表达的是什么?”9 月 5 日,一叠手稿装入了信封,奥登要求道兹夫妇看后附上意见再寄回来,因为“它们是唯一的原稿”。9 月底,《战争时期》组诗完成了，奥登的状态很糟糕，他准备写的那首关于中国的长诗还没有酝酿成熟——这是指十四行组诗后的那首《诗体解说词》，此时，欧洲局势的动荡消息令他久久思索，同时，“私下也暗自希望来一次战争”，因为，他不但希望希特勒被击败，而且“也指望1938年悬而未决的个人问题能够通过世界性事件得以解决”。

9月28日，他回到了伦敦。他一度觉得危机已经解除了，不是因为他自己的政治敏感，而是因为在布鲁塞尔有个算命先生这样跟他讲过了。衣修伍德到维多利亚车站来接他，奥登对他说：“好了，亲爱的，你要知道，不会有战争！”话音未落，他们就看见车站布告栏宣布了“慕尼黑的戏剧性的和平行动”。

奥登坐火车北上，回伯明翰父母家继续写《诗体解说词》。他写完后，急于听到道兹夫人的评价，因为他不确定“这类诗歌是否可能避免成为某种单调夸张的老掉牙玩意”。此外，他告诉道兹夫人说他已决定在12月回布鲁塞尔去做个手术——他的痔疮可能复发了——他没告诉她的，是他和衣修伍德已决定移民美国，这事他跟谁都没有说起。

他们何时作出这个决定并不是很清楚，如果确曾有过一个清晰的最终决定的话。根据衣修伍德的回忆，在他们6月份离开中国转道美国的时候，奥登就向他提出了永久定居美国——毋宁说是纽约——的想法。奥登后来声称此事经过他们两人共同商议才决定，可衣修伍德回忆说自己并不是很急迫。他辗转住过很多地方，换个地儿对他而言不是问题，对奥登可就是个大问题了。他交给奥登决定，如果他选择移民，他也跟着一块儿去。

1938年8月初，奥登那个地质学家的哥哥约翰·比科内尔·奥登从印度回来时，路过布鲁塞尔和他同住了一阵。约翰事后回想当初那个星期，奥登确曾说过不只是想去美国作短期访问，而是希望成为美国公民。似乎到了10月初，他和衣修伍德两人就此达成了一致，他们商定不久之后就回美国去。但他们并不急于出发，在上海领到的特别签证让他们省去了很多手续上的麻烦，只要他们决定走，随时就可以动身。

但移民美国的决定实在没有一个可以清楚解释的缘由。他们两人日后都给出了不同解释，回顾奥登当时所处的环境，应可略窥个中原因所在。

汉弗瑞·卡彭特在传记中给出了几种解释：自从奥登牛津毕业后在道恩中学教书时过了几年田园诗般的日子后，接下来很长时间几乎“居无定所”。他出国旅行越来越频繁。在去往邻近欧洲国家的短途旅行之后，紧接着都是长途探险：冰岛、西班牙和中国。而他充分意识到，这些旅行过程中，他确乎试图找到某种理想：他早年的莱恩-莱亚德-劳伦斯式[1]的信仰已崩塌；而杰拉尔德·赫德[2]的个性观点和马克思主义也无济于事，后者他并不认真对待。在冰岛，他试图与欧洲拉开距离，以便客观地审视它，但他做不到，他无法轻易摆脱欧洲。西班牙也是个尝试，如他自己所言，他想要“赌得大一些”，来开阔自己的经验，让世界来充实其思想。但西班

1. 莱恩可能指爱德华·威廉·莱恩，英国东方学者和翻译家；莱亚德应指约翰·莱亚德，英国人类学家和心理学家。
2. 杰拉尔德·赫德：英国历史学家、教育家和哲学家。

牙也没有如愿,因为西班牙并没有他希望找到的清晰结果。至于中国之行,只是更为加深了他对人类普遍失败的信仰。回英国去似乎也找不到什么答案。他对此没什么信心。

英国的文学世界似乎已不再吸引奥登了。在移居美国若干年后,他一直说英国的文学生活特别单调沉闷,因为它的“家庭气氛”。“英国人比之其他国家的人更具一种才能天分,可以把家庭生活弄得很舒适。也因此,它对艺术家或知识分子的生活是个威胁。如果气氛不是这么迷人,诱惑会减少几分。”但他的另一段解释似乎更合理些:“我觉得对我而言英国的情况已变得无可忍受。我无法成熟。英国生活对我是一种家庭生活,我爱我的家人,可我不想和他们住在一起。”

汉弗瑞·卡彭特花费了大量篇幅,甚至从奥登1938年发表于《新诗歌》的诗歌《运动员:一个寓言》来分析他潜在的内心动机。真正的原因似乎藏身在奥登自己给出的表面解释以外:他曾在伯明翰对自己的朋友A.H.坎贝尔直言不讳地说起过,他确信欧洲社会已经终结。而他去美国,不是因为他将美国幻想成了一个完美社会,而是因为他认为在那里还能进行自由选择,而且既定的文明模式还没有发展成熟。1939年7月他说过:“英国能给我的,我觉得它已经给过了,我永远不会丢掉。美国是如此广阔……”无疑,欧洲的图景令人绝望,且濒临战争边缘。这是大的**历史背景因素**。

远离英国的第二个原因,应该是奥登已无法认同自己的文学身份:如门德尔松教授所言,他成了一个“左翼的宫廷诗人”。最初的成功已然引发了他的恐惧,到了1938年,这个角色变得无可忍受，因为他并没有政治信念来维持这个身份。此时他的政治观点变得温和，对于社会的态度是自由主义和非革命性的。“没有什么社会能绝对完美……每个人都渴望幸福和良善，可这些观念却相互冲突，”他承认，自由民主凭借其固有的人性本善的信仰，对于承受法西斯主义显得过于软弱。只有一个承认“人类不是生来自由或生来良善”的民主社会，才可能带来变化，并抑制极端主义。他丧失了对政治的兴趣，并拒绝先前的身份定位，这是奥登**思想转变的内在因素**。

1938 年 8 月秋天，奥登就“中国的反法西斯斗争”进行了巡回演讲，就在那时，他开始对此有所觉悟了。在给道兹夫人的信中，他写道：“整天跑东跑西谈论中国让我分外沮丧，剑桥社会主义者俱乐部希望为中国举行一个午餐会，供应面包和茶。德比教区训练学院建议喝茶……可这有什么用处？我是不是该专注于自己的工作啊？如果这样，我就能不朽？或者这个想法太自私了？实在厌倦了火车巡回旅行。”正是这些有关中国的讲座，让奥登意识到自己过多卷入了政治：他，作为一个独立作家和一个诗人，自己的工作和时间受到了严重干扰，换言之，他感觉在英国失去了“选择的自由”。这是一个**直接的触发因素**。至于爱国主义，奥登并不打算毫无疑问地接受，并且认为它是某种形式的偶像崇拜。

最后一个因素，简单到会让人轻易忽略：奥登和衣修伍德意识到他们在美国可以有很多机会以作家身份来谋生赚钱。乔治·戴维斯交给他们的优厚稿费让他们印象颇深。1946 年，奥登对朋友说过:“我来美国是因为在这里容易赚到钱，你可以凭自己的聪明才智生活。”这句大白话，大概是**外在的诱因**吧。

难怪英国本土的知识界会对奥登抱有如此矛盾和强烈的情绪：他实在太直言不讳了，而摆出的理由也实在功利。但在某种意义上，奥登是在捍卫自己的基本权利，即便他是在一个“错误”的时间，跑到了一个“错误”的方向。诚如英国诗人戴维·加斯科因所言，奥登“即使到了四十岁，头脑还停留在大学时代。三十一岁的他还在苦苦地以一种后天习得的社交礼仪来掩饰一个青春期少年的情急和窘迫”。说得不错，这就是奥登的“顽童”本色吧。

（不过，在去世前，奥登毕竟还是回到了英国，回到了母校牛津，他在奥地利的维也纳去世，墓地也在奥地利这个欧洲的中心地带。“顽童”终于归乡了。）

……

奥登和衣修伍德确定在1939年1月离开英国。恰好在他们中国之行的一年过后。他们要等手头的几件事有个眉目。

1938年11月14日，《边境》终于在剑桥首演了。虽然报章的评论还不错，但很多人认为他们没有“发掘出他们才能的十分之一”，且抱怨“大部分段落写得极其沉闷”。《边境》“无疾而终了”（衣修伍德语）。奥登后来曾承认他和衣修伍德两个都没怎么尽力。

10月，《牛津轻体诗读本》出版了，评论虽有褒有贬，但其活泼生动和创造性还是受到了赞誉，而且卖得很好，此书在奥登在世的时候一直再版不断，直到今天也仍可见到它的最新版本。

大约在秋天时候，奥登应约为霍加斯出版社写了一本关于教育的小册子，名为《教育：今天和明天》。奥登在给道兹夫人的信中写道："我自然感到很遗憾，想让我来写些有关教育的内容，而不是找路易斯（麦卡尼斯）来写评论。可是得维持生计啊。"

《战地行纪》于12月完稿，交给了法伯出版社，1939年4月出版。伊夫林·沃在《旁观者》杂志逮住机会把奥登叫做"一个公共怪物"，但多数评论都很喜欢这本书，杰弗里·格里格森在《新诗歌》上断定十四行组诗是极其成功之作。此时，转到霍加斯出版社担任负责人的约翰·莱曼知道了他们要去美国的情况，奥登和衣修伍德于是建议按照《战地行纪》同样的体裁方式写一本关于美国的旅行读物，名为《地址不详》——这个计划本意是为他们的美国之行筹措资金。此外，他们还想着到美国的时候可以鼓捣出一个名为《一个美国人的生活》的电影脚本——奥登曾为约翰·格里尔森的纪录片《伦敦客》写过解说词。这个想法后来也没了下文。

12月初头几个星期，奥登离开英国去了趟巴黎，他在索邦大学有个关于"诗剧观念"的英语讲座。12月12日，他到了布鲁塞尔与衣修伍德会合了，他们住在路易·玛丽广场70号，房间俯瞰着一个处处野鸭的风景优美的湖泊。"我希望缪斯可以在她们觉得合适的时候亲切到访。"他在给道兹夫人的信中，如此期待着灵感的到来。在接下来的四个星期里，奥登确实颇受女神们的宠幸，他写了将近十二首诗——《美术馆》、《爱德华·李尔》、

《A.E.豪斯曼》、《南方车站》等等，很多都是他的名篇佳作。在《新年除夕》一诗中，他向很多朋友祝贺新年，仿佛是在向他们一一道别，这些朋友跨越了整个欧洲：

接下来满怀着欣喜
　要为我们海外的朋友干杯，
为在巴黎喝酒的布莱恩，
　为在希腊喝酒的弗朗尼，
祝比尔更快学会画画，
　祝本睡觉也能谱出旋律，
祝伯索尔德看去像个大师，
　祝鲁珀特看去像只绵羊，
祝三或四个托尼，甚至
　要祝贺简——感谢上帝——不在这里，
祝摩根、爱德华和斯蒂芬，
　我们共祝新年无比快乐。

1939年1月初，奥登和衣修伍德回到了伦敦。预想的美国旅行读物看来已无可能，可奥登急着用钱，于是他说服莱曼为他下一本诗集预付一部分订金，并向他错误地保证说他已不受与法伯出版社的合约限制，霍加斯出版社可以出版。他还对牛津出版社说："我下周要去美国，手头缺现金。你们是否认为牛津出版社可以为《轻体诗读本》再付我一点钱？万分紧急。"他们预付了他七十五英镑。

1 月 18 日，奥登和衣修伍德坐火车去往南安普顿，他们打算在“张伯伦”号轮船上渡过他们在英国的最后一晚，以便缩短告别时间。在伦敦给他俩送行的有衣修伍德的一个伙伴，以及 E.M.福斯特。火车开动了。“好了，”衣修伍德说道，“我们又出发了。”“太好啦，”奥登答道。

……

《战地行纪》的旅行日记部分从奥登和衣修伍德进入广州开始，一直写到他们离开上海为止，期间他们几乎穿梭了大半个中国。这是一份弥足珍贵的历史记录，1938 年的中国透过这些文字的光影胶片仍然鲜活生动；虽是惊鸿一瞥，且不乏某种萨义德所谓“东方主义”的猎奇色彩，我们依然可以跟随在奥登和衣修伍德的身后，再次重温他们在中国短短几个月所遇的人与事：这里有第一手的观察，也有主观评断，当然也有省思和反刍。文笔不枯涩，甚至相当活泼有趣，好奇的读者借此也能对奥登和衣修伍德建立相当的感性认识。

导读二：
关于奥登《战争时期》十四行组诗

《战争时期》这组十四行组诗，写于奥登 1938 年中国之行返回英国后，当年 8 至 9 月期间他寓居布鲁塞尔的联邦街 83 号房间，完成了这一作品。印行于世，是在翌年由蓝登书屋出版的《战地行纪》中（法伯出版社同步在英国出版），并附有副标题《十四行组诗附诗体解说词》。

此一组诗的标题，卞之琳先生译为《战时》，查良铮先生译为《在战争时期》。原文标题为 In Time of War（直译为“在战争时期”），另有一缩略词 wartime（直译为“战时”）；取《战争时期》为标题较为吻合组诗庄重严整的风格。但简略的标题也可用《战时十四行》。“解说词”原文为 commentary，是评论、评注的意思，也有新闻评述、实况报道或者解说词的含义。查良铮翻为“诗解释”，大体合乎评论的本义，但我们须注意到奥登此前曾为多部纪录影片和广播节目写台词脚本的经历（包括著名的《夜邮》），而《战地行纪》本身又带有旅行报道的特色，因此，翻为“解说词”似更符合作品的初始用意。

在 1965 年的《诗选》版本中，奥登对组诗作了顺序改动，删去了若干首，并冠以新的标题《来自中国的十四行组诗》；因此，《战地行纪》初版与其后版本选入的诗篇和排列顺序略有差异。

在《战争时期》中，奥登舍弃了处理历史性题材时的冗长论说的形式(《西班牙》就是长句式的自由体，在《诗体解说词》里又延续了这一形式)，转而采用形制规整的十四行体来处理公众性主题。十四行诗富于音乐性和感染力，通常用于情诗；奥登不愧是个诗体实验家，他用字精确，句法活泼，诗行顺接自然，没有去繁琐罗列情状或进行空洞无物的笼统概括，这样的诗体构造无疑更能充分保持语言的张力和说服的强度。整个组诗连续铺演，逐渐累积起来的篇章构成了一种密集的不由分说的诗体范式，形成了一个充分自信的语言空间；在十四行诗富有节奏的韵律中，读者在阅读过程中被引导着重建其思想逻辑，并直面它所提出的道德问题。

经奥登改造过后的十四行体，严谨含蓄的音步处理带出了简练的诵读节奏，同时又以恰到好处的脚韵塑造出纪念碑式的庄严风格，这在奥登前期作品中尚未出现过：这种语言风格具有某种粗砺天然的质地，强化了诗人情感表达的明晰以及道德逻辑的严密，赋予作品以证言者般的力量。

在内容的布局运思方面，奥登也找到了审视历史的独特方法：他的人间情怀(不单纯是潜在的基督教信仰)使他得以建立起历史与现在之间的道德联系。此外，他也充分发挥了英国诗歌传统自邓恩、蒲柏、拜伦以来的讽喻技巧，每一首几乎都自成一则道德寓言。组诗的前十二首都与人类历史有关(取材自希腊、罗马神话及圣经文学)，每一首各自借用了历史记忆中的神话或人格原型：创世记、伊甸园、为万物命名的亚当、农夫、骑士、国王与圣徒、古代学者、诗人、城市建造者、宙斯与盖尼米德的神话故事和中世纪基督信仰的消亡;从第十三首开始的后一半作品则开始切入当前的战争实况,多取材于奥登中国旅行期间的亲身经历和真切感受。

在组诗中,奥登放弃了此前惯用的人格化象征,摆脱了与身体有关的提示疾病与健康的意象符号;他不再是个只会指出疾病征兆的医生,也不再单纯充当一个旁观的警告者,取而代之的是伦理性的知识与权力的隐喻。他以犀利的角度切入了历史,在今天的结果(征兆、迹象、战争、危机等世相)与人类过去的行为选择之间建立了联系。由此,奥登开拓了作品意涵的新的纵深,进一步扩展了自己的诗歌才能。杨周翰先生曾指出奥登诗歌视角的特别之处,说它是"'俯瞰'式的,有如审视一幅地图一样来描绘场景,而这技巧在莎士比亚的《李尔王》里就已有之,而奥登运用得更自觉更醇熟"。诚哉斯言。

《战争时期》被誉为"是三十年代奥登诗歌中最深刻、最有创新的篇章,也许是三十年代最伟大的英语诗篇"(门德尔松《早期奥登》),也被称为"奥登的《人论》"(约翰·富勒《奥登读者指南》)。是的,直到今天,我们仍须倾听奥登那"诗人的喉舌"发出的独特而冷峻的音调。

在西班牙内战的经历和对中国抗战的考察,特别是经由《战地行纪》的诗歌创作,诗人奥登走向了中年的成熟;他对人类本质的思考,催生了他终其一生的人文情怀和怀疑精神:"人类不是生来自由或生来良善。"在此,我们不由联想到旅居英国的犹太哲学家卡尔·波普尔。奇妙的是,这两位智者在各自不同的领域对人类的可能方向给出了同一个非决定论的解答。

英文诗歌翻译成汉语诗歌，若完全照搬来自另一个语言秩序的格律，几乎无从翻译；在此，译者没有机械硬凑英诗的音步或音节（要在另一种异质语言中完全遵从原文语言的格律规范，本身就是个悖论），而是将诵读时的重读节奏引申为汉语诗歌音律中的“顿”（或称停延），同时，通过努力捕捉英文原诗的语调音色，尽可能地“复制”奥登的原声。“可诵而不失意味”大约是唯一的标准吧。

战地行纪

致 E. M. 福斯特[1]

这里，虽则炸弹真实而又危险，
意大利和国王学院[2]也万里相隔，
我们仍担心你会斥责我们一番，
你允诺说内心的生活仍然值得。

当我们跑下“仇恨”的斜坡撒着欢，
你绊了我们一跤像块石头没被觉察，
正当我们和“疯狂”关起门来密谈，
你打断了我们如进来的一通电话。

因为我们是露西，特顿，菲利普[3]，我们
希望国际性的邪恶，会乐于加入
无知者那兴高采烈的队伍，

在那儿，理性被拒绝，爱无人待见：
但当我们诅咒着我们的谎言，埃弗瑞小姐[4]
走进了外面的花园，手里拿着剑。

1. E. M. 福斯特：英国小说家、散文家，著名的布卢姆斯伯里派成员。将这首诗题献给福斯特，一是表达对福斯特的赞赏与崇敬：因福斯特对奥登和衣修伍德两人多有提携，衣修伍德直接受其影响而开始小说创作；而在他们出发前往中国前，友人们曾举行过一个小型送别会，福斯特也曾出席；此外，福斯特也是个同性恋作家，似乎颇得两位作者的身份认同（福斯特的性向一直不为人知，直到死后才出版了同性恋题材的小说《莫里斯》）。这首诗在兰登书屋现代文库世纪版《奥登诗选》中被编入了《战争时期》十四行组诗的最后一首。

2. 这里提及了福斯特本人的生活行履：他就读于剑桥大学国王学院，毕业后曾去意大利和希腊旅行，醉心于南欧文化。两部长篇小说《天使不敢涉足的地方》和《看得见风景的房间》也以意大利为背景。

3. 他们都是福斯特小说中的人物：露西是《看得见风景的房间》中的女主人公，特顿是《印度之行》中的一个殖民地收税员，而菲利普出自《天使不敢涉足的地方》。奥登信手拈来这些名字，用来指代对远东事态抱持观望态度的普通英国民众。

4. 埃弗瑞小姐：福斯特小说《霍华德庄园》中的一个女管家，行事怪异、不近人情，但做事利落，说话直截了当。奥登借喻这个人物的某些特点，呼吁英国民众如“埃弗瑞小姐”般针对国际邪恶采取必要行动。

初版前言

早在 1937 年的夏天，我们就受伦敦法伯出版社的各位先生和兰登书屋纽约分社的委托，要写一本关于东方的旅行读物。行程选择交由我们自行决定。8 月，中日战事的爆发让我们决定前往中国。我们于 1938 年 1 月离开英国，7 月末返回。

我们这是头一回在苏伊士以东地区旅行。我们不会说中文，对于远东事件也没有什么特别的了解。因此，几乎没有必要去指出这个事实，即我们不能保证这本书里所作的许多陈述的精确性。我们的消息提供者有些或许并不可靠，有些只是出于礼貌，有些是在故意开我们的玩笑。为那些从未到过中国的读者着想，我们只是记录了某些他有可能想看到的印象，以及他有可能想听的那类故事。

要全部列举我们的致谢者名单实在费时，但我们应特别感谢以下各位：

斯洛斯先生（香港大学副校长），尊敬的杰弗里・艾伦夫人，巴希尔・布斯比先生，威廉・斯普林先生，浙江省军事长官，金华县政府，艾尔斯医生，布朗医生，吉尔伯特医生，麦克菲迪恩医生，阿奇博尔德爵士和克拉克・科尔女士——为他们的殷勤招待；

布朗特先生（驻广州总领事阁下），莫斯先生（驻汉口总领事阁下)，广东行政长官吴铁城先生[1]，霍灵顿·董先生[2]，杭立武博士[3]，阿格尼斯·史沫特莱小姐[4]，弗朗斯先生，埃德加·斯诺先生[5]，弗雷迪·考夫曼先生，以及路易·艾黎先生[6]——为他们提供的讯息和引荐。

汉口电影制片厂提供了电影《战斗到底》[7]的两幅剧照；

叶浅予先生[8]，他的漫画被我们用作了此书的卷首插画；

---

1. 吴铁城：1937年至1938年冬广州沦陷时任广东省政府主席。

2. 霍灵顿·董：著名报人、作家、外交家董显光的英文名。毕业于密苏里大学和纽约哥伦比亚大学普利策新闻学院。抗战爆发后，任国民党中央宣传部副部长，负责国民政府海外宣传，争取国际支持。

3. 杭立武博士：(1904—1991)教育家、政治学家、政治家、外交家、社会活动家。1929年获伦敦大学政治学博士学位。回国后任国立中央大学政治系教授。1932年创立中国政治学会与中英文化协会。南京大屠杀期间，时任金陵大学董事会董事长、中英庚款董事会总干事的杭立武博士，发起组建了安全区国际委员会，并担任国际委员会总干事兼难民区主任。此后杭立武曾奉命护送南京朝天宫的故宫古物西迁。抗战期间，历任国民参政会参议员，美国联合援华会会长，国民政府教育部常务次长、政务次长，1949年任教育部部长。1949年后到台，筹建台北故宫博物院，筹办成立东海大学。

4. 阿格尼斯·史沫特莱：史沫特莱1928年即作为德国《法兰克福日报》记者来到中国。抗战爆发后的1937年史沫特莱访问了延安，1938年，史沫特莱在汉口为红十字会工作一年。10月汉口沦陷后，史沫特莱加入了新四军。奥登他们遇到她是在汉口期间。

5. 埃德加·斯诺：奥登一行来到中国的前一年，即1937年，斯诺出版了《红星照耀中国》。

6. 路易·艾黎：在此前的1937年开始在中国实践其“工业合作社”运动。

7. 汉口电影制片厂后改组扩充为中国电影制片厂。自1938年1月到10月武汉沦陷后迁往重庆的短短几个月中，拍摄了《保卫我们的土地》、《热血忠魂》和《八百壮士》三部抗战故事片和五十余部反映抗战内容的纪录片、新闻片、卡通片等。奥登他们此后访问这个电影制片厂时所看的样片即是《八百壮士》，该片以四行仓库保卫战为题材创作拍摄，于1938年7月完成，由阳翰笙编剧、应云卫导演。《战斗到底》应是当时初定的英文名。

8. 叶浅予：抗战爆发后，在上海组织漫画宣传队，奥登此书选用的漫画即创作于这一时期。

杨少校和邵洵美先生[1]，感谢他们提供的中文诗歌。

牛津的休伊斯先生，感谢其提供的翻译协助；最后，还应同样感谢我们的助理蒋先生，为他所提供的可靠有效的服务。

W. H. 奥登

克里斯托弗·衣修伍德

1938年12月

1. 邵洵美：奥登一行在上海时，邵氏与奥登和衣修伍德多有交往。

从伦敦到香港

LONDON TO HONGKONG

航海记[1]

这个旅程朝向何方？码头上的守望者
站在他的灾星下，如此地嫉恨艳羡，
此时群山不疾不徐地划开水面渐行渐远，
鸥鸟也弃绝其誓言。它预示着更公正的生活？

终于孑然一身，旅行者在海风暧昧的
触抚中，在大海变幻无常的闪光里，
果真找到了美好乐土[2]存在的证明，
如孩子们在石缝里找出的物事般确定？

不，他什么也没发现：他并不希望到达。
旅行如此虚妄；虚妄的旅行确乎是一种病
在虚妄的岛屿[3]上，内心无法掩饰也不会受苦：
他宽宥了迷狂；他比他想的更脆弱；脆弱如此真实。

但时常，当真实的海豚纵情跃出水面
意欲博取赞赏，或者，远远地，当一座真实的岛屿
跃入他的眼帘，恍惚就此终止：他想起了
悠游自处的那些时日，那些地方；他满心欢悦地相信，

也许，迷狂将得到治愈，真实的旅行将抵达终点
在那儿，相遇的心灵将彼此坦诚：而远离了这片海洋，
那些善变的心虽会分别，却将始终不渝；即使
分飞各方，掺杂了虚妄与真实，却不会再受伤害。[4]

1. 本篇写于奥登他们穿越印度洋的航行途中。

2. “美好乐土”的提法，出自托马斯·莫尔的政治讽刺小说《乌托邦》（*Utopia*）。utopia 这个复合词由希腊文的 ou（意为没有）和 topos（意为地方）构成，意指“乌有之乡”；在希腊语中，前缀 ou 与 eu（意为美好的）发音相同，因此又构成一个矛盾性的双关：乌托邦既是“美好乐土”（good place），又是一个不存在的地方（no + place）；此外，奥登研究者约翰·富勒还提到了与亨利·詹姆斯的短篇小说《奇妙的美好乐土》（The Great Good Place）的可能关联。这个主题此后经常出现在奥登的作品中，包括《战争时期》组诗第十三首、《预言者》以及写于 1941 年的《在亨利·詹姆斯墓前》。

3. 航行海上的海轮如漂浮的岛屿。

4. 1960 年代，奥登将最后一行的“掺杂了虚妄与真实”改成了“如真理与谎言各自而行”（as truth and falsehood go）。

斯芬克斯

昔日出自雕刻匠手中时，它曾经
健康如常？甚至最远古的征服者也有觉察：
病猿般的面容，缠着绷带的利爪，
热浪侵袭之地的一个鬼影。

狮子自有一颗饱受折磨而顽强的星宿：
它不待见年轻人，亦不钟情于爱和知识：
时间如对待活人般磨损着它：它趴卧在地，
将硕大的臀转向了尖叫的美洲[1]

和见证者。饱经风霜的巨大面庞不谴责
也不宽恕什么，最微不足道的成功：
对那些两手叉腰、直面它的

哀伤的人来说，它说出的答案毫无作用：
“人们喜欢我么?”不。奴隶逗得狮子直乐：
“我永远要受苦?”是的，从始至终。

1. 衣修伍德曾在《克里斯托弗和他的同类》(*Christopher and his Kind*)中戏谑地解说狮身人面像究竟是面朝东方还是西方，因此，他们很可能在埃及的荒漠上探究过这个“问题”。

海轮

街道灯火通明；我们的城市清洁整饬；
三等舱玩着最脏污的牌戏，头等舱赌注不低；
睡在船头的乞丐们从不去留意
特等舱里可做些什么；没人会刨根问底。

恋人们在写信，运动好手在打球嬉戏；
有人怀疑荣誉，有人怀疑他妻子美貌已逝；
一个男孩颇有野心：也许船长对我们都很嫌弃；
有些人的日子也许过得体面有礼。

我们的文明，如此风平浪静地
在大海的贫瘠荒原上前行；
腐溃东方的某处，有战争，有新奇的花卉和服饰。

某地，一个奇怪而诡谲的明天正待就寝
谋算着要考验欧洲来客；没人会揣摩寻思
去猜测谁最应羞愧，谁更富有，或谁将丧命。

旅行者

与他眼前所见保持着距离
站在那棵奇形怪状的树下，
他探寻着陌生的异域之地，
这很怪异，他试图去探查

的那些地方并未邀他停留驻足；
他倾力投入的战斗总是这般，
移情别恋的人远在他处，
成了家，且沿袭他父亲的名衔。

然而，他和他的到来总如所期待：
当走下轮船，海港会触动他心弦，
温柔，甜蜜，敞开了胸怀；

座座城市令他如迷狂者般痴爱；
人群为他让出道来，毫无抱怨，
只因大地对人的生活尚能忍耐。

澳门

来自天主教欧陆的一株杂草，
扎根于黄土山岭和一波汪洋，
它点缀着这些果实般的华美石屋，
不为人知地在中国一隅生长。

圣徒与基督的洛可可风画像
应允了她那些赌徒死时的福乐；
座座教堂紧邻着青楼艳阁
证明了信仰能将自然行为宽谅。

这纵情逸乐的城市无须惧惮
扼杀心灵的累累罪孽，连同了
政府和民众已被撕成碎片：

虔敬的钟声将敲响；幼稚的缺点
将护卫孩童那孱弱的美德，
这里断不会发生什么严重事件。

香港

它的领袖人物贤明而睿智；
出身良好且学养扎实，
他们以丰富的经验来管理，
深谙一座现代城市的运行方式。

只有仆人们会不期而至，
他们的沉默自有新鲜生动的妙趣；
而银行家们，在东方的此地
已为喜剧女神建了座得体的庙宇。

离开家乡和不知芳名的她有一万英里，
暮晚的维多利亚山[1]上，军号响起
熄灭了兵营的灯火；舞台下，一场战争

轰然而至，如远处的撞门声：
我们不能去假设一个“共同意志”；
只因我们的本性，我们得归咎于自己。

1. 维多利亚山：今香港太平山，亦名扯旗山，此为殖民时期名字。

旅行日记

TRAVEL-DIARY

1

1938 年 1 月 28 日，我们登上“台山”号内河航船，离开香港前往广州。

这个时候到广州有两条路线可选：内河航线或者是粤九铁路。铁路线几乎每天都会被炸，日军飞机从停靠在澳门外海某处的航空母舰上飞来作战。但这些攻击几乎没有妨碍交通。大多数投下的炸弹准头都很差。如果轨道被击中，一队队的苦力以令人惊讶的速度展开作业，数小时里就会把它修复。这些英国所有的内河航船以前竟然从未挨过炸弹。

这是一个晴朗、酷热、雾气蒙蒙的早晨。我们在舱内吃完早饭，赶忙跑到了甲板上，我们如此急切，不想错过任何一个我们预期中的爆炸性场面。有过旅行经验的香港朋友曾描述过如此场景：那些从空袭中返航的日军飞机，会俯冲下来飞近“台山”号，要闹般地将机枪口对准我们的头。也许真的会看到日本战舰和虎门炮台[1]间的大炮对决。要是能拍到些照片该多好！我们私下里决定一试，尽管我们在餐室里看到的告示警告说禁止拍照：“在国家的危急时刻，任何举动都可能被视为错误行为或会招致某种犯罪活动……”

一个人第一次作为中立的观察者进入一个饱受战火摧残的国家，必定会产生梦一般的不真实感。确实，从一月的伦敦来到热带地区二月的香港，这整个漫长旅程也有此种梦的特性——时而单调，时而奇特又美好。我们在香港已相互叮嘱过，我们应该保持清醒，一切将变成真实。但我们没有醒过来；只是那个梦已改变。新的梦比旧的梦更令人困惑，更不让人安心，甚至略微有点让人忧虑。到处都是加长餐桌的宴会，以及与著名新闻人物的可笑会面——英国大使，总督，维克多·沙逊爵士[2]。我们似乎不停地赶来赶去，吃力地套上件无尾礼服，跑着钻进出租车，去赴那些个我们绝对已迟到的约会。而且如梦游者一般，我们总是忧心忡忡——茫然地听着那些教诲或忠告，而我们非常清楚，这些内容我们在早晨起来时再也不会记起来。也有提醒；有些提醒之荒诞如同噩梦："不要和一群中国人打交道，不然会感染斑疹伤寒"，"千万不要单独一人出去散步，不然他们会把你当间谍给杀了"。

此刻，"台山"号驶出了港口，朝着一块巨大礁石开去，那刷了白石灰的礁石标出了进入西河河口的航道，我们再次努力振作精神，意欲摆脱那梦魇。"嘿，"奥登说，"我们到了。现在它就要开始了。"

我们到了，稳稳地驶进了这个宽阔得有些让人昏眩的河流入口，驶离了那些宴会餐桌，驶离了美国电影，驶离了这座严加守护的英属岛屿上的女王塑像，一路西行进入了危险而不可预知的战

1. 虎门炮台：原文 Bocca Tigris Forts，是虎门炮台的葡语名称。
2. 维克多·沙逊爵士：英籍犹太富商。1920 年代，维克多·沙逊将经营重点从印度转移至上海。到日本占领前，他长期住在上海。他在上海大规模投资于房地产业，兴建了沙逊大厦（华懋饭店，Cathay Hotel，今和平饭店）、河滨大楼、华懋公寓、格林文纳公寓、都城大楼、汉弥尔顿大楼等一批高层建筑，以及伊扶司乡村别墅、仙乐斯舞厅等。香港的沙宣道得名于维克多·沙逊。

时中国。现在——无论是什么——一切已箭在弦上。这可不是梦,也不是小孩玩的印第安人游戏。我们是成熟的战地记者,正要开始履行我们现场报道的职责,即使是业余性质的。然而,此时此刻,我只能体会到一种不负责任的在校学童般的兴奋感。我们急切地察看着河岸两边,半是忐忑地期待着在那儿看到敌人密布的刺刀。

“看！一艘日本炮艇!”

它就在那儿,安静地锚泊在我们的航道上,暗藏了杀机。我们的船贴着它驶过。当水兵们在甲板上走动,或者擦拭着火炮瞄准器的时候,你可以看到他们的脸。在他们那个极其狭小的钢铁岛屿上,他们完全与世隔绝,几近凄楚可怜。他们在仇恨中自我隔离,如同罹患了致命传染病的患者般被摒弃于世,如此地孤立,与河流的平静健康,与天空的单纯明朗全然格格不入。仿佛是某种超自然的邪恶怪物。他们全神贯注于手头工作,几乎不看我们一眼——这似乎是最为奇怪最为反常之事。我想,这就是战争吧:两艘船交错而过,没人会招手致意。

河道变窄了。已到了虎门炮台。炮台坐落在在绿树掩映的岛屿上,沿着肥沃的海滩铺展延伸,跃出了泛着金色光芒的浅浅海面,这个百年战役的遗迹看来如此荒凉、无辜而美丽。很难相信它们配备了现代化的武器装备,并且事实上已给予日本舰队以相当大的打击。炮台后面,在河道中间,屹立着一座形如乌龟游泳般的无名小山。水手们开始探测水深。一个年轻的美国记者对我们说内河航船有时会在此搁浅。谈话间,他偶然提到他在“班乃号”[1]遇袭时他就在那艘舰艇上。我们很是激动，瞪大了眼睛，指望他继续说出下文。但他流露出厌烦和疲倦之色——一来是想念家乡，二来对中国和战争已不胜其烦。他这是最后一次去广州。如果所报道的一个真实事件在两周里还不消停，他说他会想尽办法调回美国本部去。我们走开了，不希望再去搅扰他，与他保持了合乎礼貌的距离，敬而远之地看着他。一个心灰意冷的记者纯然是拜伦式的人物，我们现代世界里不切实际的哈姆雷特。

天气很热。当我们接近广州时，沿途风景让我们想起了塞文河谷[2]——处处遍植柳树和果树。一个坐落在石墙围绕的花园里的农宅，有如一处被抵押的英国庄园般，散发着忧伤与魅力。一条条大平底帆船从我们身边经过。它们与伊丽莎白女王时代的大帆船很相似，尾舵高耸出水面，雕刻着华丽的装饰纹样，头重脚轻。船上危险地拥挤了好多乘客，显然是在返航途中。连一艘涂成绿色的小炮艇似乎也别具中国风格，它有一个细长而古雅别致的烟囱——不像一艘战舰却更像一条奇异的水甲虫。一艘英国轮船的甲板上，一个穿着白帆布裤子的男子正用一根高尔夫球棒练习发球。沿岸开始出现了成片的货栈仓库。很多仓库的屋顶刷着英国国旗，纳粹十字，或星条旗。我们想象出一幅很滑稽的画面：一个认真勤恳的日本侦察员从一架轰炸机上困惑地俯看着底下茫茫一片的中立国旗

1. “班乃号”是美国炮舰名，日军攻击南京时，运载了美方撤离人员去上海（包括几名美国记者）。1937 年 12 月 12 日，“班乃号”泊停在南京附近的长江江面时，被日本军机击沉，另一艘英国舰艇也被击伤。3 名水兵死亡，27 人受伤。此即“班乃号”事件，过后日方表示是误炸，道歉并赔偿损失。
2. 塞文河谷英国中西部塞文河沿岸乡村地区。

帆，最后偶然发现一块小小的毫无防卫的中国田地："你觉不觉得我们或许可以扔一小颗下去，就往那儿？"

不远处，广州出现在视野里，最先出现的是她那两栋半高的摩天大楼。接近栈桥的河港里，麇集着汽艇、舢板和小船，吱吱嘎嘎地挤撞在一起，显然陷入了一场无望的交通堵塞。我们的轮船颇有耐心地穿梭其间，驶向了岸边。那些舢板往往由一家男女老少驾驶，要么用篙撑，要么快速地划着桨，每条船都去往不同方向，一路叫嚷不停。不知怎的，我们就挤到了跳板上，然后穿过码头周围那些警察、海关官员、旅行者、挑夫和看热闹的人，来到了早已等候着的汽车跟前，英国总领事周到备至地特意派了车来接我们。

英国领事馆坐落在外国租界，在沙面的一个江心洲上。仅只一次，我们不得不承认——不由想起了科伦坡、新加坡和香港的种种糟糕恐怖来——英国人显示出了某些良好品位。沙面很讨人喜欢：屋宅比例恰当，毫不招摇，有大而通风的走廊和阳台，还有一条遍植草坪和树木的宽阔的中央大道。你走过一个狭小的用沙包堆起的渡桥，来到了岛上；这里守卫严密，因为外国人担心，万一发生了大规模空袭或者日军进攻，中国人惊惶之下会跑进租界来。英国和美国的炮艇沿着外面的滩岸停泊着。水兵们在踢足球——他们多毛，皮肤泛红，臀部壮硕，在瘦削细腰的广州观众看来，定然是些凶暴而粗野的巨人，若与本地人无力如花朵般的站姿以及羞怯开朗的笑容相比的话。

我们要在河流下游半英里外的一个叫白鹤洞[1]的村子里暂住。

1. 白鹤洞：广州市荔湾区下辖的一个街道（旧属芳村区），位于荔湾区南部（广州市西南部）。

英国和美国的传教士在那儿建起了一个定居点。漫步在整齐的步道上，穿过运动场、学校大楼和别墅花园，你会以为自己回到了故乡伦敦某处令人心旷神怡的郊外。在一间雅致宜人的郊区住宅般的客厅里，我们的传教士男女主人给我们端来了茶饮。你们一路旅行顺利？是的，谢谢，非常顺利。海关有何不便之处？哦，是的，很倒霉：奥登为他的相机不得不付了三十块大洋的关税。哦，多讨厌啊；但你们可以领回这笔钱。广州往年这时节总这么热么？不，不是这样。五天前，天可是冷得够呛。

河对岸的远处，不断传来模糊而沉闷的砰砰声；不是听到的，而是感觉到的。然后变成了微弱而清晰的哀鸣，就像一只蚊子在暗头里飞到你脸上时发出的嗡嗡声。这可不是什么蚊子。砰砰声愈来愈频密。我环顾四下里的其他人等。是不是有可能他们都没注意到？我清清喉咙，尽量保持平常谈话的声调："这是不是一次空袭啊？"

我们的女主人从茶盘边抬起眼来，笑着："是的，我想是空袭。它们差不多这个时候飞过来，多数是在下午……你要加糖和奶么？"

是的，我都要；外加一块家乡风味的葡萄蛋糕，来掩饰我欠缺教养的激动。奥登那么怡然安静地坐在那里，在争论着教团运动[1]。他去过西班牙。我的眼睛移向这个迷人的房间，看着这些茶杯，盛

---

1. 亦称为牛津教团，由美国传教士弗兰克·布奇曼建立的一个基督教组织，提出了"道德重整运动"，在1930年代曾盛极一时；反对无神论信仰，持保守政治立场；对于西班牙内战，倾向于支持佛朗哥的独裁政权，排斥左翼力量；对于崛起的纳粹势力，该教团采取的右翼立场被认为助长了英国推行的绥靖政策，引起颇多争议。奥登与传教士们辩论的应是这个教团的政治立场。

着烤饼的盘碟，收藏有切斯特顿[1]散文和吉卜林诗歌的书架，镶在像框里的牛津大学的照片。我的大脑试图将这些形象与外部的声响联系起来；作着动力俯冲的轰炸机的哀鸣，远方轰炸的隆隆声。我对自己说，我理解了，这些声响，这些东西，都是一个单一而完整的场景的一个部分。快醒过来。这一切非常真实。而在那一刻，我真的醒过来了。在那一刻，突然间，我已来到了中国。

“它们飞走了。”我们的女主人对我说。她那和蔼亲切的神态，像是在安抚一个被电闪雷鸣的暴风雨吓得有点紧张兮兮的孩子。“它们从不会持续很长时间。”

喝完茶，她和我一同去散步。天色已经开始变黑了。我们爬上了村后的一座小山，眺望着广州流域。我们的脚下，绵延伸展着一个巨大的城市，暮色中，围绕着她的是神秘的郁郁葱葱的广东平原。沿着地平线，低矮的山峦升起了帽子般的小小峰顶。这是有如《爱丽丝镜中奇遇记》[2]般的风景。你在此地可以来一次刘易斯·卡罗尔式的徒步旅行，与那些从事着最奇怪工作的最陌生的人们来次不期而遇——两个老人正试图将一只老鼠放进一个瓶子里，一个女人正用一个漏勺灌着水。而所有这些乱七八糟的举动，当你去询问他们的目的，必定非常地实用和理智。人们告诉我们说，中国人没有绝好的理由绝不会去做任何事。

---

1. 切斯特顿：英国作家、诗人。其写作活动涉及小说、评论、神学研究、随笔等各个领域，同时还是新闻界的著名撰稿人。
2.《爱丽丝镜中奇遇记》：英国作家、诗人、数学家刘易斯·卡罗尔继《爱丽丝漫游奇境》后的第二部童话。

步行回家时,我们的女主人谈起了白鹤洞当地神学院的学生。她说,在中国教授基督教神学可是个难题(我们从其他很多传教人士那里一再重复地听到)。吸引中国学生来到西方教会学校的动机很可能多种多样。在物质方面,他收获很多:欧洲语言的知识,西学方法的入门,一份好职业的可能性。自从蒋介石皈依[1]以来,基督教在政治上成为时髦,而且很可能今后会变得更受欢迎,假若现政府能挺过这场战争的话。

而且,即使假定这个学生的目的意图极其认真,他也会发现基督教很难消化。中国人的思想天生不会被神秘事物吸引。它关注的是实用伦理。它要求的是达成良善生活的七德行[2]。它对现世的兴趣程度远远超过对来世可能性的兴趣。于是这些年轻人——不管他们多么快就掌握了神学的思辨技巧,不管他们回答老师的提问时有多聪明——在今后的生活中,很容易倒退到哲学上的异教信仰。

两位主人对广州青年知识分子在战争前后的态度很是失望。开战前,他们曾带头发起了抗日宣传,并要求诉诸武力。可眼下,他

1. 1930年10月23日蒋介石偕宋美龄专程去上海,由美国牧师江长川主持,在西摩路宋家教堂里举行了洗礼仪式,正式加入基督教的美以美会(后改称卫理公会)。蒋介石皈依基督教最根本的原因是他与宋美龄的联姻。宋的家族是基督教世家,宋美龄的父亲宋耀如就是基督教的传教士,其母倪桂珍和兄弟姐妹都是基督教徒。据说宋母允许蒋宋联姻的前提条件,就是蒋成为基督教徒。

2. 此处衣修伍德从传教士那里听到的可能是一种比拟;天主教曾列出了与七宗罪对应的七德行:谦卑,温纯,善施,贞洁,适度,热心及慷慨。但当时倡导的孔孟"四维"(礼义廉耻)和"八德"(忠孝仁爱信义和平)以及新生活运动公布的条例中并没有这个七条规定。

们中很少人会想要跳入战壕。“这场战争”，他们会说，“是一场苦力们的战争。我们的职责是为今后所需的重建工作进行自我教育。”不过，从学生的角度而言确实可以说出很多理由。中国牺牲不起她那相对来说人数还很少的知识阶层。必须记住的是，对于广州人来说，这地面战争发生在数百英里远的一个地区，那里的居民所说的方言他们甚至都听不懂。

第二天，我们被各种混杂的声响给吵醒了——清晨空袭的遥远的爆炸声，我们的主人在隔壁小礼拜堂里的风琴演奏声。吃过早饭，我们立马坐上汽艇到城里去。因为要正式拜会市长曾养甫[1]先生，总领事把他的车借给了我们。这是我们第一次尝试进行专业采访，我们急切地希望不要丢自己的脸。引擎罩上，英国国旗猎猎飘扬，我们坐在领事馆司机后面，骄傲却又有点紧张，对于该问些什么问题仍有点疑惑。街道在两边快速掠过，有些很西化，有些十足中国特色，全都挂着长长的字号旗幡，金色的，猩红的，白色的，旗幡让这个国家的每个市镇看上去永远在过节一样。人是如此地多；每条路上都挤满了行人、黄包车和马车。我们没看到多少空袭损毁的迹象。几个月来，日本人并没有在市中心投弹——只攻击铁路、机场和郊区。很多大宾馆的门口都垒起了沙包。

---

1. 曾养甫：1936 年至 1938 年任广州特别市市长、黄埔开埠督办公署督办兼广东省政府财政厅厅长，以后历任滇缅铁路督办公署督办、交通部部长兼军事工程委员会主任委员。

市长官邸是一栋很大的建筑物,由挎着自动手枪的侍卫们担任警卫。哨兵对我们试探性的微笑报以面无表情的瞪视,带着年轻军人特有的耀武扬威的愚蠢。如同我们在街上看到的大多数士兵一样,他们看去大约十五岁左右。

曾养甫先生在他的私人办公室里单独会见了我们。他穿了件简单合身的政府官员蓝制服,没有那种类似英国司机行头的徽章或金色穗带。他光滑的圆脸似乎不时因夸张地咧嘴大笑而扭曲;像被切掉一小片的西瓜。对我们而言已没有必要去采访他了:他自说自话,从头至尾笑声不断:

“我们不**向**和日本对着干。日本人却**向**找我们茬!哈哈哈!日本**佷**愚蠢。首先它**向**成为第三大国。然后当第二大国。然后当第一大国。日本是工业国,你知道。假如我们去日本,**认**几颗炸弹,嚯嚯,轰一声!我**向**,这对日本是不是**佷**糟糕?日本人到中国来。中国是个农业国。日本人**认**炸弹,嚯嚯,轰一声!只会把土地犁开,让中国人种田更方便!当然有**佷**多人死了。**佷**残酷。但我们还有更多人,是不是?哈,哈哈哈!”[1]

这当口,我们被震耳欲聋的空袭警报声打断了。警报器就在窗外。曾先生变得几近不可理解地逗趣搞笑;他剧烈地摇晃着椅子:“你们看到了?日本人在我们头顶**认**炸弹!我们坐在这里。我们抽我们的烟。我们可不怕!我们来喝点茶!”

但这一次,空袭根本没有影响到广州。我们有点失望,因为我

1. 曾市长的洋泾浜英语显然让他们俩很不适应,黑体部分的英文原文都是错别字,衣修伍德照录不误。

们曾很希望一睹市长的豪华防空洞的风采，这防空洞据说已成为这个城市的一大奇观。奥登拍了些照片，曾先生为此颇好说话地摆好了姿势；我们躬身而退，离开了房间。

我们都喜欢曾先生。如果这是中国针对日本人的典型姿态的话，对西方来说——连同它那些乏味的仇恨赞美诗，那些“弑婴凶手”、“蛮夷”、“没人性的恶魔”的尖叫声——它当然也是个实例。这种轻蔑不屑而又温良敦厚的逗趣，我们一致同意，确乎是一个富有教养且爱好和平的国家在其宣传中去打击一个残忍自负之敌的应有调子。曾先生那种幽默，若加以适当地运用，将为中国赢得许多海外朋友。

那天晚上的宴会来了几个客人——其中有一位中国上校和他的妻子。上校是个有点高深莫测的人物。他的健谈和流利的美式英语，和东方传统的沉默寡言一样，可能隐藏了很多秘密：“您这儿很不错，牧师。很简朴但很不错……恕我冒昧，您那个柜子花了多少钱？”他完全乐意谈及任何话题——中国的音乐，战争，他的妻子。他们在两岁时就订了婚；因为他们各自的父亲本是至交好友，并希望以此让他们的友情长久留存。从童年起，上校就没见过他的未婚妻，直等到他二十六岁。他从俄国回来之后，他们马上就成了婚。“那么你们不是为了爱情而结合吧？”宴会中的一位女士问道，非常欠缺英国人的得体。我们的女主人连忙插进话来：“可你是多么幸运，上校。”上校欠身道：“承蒙赞许了，夫人。”

接着他告诉我们，广州现在已经有了战力颇强的歼击机群。在过去两周里，已有十一架日本飞机被击落。任何人只要能打下一架飞机，政府都会提供一笔赏金；结果，对空防御成了本地的一项体育运动，如同射鸭游戏。当有飞机飞过，每个人都连续射击——连农夫在田里也扛起了老式前膛枪。一个日本飞行员一不小心飞得很低，被一门已有一百年历史的土炮轰了个稀巴烂。另一回，当两架日本飞机正要迫降时，农民们打了他们一个伏击，甚至差点就成功缴获了其中一架完好无损的飞机，如果第三架飞机没有俯冲下来，用一颗炸弹将它炸毁的话。

晚餐时，上校单枪匹马就把气氛弄得很热乎。他告诉我们，有一次他过访伦敦，走过莱姆豪斯[1]时，看见有一张"新到云南上等鸦片"的中文告示堂而皇之地贴在了门道里，就在巡警的鼻子底下。他对厨艺烹调很是精通，还给我们的女主人演示如何准备烧鱼的前道作料。当然，他向我们保证，你还可以弄个烤狗肉[2]吃吃。蛇酒对治疗风湿病很有效。他邀请我们所有人去他家品尝古法腌制的鸡蛋[3]。

上校看来是个有名的歌唱家。饭后，他被人怂恿着，没费多少口舌就欣然从命。他解释说，中国的京剧有很多种不同唱腔，配合不同的固定角色；他开始为我们示范每一种唱腔。浪漫的男主角发出的声音像午夜猫叫，女主角用带有尖细鼻音的假声演唱。强盗很是可怕——音量很小，但其费力程度令卡鲁索[4]也会汗颜。在我们

1. 莱姆豪斯：伦敦区名，旧时为华人聚居区。
2. 吃狗肉在西方人看来是一件很残忍的事情。
3. 原文 ancient eggs，不知为何物，可能是皮蛋。
4. 卡鲁索：意大利歌剧演唱家，被誉为历史上最出色的男高音之一，在20世纪前二十年，声名极盛。

出神入迷的目光注视下，上校的脸从黄转紫，从紫转黑；他青筋直暴。但就在他喊破了喉咙，似将造成永久性损伤时，他爆发出一阵大笑——以一个滑稽的气鼓鼓的姿势对着他那文静的戴着眼镜的妻子："她那样看着我，"他大声叫着，"我怎么唱得好？"

第二天，我们被邀请和吴铁城将军（前上海市市长，现任广东省行政长官）一同共进午餐。

吴将军住在城郊一幢舒适却毫不招摇的混凝土别墅里。童先生，将军的秘书，在门厅迎接我们——一个脸带笑意的圆脸男子，他如此温和有礼，让人忍不住想拍拍他脸颊再赏他一块糖果。他告诉我们将军很快就会下楼，并将我们引荐给其他五六位客人；有英国人，也有中国人。其中一个皮肤黝黑、看似干练的穿着蓝制服的年轻人原来就是珀西・陈[1]，我们停留香港期间曾读过他写的关于当前战争初始阶段的一本书。（其中有个句子让我们特别喜欢：作者提到了马可・波罗桥事件[2]——"就在午夜前，演习朝着现实主义发展，双方都动了真枪实弹。"确实，战争的爆发从未被如此机智地

1. 珀西・陈：中文名陈丕士，民国传奇人物陈友仁的长子。陈友仁为特立尼达华侨，从小受英国教育，后回国担任孙文的英文秘书和外交顾问；1926年任国民政府外交部长。孙文评价曾说中国只有三个精通英文者：一是辜鸿铭，一是伍朝枢，另一个就是陈友仁。陈丕士随父投身中国，辗转苏俄，后定居香港成为著名大律师；这里提到的书，应是陈丕士当时在香港出版的介绍国内抗战的英文读物。
2. 即七七事变、卢沟桥事变。卢沟桥在西方被称为马可・波罗桥，源起马可・波罗在13世纪的旅行记："这条河上有一座非常漂亮的石桥，它如此之精美，这世上的桥很少可与之匹敌。"

描述过吧?)

陈先生的英文说得非常好。他曾是中殿律师公会[1]的大律师,而且在俄罗斯待过八年时间。确实,如他自己所承认,他在国外住了那么多年,以至他觉得自己在中国几乎是个外国人。他对日本人的战略图谋狠狠嘲弄了一番。他说,在各个不同兵团之间根本就没有协调性:所有师团常常不等命令就擅自向前推进。有关艾登[2]先生的辞职及其对英国远东外交政策的可能影响,所有在场的中国人都很想知道我们的看法。

吴将军走进了房间,我们被一一介绍。将军体格结实,穿着宽松棕色军服,健谈而不拘礼节。他藏在厚角质边眼镜后的眼睛很是诚挚,有时露出了困惑之色。他讲话前略为迟疑了一下,琢磨着他的措辞,朝所有到场的客人看了一圈,像是在寻求帮助:"这场战争是中国所曾遭受的最大无解。人民失去了家园和工措。但是这也为他们创造了一个国家。这是中国从战争中得到的一个东西……战后,银行家们会在乡村地区投资。"[3]

我们开始步入客厅,一边还在交谈着:看来没什么特别的优先顺序。种种不拘小节,照当时情形看值得称赞,但让我们稍有点失

1. 中殿律师公会:英国四大出庭律师公会,起源可追溯到13世纪,四大公会是:林肯公会,格雷公会(都是以房主的名字命名),中殿公会,内殿公会。
2. 艾登:1933年到1955年间三任英国外交部长,并于1955—1957年任英国首相。
3. 吴铁城的这段发言,显然将misconception(误解)说成了disconception(没有这个词语,故中文翻译为谐音的"无解"),将work(工作)说成了walk(翻译为谐音"工措")。

望。奥登和我两个还沉浸在《中国平房》[1]的传统中。我们甚至预先排练了场景，准备了适当的问候致词和讲话稿。长官应该会说："莅临寒舍，不胜荣幸。"我们应该回答说："冒昧登门，实是惶恐之至。"对此，长官若很在行，会回敬一句"若非尊驾到来，岂能令蓬荜生辉"。诸如此类。也许，归根结底来说，吴将军不熟悉欧洲舞台上中国的微妙之处也是件好事，要不然我们可能永远也走不到餐桌边了。

第一眼看到中式宴席的一张餐桌根本不会产生与吃有关的想法。那情形更像你坐定下来要参加一个水彩画比赛。那些筷子整齐地摆着，就像是画笔。颜料由那些盛着调料的小碟子代表，红的，绿的，深色的都有。茶碗和它们的盖子，正好可以盛画画时蘸的水。甚至还有某种小块画布，那是用来擦筷子的。

开饭前，你要用一块热的湿毛巾擦拭手和脸。（这些毛巾也许是中国对于物质享受方法的最出色贡献；无疑它们应该被引进西方。）接着开始上菜。看不出来有什么既定的上菜程序——鱼不一定在汤后面上，肉也不一定在鱼后面上。客人也无法预知一顿饭会吃多长时间。他最喜欢的一道菜很可能到最后才上，那时他肚子已撑得很胀，都不会想去尝上一口。冷盘菜自始至终都留在桌上——而这个，也像是在画画；因为用餐者不停地把他们的食物与之混合，来蘸取各种不同组合的味道。

今天我们尝到了鱼翅汤（世上最美味的汤之一；味道像极了意

1.《中国平房》：是 1930 年阿瑟·巴恩斯和 J.B. 威廉姆斯拍摄的一部戏剧电影。

式浓肉汁菜汤或罗宋汤），龙虾，鸡，米饭和鱼。酒是用类似科恩牌或波尔斯牌蒸馏器的金属小茶壶斟倒出来的，据说由玫瑰花瓣和玉米制成[1]。将军体贴地为我们提供了刀和叉，但我们推辞不用。我们在香港已经在用筷子吃饭了，很想多练习练习。在中国，食物掉在桌上也不是什么社交上的出丑。当一道新菜上来，主人用他的筷子对着菜做了个手势，犹如骑兵司令挥起军刀指着敌方阵地，喝令开始进攻。这番忙乱，如此不拘礼节却如此小心谨慎的客气，实在是在中国吃饭的最大妙处。甚至连最专业的食客也免不了会手忙脚乱一番。一位英国客人为我示范如何夹起一块炸虾馅饼，一脱手掉到了地毯上，童先生一番话马上让他从一脸尴尬中解脱了出来："哦，那只虾一定是活的！"

在玫瑰花瓣金酒后喝的是温热的深色米酒。长官对着我们举起酒杯："欢迎来中国！"农业厅长正好坐在奥登旁边，开始谈论起大米问题。战前，广东省的大米大多从外省进口。现在供应有些短缺，因为那些地区已被日本占领。于是政府鼓励广东人食用甘薯作为替代。它还发行了一本战时食谱，详细解释了用手头可以弄到的食材能做些什么。已经设定了几个纪念日，那几天大米禁止食用。起初，这些纪念日用来纪念中日争端中某几个重要的日子——从日本入侵满洲里开始；但长官觉得这些时间太难记了。现在大米禁食

1. 此种玫瑰花瓣金酒名为"玫瑰露酒"，山东平阴所出；在 1909 年和 1911 年，曾在莱比锡、巴拿马国际博览会上分获金奖和银奖。下面深色米酒应是黄酒。

条令只是每隔五天才施行一次。为了防止脚气病[1]的蔓延，精碾白米已全部禁止销售。

长官和厅长都对乡村教育很感兴趣。吴将军说，乡村学校不是用来培养那些一门心思想住到城里去的学生；他们的目标是成为勤奋劳作、自耕自足的农民。奥登在那天早上的一张地方报纸上读到了农民闹事抵制农机站的报道，他想知道，总体而言，农民们是否对科学耕作方法的引入感到愤怒。长官对此予以否认："但我们不能指望他们主动接受我们，我们必须走到他们中间去。"

有人提到了希特勒的国会演讲。"我认为德国很愚蠢。"将军说，"它认为日本是为了抵御布尔什维克主义；如果日本不开战，中国会变成共产主义。但是德国错了。中国不会演变成共产主义；可如果战争持续很长一段时间，日本才会变成布尔什维克主义。中国有四亿人，日本只有一亿；但日本的共产主义煽动分子要比整个中国还多。"

"所以您认为共产主义在中国没有可能？"奥登问道。

"中国，农业社会。我有一千亩地。我有十个儿子，他们各自只有一百亩地。在中国没有什么大地主。每个中国人都一定要有座房子，他必须要娶妻生子；如此他才能取信于社会。"

---

1. 一种由维生素 B_1 缺乏引起的疾病，会引起体重下降，精神萎靡，感官功能衰退，体虚，间歇性心律失常；尤其是长期食用精碾白米而缺乏肉类、豆类时。英语中脚气病是 Beriberi 一词，由僧伽罗语引用过来，在僧伽罗语中是"不能不能"的意思，指病重得不能做任何事；显然，脚气病的肇因并不是因为食用精白米，而是营养摄入缺乏所致。当时政府以此为由控制大米消费。

此时吴将军的谈话被一个侍从打断了，他带来消息说日本人在轰炸铁路线，就在广东和新界之间的边境线附近。他评论说："日本人的思想很可笑。它不发动战争也可以得到一切，但它就是要制造战端。日本和其他国家的想法不一样……但是大不列颠，"他突然求助于我们："她会不会制止这场战争？"

是的，我们一致认为，她有能力制止战争。但她愿意这么做么？哦……一阵让人尴尬的沉默。然后，将军很得体地表示午餐已结束。

接下来两天，我们多半买买东西，在城里闲逛。我们俩谁都不讨厌在街上乱走：有那么多东西可看。最常见的店铺似乎是理发店和药店，橱窗里陈列着鹿角（可治疗阳痿）和装在玻璃瓶里的怪异扭曲的树根，那树根有点像曼德拉草[1]。还有奇形怪状的英文广告招贴："新生活汽车"，"街头露宿者协会"，"血液保护公司"。餐馆也很吸引人。奥登惊恐地盯着可食用蟑螂看，我看着装着活蛇的那些桶。我就说，如果不得不去吃蛇，我想我真会变疯掉的。奥登决定一有可能机会就要想法骗我吃吃看。

穿着轻便宽松裤的当地人在我们身边挤来挤去，——一个矮小、快乐而优雅的民族，有着惊人的自然之美。时髦点的女孩子们

1. 曼德拉草：一年或多年生的草本植物，含有多种有毒性的致幻剂。在古代，曼德拉草被巫师和祭司们用作通灵药物的成分。也作为催情药广泛使用，有时也用于麻醉和止痛。

将她们的头发烫成了卷波浪，可是，这发型并不适合她们。有些年龄很小的孩子穿着杏红色的短褂，戴着彩条骑师帽；他们光赤赤的屁股蛋，就露在开裆短裤外边，沾满了路上的污泥。我们注意到有些孩子的脸上扑了粉底和腮红；我们得知，在小孩过生日时，有时就会这样打扮。

在我们主人的建议下，我们买了带蚊帐的行军床，它可以整齐折叠起来放进帆布包里。另一个大包可以放寝具，以后，看我们的需要，也可以用来放必备衣物。这些行军床事后证明是非常之宝贵。（现在这会儿，它们正装点了纽约某处的一家廉价旅馆）

我们也各自制作了名片，中英文的。没有名片的话，在中国旅行会极其困难。香港一个朋友为我们取了音译的中文名——“奥当”和“易萧无”[1]。我们在广州把名片印了出来。

最后一晚，我们被停靠沙面的一艘英国炮艇的舰长请去吃饭。船长很喜欢花卉；他那间很小的舱室里摆满了鲜花，没几个平方的甲板上也放着盆栽橘树，紧挨着火炮。你们可得小心点儿，他告诉我们，若在广州市场上买花的话；花簇经常绑着铁丝，根部也是这样。总的来说，他认为中国人欠缺诚实。

炮艇在和平时期的主要职责，是保护英属船只不受海盗侵扰。这些炮艇是平底船，吃水只有五英尺，因此可以一路开进内河。它们可以达到十四海里的时速；但这个速度并不可取，因为这样会冲垮岸堤，炮艇很可能会招致愤怒万分的农民的报复性枪击。这些船

1. 可能按照他们两人英文名的发音取了中文名。但要考证出他俩用了什么中文名有些难度，这里按照原文发音，替他们再取了一次名。

在英格兰建造完毕，而它们开往东方的旅程可有些惊险；若在海上碰到风暴雨，它们只能被拖引着，所有舱口全都封闭；若天气良好，它们就用自己的蒸汽动力行进。

这顿饭很棒，有鱼子酱和法国红酒。我们得以领略了一种孤独、拘谨、自给自足的生活方式；很想知道美国或法国的海军军官会如何对待舰长——相比他那富有教养的伯蒂·伍斯特[1]的拖声拖调，他显得更加难以琢磨，也更机智。（“狩猎季节开始时我们满载而归。我们抓了五个海盗；其中两个是在水里。”）我们起身告辞时，炮艇专雇的小舢板将我们划到了岸边。它的主人，一位老妇人，用足球队员和英国船员的照片装饰了船的篷顶。

次日，3 月 4 日，我们准备坐火车离开广州前往汉口。列车预定在下午六点开出。下午我们早早就去英国领事馆辞行。领事不是特别高兴。他告诉我们，铁路线昨天遭到了猛烈轰炸，让日本人给切断了。火车无论怎么也要开上五到七天时间；你们甚至可能会被赶出车厢，不得不在偏僻的外省村庄里过夜。一位刚从汉口回到这里的女士信誓旦旦地对他说，给她一万英镑，她也不愿意再跑一趟。“当然，”领事补上一句，挤出了笑意，“我不是想让你们泄气。”

我们申明说我们并没有泄气——空袭会有助于打发时间，而在稻田里过上一夜也不失为极好的新闻素材。尽管如此，当我们到达广州车站时，我开始紧张地望向天空。这是一个温暖无风的傍晚——对日本人来说是个绝佳天气。

---

1. 英国小说家沃德豪斯的“吉夫斯”系列小说中，此人是个无所不知、处事周全的男管家。

沿着铁道附近的公路，数百个苦力恭顺地蹲坐在尘土里：这些人似乎压根儿都没想过要站到月台上去。只是到了最后一刻，当每个所谓的重要人物都已上了车，他们才被允许爬过栅栏，像打仗般拼命跑向还剩下些位置的牲口车厢。他们中很多人显然只得留在原地。很可能会有几个人挤折了胳膊或腿。

车站建筑物很小，年久失修，挤满了士兵。它的味道真的很难闻。一群穿着漂亮的黑色镶银制服的警官微笑着拦住我们盘问。但他们不想看我们的车票，也不检查我们的护照；他们只是问我们两个各要了一张名片。有人后来告诉我们，搜集名片是警官才有的便利特权；他们喜欢拿回家给老婆看，好吹嘘他们见了多有趣的人物。

多亏了吴长官的影响力，为我们预留了这班列车上最好的座位：头等车厢里的一个双卧铺单独包间。这节车厢大概是这列长得惊人的火车唯一一节其车顶涂了伪装迷彩的车厢：我们寻思着这假定的隐身术从空中看是有利还是不利。或许，车站官员们也很紧张；因为我们的出发时间非常准时。当我们慢慢驶离月台，士兵和警察立正敬礼。其中一位乘客——一个面色苍白的镇定沉着的年轻人，长着惠比特犬一样的长鼻子和突出的下唇——默默地鞠躬致意；他显然是一个政府要员。整个感受稍微有点不吉利——就像从炮架上观看你自己的军人葬礼一样。

我们的火车悠然喷着白烟，穿过郊区，驶进了开阔的乡村。在旅程的这个阶段，我祈祷司机一路小心；领事说起过那些传言，那些遭到轰炸的桥梁马马虎虎地就用竹桩修补了事，这令我更加紧张。

此外，如果日本飞机飞过来，你可以毫无危险地从车窗跳出去。我们站在通道里，和一个中国银行董事交上了朋友，他向我们保证说一切顺利的话，我们将在两天三夜后抵达汉口。这令我们相当振奋。

事实上我们只看到过一次空袭的迹象，在天黑不久后停靠的一个小车站。一颗炸弹刚好落在铁轨旁；候车室的残墙断瓦散落在弹坑四周。若还有其他这样的废墟，在我们上床睡觉后，我们必定已与它们擦身而过。一路停了好多次车，漫长的等待。我们在夜里的行进速度要比在白天慢得多。

这列火车上没有餐厅，但乘务员提供了很多食物。甚至还有一份特别的欧式菜单。试过一次后，我们就敬谢不敏，因为太难吃了——直到吃厌了中国菜以后，我们才又回头吃了几顿。不管怎样，我们都不是特别的饿。

早饭时我们停在了广东、湖南省界附近的一个山区车站。一座笼罩在薄雾中的巨大悬崖，高耸在铁轨上空。农民们拎着篮子里的水果来叫卖——看上去像是小橘子。我们无视香港朋友"谨防腹泻"的提醒，连皮带肉一起吃了下去。

整个白天，我们的列车沐浴在烈日下，隆隆地驶过湘南富饶的红土山谷。迷人的小山村紧挨成一片，灰色和白色的村屋簇拥环绕着那些正方形的哨楼，哨楼很像英国乡村教堂的尖塔。杂树林里有残破的房屋，围着树干垒起了干草堆。水稻田顺着山坡向上延伸，梯田叠梯田，如锈迹斑驳的镜子般映照着天空。到处都有大批苦力在铁轨上干活。当我们驶过时，他们中的一个用力拉下他朋友的裤子，咧嘴笑着，向整列火车展示其间的奥秘。

乘务员们在通道里来回穿梭不停，送来了热毛巾、米饭和茶水。旅行时间越长，茶也越来越难喝，鱼腥味儿越来越重。通道里的两个武装卫兵——其中一个肯定不超过十二岁——朝我们的包厢里偷看着，看着两个外国鬼佬为诡秘的笑话叫着笑着，用刺耳的假声唱着歌，还坐在椅子里颇有节奏地晃前晃后，相互大声地读着深红色封面的书。那晃荡是我们发明的一种锻炼，徒劳无用地折腾，为了避免生痔疮。那些书是《弗拉姆牧师宅第》[1]和《盖・曼纳令》[2]。都不是什么成功之作。我们赞赏司各特娓娓道来的叙事技巧；我们觉得特罗洛普很沉闷。他似乎只对金钱，以及在支票本上签上你大名的可怕后果抱有兴趣。上车第二天中午我们就把这两本书都看完了。我们没有别的东西可读，我们的嗓子嘶哑得再也唱不了歌。旅行不再好玩了。

等过了长沙，天气转阴，而且冷多了。车站里的农民都围着头巾，犹如伦勃朗圣经组画中的人物。士兵们背着他们的沉重装备吃力地走过，耐心地撑着纸伞。我们看到了大雨滂沱中的洞庭湖（多奇怪，想起在伦敦时，不过三个月前，我曾手指地图上的这个地方，疑惑地自问："我们是不是该跑那么远一直到这里啊？"）。

第二天一大早我们到了武昌。昨天夜里降温了，我们蹒跚着走出车站，迎来了一场强劲的暴风雪。通往渡口的人行道和铺石台阶结了冰，走着溜滑溜滑的。苦力们一个劲地推挤着我们，他们的长

1.《弗拉姆牧师宅第》：英国小说家特罗洛普的"巴塞特郡"系列小说中的一部。
2.《盖・曼纳令》：司各特匿名出版于1815年的小说。

相让人反感，鼻涕拉搭的，粗野而委琐，那是寄身社会最底层的被侮辱和被损害的人的面容。奥登的纸伞被狂风吹断了；它在奥登的脑袋边卷成一团，就像顶奇形怪状的帽子。我们一路打着滑，咒骂着，挤进了渡轮的船舱，这里挤得让人站着都无法动弹，周围簇拥着草篮子、步枪、士兵、农民和箱包。这可不是为传染病或虱子大惊小怪的时候。远处的岸边，汉口的建筑物在低垂雨云的衬托下，森然阴郁地矗立着；在我们面前，扬子江翻滚的浊浪与狂风暴雪竞相肆虐。我们仿佛已来到了真正的世界末日之境。

2

3月8日

今天奥登和我都一致认为我们宁可在这个时候来汉口，也不去世界上其他任何地方。

沿着荒凉空旷的北岸，这古老通商口岸的建筑物面对着冬天的河流呈现出它们的欧式面貌。（只有法租界还正式保留着；当局正准备用带刺铁丝网和大木门设下路障，万一日军发动进攻的话。）那里有领事馆、仓库、办公室和银行；有英国和美国的药房、电影院、教堂和俱乐部；有一座很好的提供借阅的图书馆，有基督教青年会，还有红灯闪烁的咖啡馆一条街——“玛丽”，“海军”，“孤注一掷”。摇摇欲坠的公寓楼和拥挤的街道围绕着这个中国城市，绵延数英里，跑马场外边是机场，还有那白雪覆盖的湖北平原。

服装店，咖啡店，餐馆，都由白俄移民经营着。几乎每间酒吧里你总能看到两三个——一个肥胖的被打败了的部族，过着一种忧郁的室内生活，闲谈聊天，搓麻将，喝酒，打桥牌。他们不知怎么都流落到了这里——途经蒙古，香港，或美国——他们定要在此间停留；此外没有人会收留他们。他们确立了一种没有保障的权利，靠着内森护照[1]、合法性可疑的中国国籍文件、桌布一样大的作废了的沙俄身份证，或是一副纯粹穷困潦倒的样子得以生活下去。他们极其苍白的脸庞，透过无数的雪茄和茶杯，望向了未来，没有遗憾，也没有希望。“他们的时钟，”奥登说，“停在了 1917 年。打那过后就停在了下午茶时间。”

泥泞的街道上，阴冷的西伯利亚寒风刺痛着匆匆行人的脸颊——欧洲人穿着裘皮大衣，中国人戴着皮帽和耳罩，像是套上了飞行员头盔。黄包车装着顶篷和车灯。仿佛经由某种老化和风干的处理工艺，双轮马车缩成了轮椅的尺寸。苦力们在门道里摇摆着身体进进出出，稳着竹竿两头挂着的箱包。他们合着短促的拍子相互鼓励着：“嚯，嘿，啊，嚯，嘿，啊！”穿着蓝色厚棉军服的士兵们默默地走过，身上沾满了汽车开过时溅起的污泥，他们单薄的草鞋泡在融雪里已全然湿透。

这就是战时中国的真正首都。各色人等都住在这个城市里——蒋介石，阿格尼斯·史沫特莱，周恩来；将军们，大使们，记者们，外国海军军官们，幸运的士兵，飞行员，传教士，间谍。这里隐藏着的所有线索，足以让一个专家去预测今后五十年的事件，只要他能发现它们的话。历史渐渐厌倦了上海，对巴塞罗那也不耐烦，已将其变幻莫测的兴趣投向了汉口。但她会待在哪里？每个人都夸口说他已遇见过她，却没有人可以说出个所以然。我们会在大饭店里找到她，她正和那些新闻记者在酒吧里喝着威士忌么？她会是总司令或者苏俄大使的座上宾么？她会更喜欢八路军总部，还是那些德国军事顾问们？她对黄包车夫住的小棚屋满意么？

---

1. 内森护照：国际联盟在一战过后为无国籍人士所发行的护照。

也许她比我们所想的更近——就在英国总领馆隔壁的房子里，在那儿，宋子文有时会彻夜商议未来中国的货币问题；好客的领事为我们准备了一个很大的空房间，我们在那里搭起了行军床。楼下，由温切斯特步枪[1]、拉辛[2]、公务闲聊和中国花瓶构成了另一种气氛——都是可进博物馆的老古董了；有几只丑得让人发窘——我们讨论起未来的行程计划。我们决定去北方：先去郑州，从那里，再到黄河前线的某些地方。若要成行，我们需要一个仆人兼译员。领事已帮我们找好了一个，他自己的贴身仆人的一个朋友。他姓蒋。

蒋是我们见过的其外貌可被描述为中年人的少数中国人之一。他有着一位出色管家的行为举止。他的英语颇有改进的必要，他甚至也不掩饰自己不会做饭。不管怎样，我们已决定雇他了，包路上花销，另付一个月四十个大洋。决定成交前，根据我们的要求，领事提醒他，我们将要进入战区。他会害怕么？“一个仆人，”蒋回答说，“是万万不能害怕的。”

当天下午，我们去拜访了鲁茨主教，汉口的美国主教。鲁茨主教已在中国过了大半辈子。再过几周，他就要退休了。最近，主教的思想突然变得“左倾”；他把自己描述成一个“基督教革命者”。不久前，他女儿曾去西北旅行，访问了已正式并入国军的共产党八路

1. 温切斯特步枪：一种连发步枪的商标名；因由奥利弗·温切斯特制造。
2. 拉辛(1639—1699)：法国剧作家。

军，在本地造成了不小轰动。自打史沫特莱小姐搬过来和主教大人同住，他的府宅已被冠以了“莫斯科—天堂轴心”的绰号。

鲁茨主教秃顶，爱咬文嚼字，举止透出典型美国式的高傲和故弄玄虚。他对我们只着眼于战争的直接后果颇有微词。“你们得把眼光放远五百年……这个国家在未来世界中将扮演一个历史性的角色。源自希腊罗马的西方文化的洪流，现如今已被犹大和专心一意的技术所改变，它将与另一个源于孔子的人本主义的潮流汇合，这股潮流曾受印度影响，并不痴迷于技术。这里会是新的世界文明的诞生地，中国人已认识到这一点……只有人类内心的一次革命，一种新的理想主义——如同牛津教团试图做到的那样——才能使世界免于毁灭。我相信它一定会到来……谢谢你们来看望我。我喜欢和新到的朋友交谈，在其他别的什么人找到他们以前……史沫特莱小姐，恐怕她已出门了。”

3月9日

今天下午我们出席了新闻发布会。例行发布会每天五点在汉口宣传主管霍灵顿·董先生的办公室举行。

又窄又闷的房间里摆满了折椅，一张长条桌占了一半地方，上头放着茶杯、巧克力和香烟。各家外国报纸的记者们懒洋洋地坐着，要不就扎堆儿聊天，当他们不胜厌烦地抽着烟斗时，眉头紧皱着。几乎都是美国人或澳大利亚人；我们是唯一在场的英国人。还有个面色苍白、看似忧心忡忡的柏林来的家伙，穿着黑衬衫、马裤和摩托邮差的靴子。

刚开始的两三分钟令人尴尬。那些老手以好奇而敌意的目光打量着我们。我们赶忙解释说我们不是真正的记者，只是旅行者，为写一本书来到了中国。一个体格健壮、肩阔膀粗的军人模样的家伙拍了拍我俩的背，我们已和他攀谈过。“这些年轻伙计，”他冲着其他人大声嚷嚷，“迫不及待地就想要立即去前线。”伟大的新闻记者们笑了起来，疲倦却很放纵。“怎么啦，那不是很好嘛?”有人冷冷地评论道。“我不介意告诉你，”那个军人模样的家伙接着说，“我自己还没去过前线。可我他妈的好几次差点没了命。”我们怯怯地咧嘴笑着奉承了他几句。

过了会儿，两个朋友走了进来，让我们很高兴——卡帕[1]和弗恩豪特(我们在从马赛到香港的旅途中就认识了他们俩。真的，就因为他们那些嬉笑玩闹，捏屁股啊，“噢，什么啊！坏蛋!”的大呼小叫啊，还有那些没完没了的妓女的笑话，他们成了二等舱的活跃分子)。卡帕是匈牙利人，但比法国人更法国；矮壮，皮肤黝黑，眼袋下垂，黑眼圈，眼神气活像喜剧演员。他才二十三岁，却已是一个著名的新闻摄影记者。他几乎亲历了整个西班牙内战。弗恩豪特是个高个金发的年轻荷兰人——像卡帕一样野性难驯，但稍稍安分一些。他和伊文斯和海明威一起工作，担任了电影《西班牙大地》的摄影师。伊文斯现在和他们在一起。我们以前没见过他，他比其他两位年纪大得多，矮个子，浅黑，小眼睛活泼机智。他们三个直接从香

1. 卡帕：著名的战地摄影记者。

港起飞，刚刚到汉口。

在他们动身前往西北地区前，他们要在此等候他们的装备，装备正通过铁路托运过来。他们打算拍一部以一个少年士兵、一个在八路军某支游击队里的“红小鬼”的生活为题材的电影。他们希望能在下周的某个时候离开汉口。

每日新闻公告由政府的官方发言人李先生宣读。他像极了沃尔特·迪士尼动画片《三只小猪》中最乐观的那只小猪[1]。“失败”这个词在他嘴巴里找不到位置。日本人的每次推进都是中国的一次战略撤退。那些城市以尽可能机智的方式落入了日本人手中——它们只是不再被提起。他读得很快，总是把稿子读得丢三落四：“有七架飞机被中国地面部队击落，有十五架被步兵摧毁。”没人会画蛇添足地去怀疑这个算术问题，甚至也没人会装出有点兴趣的样子。当记者们分散到各个酒吧喝着餐前开胃酒时，任何一丁点真实消息过后都会散布出来。

讲话结束了，我们向董先生本人提出了政府通行证的申请，那是去北方旅行的必备手续。董先生严肃地听着，浅色无框眼镜后的眼睛透着疲倦和平静。是的，一切都会安排好；但他怀疑我们是否有必要申请访问西安。通行证要准备齐当，无论如何也得好几天时间。

我们出席新闻发布会的一个直接结果，是在领事馆吃饭时间收到了一个很大的文件袋。里面装着中国宣传部过去三月间的全部

1.《三只小猪》，1933 年出品。最乐观的是三个小猪里的老大，喜欢说大话、性情懒惰、做事图方便。

新闻公报。显然，我们应该在明天下午以前把这些资料研究完。奥登称之为“我们的功课”。

3 月 10 日

今天早晨我们去拜访了唐纳德先生[1]，他是总司令和蒋介石夫人的朋友和顾问。唐纳德先生现在住在滨江大道的一间公寓套房里——一个很大的摇摇欲坠的地方，被一群有点鬼鬼祟祟的秘书、男仆和传令兵保护着。他在他的卧室里接待了我们。他重感冒刚好，床边的桌子上摆满了装得下一整个药店的瓶瓶罐罐。唐纳德面色红润，表情认真严肃，带有某种澳大利亚口音，鼻子相当大——一个令人愉快的惊喜；因为大多数知情者误导了我们，我们把他想成了一个圆滑世故、脸色铁青、姿态极高的福音派新教徒。他说话的声调既不洪亮也不严厉；如我们所希望地那样，他借助了一张大地图，给我们讲解了战争形势，说得清楚而简明扼要。我们主要谈到了俄国人为中国提供军事援助的可能性。唐纳德说这个援助的规模被夸大了很多。尽管如此，他认为日本人很可能会进攻西安，以阻止俄国人可能提供的补给物资进入中国。如果西安到兰州的公路被切断，这些物资将不得不翻山越岭，走一条极其艰险的内陆

1. 指澳大利亚人威廉·亨利·端纳(1875—1946)。1911 年，作为《纽约先驱报》驻中国记者派驻上海。孙中山回国后，担任其政治顾问，参与起草中华民国第一个政治纲领《共和政府宣言》。因最先披露袁世凯与日本密订“二十一条”而声名大噪。此后担任蒋介石顾问近十年，“西安事变”时曾受宋美龄委托，赴西安斡旋。1940 年，因与蒋意见不合，辞职离开中国。

路线。

我们问他共产党在战后将可能扮演何种角色。他反问："共产主义者为何而奋斗？事实上，他们究竟能否被称为共产主义者？"在他看来，鲍罗廷[1]撤走后，共产主义在中国就不再存在了。

唐纳德的个人生涯非同寻常。他是泰晤士报驻哈尔滨的记者。此后当过"少帅"张学良的顾问；后来成了蒋介石本人的"外国朋友"。他习惯说"我们觉得"、"我们肯定"、"我和总司令说过"和"总司令对我说过"，虽然两个人谁都不会说对方的语言。众所周知，唐纳德不懂中文，这无疑成了他在这个机密重重的国度里最好的保护。他听到的只是适合他听的好消息。他是个人人都可信任的人。

临走时他问我们的行程计划。我们告诉他我们拟议中的北方旅行。他看上去半信半疑，摇了摇头："那么，祝你们好运。但路上不好走。不好走。"他停了会，然后用低沉的戏剧性的语调补上一句："你们也许只能吃中国菜了。"

我们笑了。他可能是想告诫我们要提防那些难以言喻的恐怖玩意。"可是，"奥登问道，"想必您自己也吃过吧？"

"中国菜！"唐纳德的脸厌恶地皱了起来，"再也不想碰那东西了！我的胃都吃坏了。"

---

1. 鲍罗廷：1923—1927年共产国际驻中国代表和苏联驻中国国民党代表、国民政府高等顾问。

3 月 11 日

唐纳德先生把我们引荐给了冯·法肯豪森[1]将军，蒋介石的德国军事顾问团的首席顾问。今天下午我叫了辆黄包车，出门去找他的指挥部。

指挥部坐落在原日本租界内的某个地方，在滨江大道的最尽头。但地址拼写错了，我们前前后后兜了很长时间。自打它们的屋主逃回日本后，这一带的很多房屋已被中国军队征用。战争爆发后不久，警察进行了一次突然搜查，发现这个租界曾是大宗非法毒品贩运的中心。

沿着街道一路走来，到处都有新兵在操练。他们还是些孩子，样子笨拙，穿着他们厚厚的棉军装显得异乎寻常地肥硕，他们那可怜的黄皮肤的手冻得橡胶般煞白。他们看来正做着各种稀奇古怪的体育锻炼。一个新兵对着他的士官单腿跪地，连续好几分钟里，两个人一直默不作声地相互对视，仿佛那个士兵被催眠了一般。再往前一点，另一个士官大声喊出一个口令，而他整个班将单腿稍稍前伸，姿态之优美让人想起了芭蕾舞，兼具某种迟钝的野蛮。我雇

1. 亚历山大·冯·法肯豪森：德国陆军上将。1934 年被蒋介石聘为军事顾问。1935 年 7 月曾奉命起草绝密的《关于应付时局对策之建议书》，为将来的中日战争构思战略框架。他曾建议："最后战线为黄河，宜作有计划之人工泛滥，增厚其防御力。"这一设想导致了此后抗战初期造成百万人死亡的花园口决堤；奥登一行拜访法肯豪森两个月后，德国驻中国大使陶德曼要求召回德国在华军事顾问。7 月法肯豪森和德国顾问团二十人被迫离开中国。法肯豪森在二战中担任德国驻比利时和法国北部陆军司令，后因涉嫌谋杀希特勒事件而被捕入狱。

的苦力这条路走走，那条路绕绕，不时停下来问路，问到的人都不知道在哪里。我们在那排士兵面前兜来兜去。穿着我新买的马靴，我试图表现得非常严肃非常正式，但并不成功。过了会，我忍不住笑出了声；新兵们也笑开了怀。我学他们样子敬了个礼，他们也回敬了一个。他们的军官对着他们大吼，但他们也还是在笑。就在训练似乎即将完全失控的当口，我注意到我们正第三次通过将军的驻地。

将军不在，但他的副师长接待了我——一个高大威猛的家伙，剃得短短的银发，戴着的金表带像自行车链条一般粗，一副单片眼镜深嵌进他的脸部。即使穿着件花呢上衣和法兰绒裤子，他也确凿无疑是个国防军军官。而他的办公室，尽管铺着厚厚的日本席，有点老波茨坦的味道，而这时秘书们正跑进跑出，脚跟一并，身体往前一挺，行着僵硬而正式的鞠躬礼。

大多德国人都已在中国待了几年。他们属于希特勒上台前的那批移民，当一个雄心勃勃的军官预见到在其本国的军事生涯毫无冒险性时，常常会愿意到国外去。他们共同创建了中国军队现代意义上的作战部队，他们希望留下来以便看到它投入实战，这是自然常情。迄今为止，我们所遇到的人中，没人暗示说他们会有背叛中国的嫌疑，尽管出了个《反共产国际协定》[1]。不过，身处协助者和同盟者的这个古怪群体中，时下他们的身份当然很是暧昧。柏林对他们的活动有何看法？莫斯科又如何看？蒋介石本人完全信任他们么？也许不是这样。无论如何，他们的意见不是总会被采纳；但

1. 德国和日本于1936年签定该条约，一年后意大利加入；法西斯国家的政治结盟就此开始。

这也许是由于本国将领们对其外国同事始终表露出来的嫉妒——同在西班牙佛朗哥的军队一样。

副师长认为中国必定会赢得这场战争——只要她的军队能够“站直了——按照所教的去做”。但他有时会叹气,我们猜想,那是因为要投入三或四个德国人训练出来的精锐师来加强中国的抗战。我们的谈话从军事内容转到了哈尔茨山[1],那儿的韦尼格罗德小镇,我们都很熟悉,正是他的家乡。

奥登和我只得返回,等第二天上午再来拜访冯·法肯豪森将军。

3月12日

当我们到了指挥部,副师长问候我们道:“哦,先生们,你们听说那个消息了么?”[2]

没有,我们回答,没听说。

“昨晚德国军队开进了奥地利。”

世界看来翻了个底朝天。但副师长谈论时非常平静。“当然,”他说道,“这是不得已而为之。而现在我希望英国和德国还是朋友。我们德国人总是希望如此。奥地利是我们之间唯一产生的麻烦。

1. 哈尔茨山是德国中部的山脉。

2. 这一天,德国占领了奥地利。次日,希特勒到维也纳,签署了德奥合并的法律,奥地利成为德意志第三帝国的东方省。对希特勒这一赤裸裸的侵略行为,西方列强仍采取了绥靖政策。

好消息是整体局势已彻底稳定了。”

他领着仍然昏头昏脑的我们走进了另一个房间，冯·法肯豪森将军正坐在那儿。“他们到了，阁下。”他鞠了一躬，然后把我们独自留在那儿。

将军看上去更像是大学教授，而不像一个普鲁士军官。他戴着夹鼻眼镜；瘦削，头发斑白，约五十五岁左右。我们问了他那个常规问题：中国会胜利么？

“哦。”将军说，“我是个乐观主义者。我的乐观有三个理由。首先，因为我是一名战士。士兵是职业乐观主义者。其二是因为，如果我不乐观，我就不能给我身边的人以信心。第三，当前的形势确实为乐观主义提供了基础。”他认为黄河防线很坚固；汉口很容易守卫——有足够多的部队。当我问他上海战役期间他在哪里（更多是为了有事可说，而不是因为我真的想去了解），他微笑着拒绝回答。其原因，我们俩都想象不出来。

当我们走回家时，我们突然感觉到了奥地利事件的严重性，一切都只能靠边站了。就在今晚，欧洲很可能爆发一场战事。而我们身在此地，在八千英里以外的地方。我们应该改变计划么？我们要不要回去？与之相比，中国与我们又有什么关系？这类坏消息产生了一个奇怪的心理效应：日本人所有的枪炮和炸弹仿佛突然之间变得和蚊虫一般无害。若我们在黄河前线被杀，我们的死亡会像特伦特-伯顿[1]的一桩公共汽车事故一样只具有地方性和毫无意义。

1. 特伦特-伯顿：位于英国斯塔福德郡横跨特伦特河的一个市镇。

与此同时，我们每天的巡回访问还得继续。我们已预约了阿格尼斯·史沫特莱小姐。

我们在鲁茨主教府楼上的一间起居室兼卧室找到了史沫特莱，她正沮丧地望着炉火。她那头灰色短发，男子气的下巴，深陷的脸颊，鼓出的明亮的眼睛，真是像极了俾斯麦[1]。“嗨，”她无精打采地招呼我们，“你们俩想知道些什么？”

我们自我介绍后，她就开始盘问我们，带点嘲弄的意味，而不是挑衅的口气：“你们的背景是？”……“你们是左派么？”……“你们写诗？”我们的回答似乎逗得她直乐。她微微颤抖，面带笑容，笑声极轻。她那无畏的深灰色眼睛一直看着我们，带着怀疑的神气。当我们承认我们现在暂住在英国领事馆时，我们得了个很糟糕的评分，我知道这一点；另一次是告诉她我们刚刚拜访过德国军事顾问的时候。“他们现在在搞什么阴谋？”她问。我们申辩说冯·法肯豪森将军完全无可怀疑。“我不信任任何德国人！”史沫特莱小姐大声说，很是激动。

没有可能不去喜欢她或尊重她，她如此地严厉、乖戾、富有激情；对每个人都如此无情地挑剔苛责，包括她自己——当她缩成一团坐在炉火前，似乎一切的苦难、全世界一切的不公义，都如风湿病正令她痛入骨髓。前不久她刚刚遭逢了一场真正的个人性灾难。她最近一次访问八路军期间所写的笔记连同所拍的照片，在中国邮局全都消失无踪。“有很多人，”她议论道，神情很是黯淡，“并不想

1. 俾斯麦：德国铁血宰相。

让它们寄到。”

我们的采访快结束时，她显得温和了些。我想，奥登的不修边幅很让她喜欢。“毕竟，”你可以看到她在思考，“他们可能并没有什么恶意。”“你总是把你的衣服扔在地板上么？”她挖苦地问道。我们临走前，她为我们前去八路军汉口办事处写了一封介绍信。

今天下午的新闻发布会特别沉闷。奥地利的阴影笼罩着我们所有人，而官方战事通报中的闪烁言辞引发了厌烦和不安的绝望，令我们的心情很是沮丧。一位近期刚从前线归来的中国记者举行了一个极其专业的战况演讲，我们中途就早早溜了出去。

今天晚上我们拜访了八路军办事处[1]。他们的所在地也在前日本租界，离德国人的指挥部并不是很远。一切看来非常友好和不拘礼节。我们和汉口办事处的代表博古同志谈了十五分钟，在一间空荡荡的小房间里，坐在椅子上，喝了好几杯热水——杯底落了一点茶叶。博古本人也参加了穿越草地进军西北的长征。他看上去身体虚弱，声调柔和而快乐，有点儿斜视。他的动作有些发僵，好像他在外边雪地里呆了太长时间。

博古问我们是否考虑去访问八路军。我们回答说：“不了——已经有那么多记者去过那儿了，还为此写出了很好的报道。此外，旅行所需的时间也超出了我们可能的安排。”博古同意这一点，但建议在我们回汉口后，可以南下去东南前线走走。另一支共产主义者

---

1. 八路军办事处初设在汉口安仁里1号，后迁入汉口原日本租界中街9号(今长春街57号)。1938年10月撤离武汉，转往四川省重庆。办事处经常接待国际友人，帮助他们采访抗日前线。

的军队(新四军)在南昌已整编成立。如果我们愿意,他可以提供我们所需的介绍函。我们觉得这是个好主意。

3月13日

今晚我们第一次看了京剧。我们是中央社社长萧同兹[1]的客人。萧先生对我们很是友好：他答应送给我们每人一张京剧唱片带回英国。

今晚他们上演的是一出西式戏剧的中国原创版本《宝溪女士》[2]。我们迟到了,偌大的舞台上,宝溪女士正与征讨西凉归来的丈夫相认。

剧场挤满了人。每个观众都笑着,聊着,隔着观众席与他的朋友大声打着招呼。人们不断进进出出。服务员满场跑,送来了热毛巾和茶杯。看样子几乎没有可能听清舞台上的一个字：但显然这无关紧要,因为大家对整出戏都了然于心。恰如奥登所评论的那样,这情形像在意大利教堂里聆听弥撒。

演出非常矫揉造作和仪式化——一种歌曲、芭蕾、童话故事和闹剧的杂糅。服装很华美：大红的、橘色的或绿色的丝绸,绣着奇异的花卉和盘龙。头套有很重要的象征性：指挥军队的将军在头

---

1. 萧同兹：此前在国民党中央劳工部、中央宣传部新闻征集科任职。曾随吴铁城赴东北军活动,促成张学良东北易帜。1932年起,任国民党中央通讯社社长达20年,后去台湾。

2.《宝溪女士》：即《王宝钏》,因为主人误将钏字当作川,因此翻译后成了这个宝溪女士。

上插着四面旗子，像是军队小礼拜堂里的礼旗[1]；英雄[2]戴着针垫似的插着花翎的冠冕；西凉公主的头发后面拖着极长的孔雀羽毛，如同昆虫的触须。女角由男性扮演——他们的脸经由化妆变成了花花白白的面具。他们的戏袍袖子几乎垂碰到了地面。演员们甩动衣袖来表达愤怒或轻蔑，这是该种戏剧的一个重要的艺术特色，种种姿势被观众中的鉴赏家们仔细观赏着。帝王戴着长胡子，反派角色化妆成了滑稽面具。几乎没有任何舞台背景；只有一块背景幕布，一些垫子，几把椅子。后台人员倚靠在舞台的后边，在观众完全看得见的地方，偶尔走到前台放下一个靠垫，帮着演员整理戏袍的褶皱，或者送上一碗茶，让刚刚唱完一个高难段落的演员润口提神。在数个世纪的历程里，饮茶已成了演出必不可少的一个部分。"他自斟自饮姿态甚美"，就这么评说一个演员。演员们处置那些垫子也表现出很高的灵活性，他们在表现哀求或绝望时就跪在那上面；当他们用不着时，就若无其事地丢还给后台，手腕那么一甩，就像在玩套圈游戏。

有一些口白对话，但京剧主要由五音音域的叙述性唱段构成。乐队就坐在舞台上：有一些打击乐器，一把提琴[3]，某种风笛样的乐器。演唱声细细尖尖的，用鼻音发声；对西方人的耳朵来说，这声音与唐老鸭的嗓音惊人地相似。我们根本分辨不清哪个是表现欢乐

---

1. 英军步兵团的旗帜，有两种颜色和图案：一部分是英国国旗，另一部分是该团的团徽。
2. 此英雄，即是《王宝钏》这出戏中的男主人公，薛平贵。
3. 其实是胡琴。

的唱段，哪个是悲剧性的唱段，也分不清桥段和高潮段落。然而，尽管一直在喋喋不休地说话，观众显然专心品评倾听着乐曲；比如，在某些时刻，他们会突然鼓起掌来，而在欧洲，这掌声通常是听到了极美妙的高音C后才会响起。

我们的主人尽了最大努力来解释这个故事。妇人们甩着她们的袖子。“那些婆娘因为她没有丈夫就看不起她。”宝溪女士口中发出了刺耳的迪士尼影片风格的声音。“现在她将孝道和为人妻的责任视为同一了。”一位将军授命去杀死英雄；他们进行了一场芭蕾般的战斗。出乎我们意料，英雄被打败了。但他赢得了道德上的成功，因为将军忏悔了，还请求他的宽恕。老皇帝，宝溪女士的父亲，被废黜了，英雄继承了王位。他那衣衫褴褛的年老母亲享受了尊荣；反派角色被拖出去砍了头。老皇帝有点儿生气，但最后欣然作出了让步。宝溪女士接过一面小旗，表明她现在已是第一夫人。

3月14日

今天下午，唐纳德先生带着我们去和蒋介石夫人一同喝下午茶。

我们乘上一艘政府专用汽艇，坐在有蕾丝花边窗帘的船舱里，渡江去往武昌。当我们步行登船时，卫兵们都立正敬礼；唐纳德在前领路，穿着黑色阿斯特拉罕[1]衣领的毛皮大衣，看上去很像一位

1. 阿斯特拉罕：前苏联城市名，出产黑色卷毛羔皮。

显赫的外交使节。他告诉我们，他的感冒还是让他很难受。

总司令和夫人现在住在以前的省军事指挥部。我们的汽车驶进一个石砌的大门入口，入口两侧画着狮子，转过了一片草地，草地下面，已建起了一个看来很坚固的防空洞，汽车在警卫森严的别墅大门前停下。唐纳德领着我们直接上楼，在一间小起居室里等候，起居室用仿胡桃木贴面，内部布置如同一个英国小客栈。空白的墙上，孙逸仙博士的照片俯看着我们，十字交叉的中华民国国旗和国民党党旗作为其装饰。角落里放着一个橱柜，里面放满了刀叉和积满灰尘的香槟杯；一张桌子上，玻璃纸盒子包着一个很大的生日蛋糕，至少有两英尺高。唐纳德告诉我们，昨天是蒋夫人的生日。蛋糕是汉口的妇女界送来的礼物。夫人正准备把它送给难民营里的孩子们吃。

一个仆人拿来了茶具，过了一会儿，蒋夫人出现了。她是个小个子的圆脸女士，着装高雅，与其说是漂亮不如说是很活泼，拥有一种几近可怕的魅力和自信。显然，她知道该如何应付可以想象到的任何类型的访问者。她可以随意变成一个富有教养的西化女子，对文学和艺术有一定认知；可以变成一个技术专家，谈论飞机引擎和机关枪；可以变成医院的督察官、妇女联合会的主席，或是单纯、多情而黏人的中国妻子。她可以很可怕，可以很和蔼可亲，可以一副公事公办的样子，也可以冷酷无情。据说她有时会亲手签署死刑执行令。她英语说得极好，其语调隐约让人回想起她在美国大学所受到的训练。非常奇怪的是，我从没听任何人谈到她用的香水，那是我俩曾闻到的最宜人的味道了。

我们从祝她生日快乐开始了谈话。

“哦，”她微笑着，摇了摇头，其率真尽管有些做作，依然不失为动人，“我希望没人知道……一位绅士会喜欢过生日，女士不会。它会让她想起自己年华正逝。”

我们在茶桌旁坐下。“请告诉我，”夫人说道，“诗人们会喜欢蛋糕么？”

“是的，”奥登回答，“确实很喜欢。”

“哦。我很高兴听你这么说。我还以为诗人们或许更喜欢吃精神食粮呢。”

蛋糕极其美味。（我们在想，这是不是唐纳德挑的啊？）夫人她自己没有吃。在她轻松愉快的外表掩饰下，她看来很疲惫，状态欠佳。我们聊到了英国，聊到了我们的旅行，和我们对中国的印象。等我们吃完，她说道：“现在，也许你们想要问我些问题吧？”

我们回答说，我们希望她为我们介绍有关新生活运动[1]的情况。

在香港，我们对这个奇特的道德改良运动的初步报道已有所耳闻，总司令和他的妻子在四年前发起了这一运动——而他们很不顺利。这个运动，加之警察令人不快的威逼恐吓，看来自负而伪善。

---

1. 新生活运动肇始于1934年2月19日，蒋介石在南昌行营扩大总理纪念周发表《新生活运动之要义》的演说。当年7月，成立新生活运动促进机构“新生活运动总会”；蒋介石自任会长，宋美龄担任妇女委员会指导长，成为新生活运动的实际推动者和倡导人；宋美龄为推行“新生活运动”不遗余力，除开展大量的国内宣传，亦接受国内外媒体访问，奥登与衣修伍德这次与宋美龄的会面，也是以“新生活运动”采访报道的名义进行。

在北京曾展出过一件连衣裙的样品，标明了贞节女子衣服袖子的正确长度。在西安，一个年轻的英国旅行者因为在户外抽烟斗而被当街训斥。有些人被强制性地洗牙。在内地城市，有谣传说男女混杂一起散步也被禁止。

（这种公开的性别隔离，在中国自然也不是什么新奇之事。时下一个香港学生在其散文中对此有一段非常有趣的描写："在孔夫子的年代里，鲁国的一切事情都有条有理。寿衣质料上佳且非常厚实。男女各在街道两边分开行走。"）

广州市长曾先生所说的话更让人放心些："新生活既不会低于也不会超越人类天性。"可迄今为止，我们遇到的每个人，中国人和欧洲人，对运动本身所扮演的真正角色看来都有点茫然。夫人现在两手交叉，目光低垂看着桌面，开始发表一个对她而言显然很熟悉的讲话。她告诉我们，数世纪以来，中国人一直被一个专制阶级所统治。因此，当中国变成了一个共和国，他们对于如何自律所知甚少。那些守护古老帝国秩序的官员拥有一整套明确的道德准则，至少在理论上，他们承认它的约束力——然而他们常常无法将它付诸实施。这个道德准则已同他们一起消亡，继之而起的混乱时期，极易成为滋生共产主义宣传的温床。为此，总司令于 1934 年，在南昌的一次讲话中开始倡导新生活运动。按照夫人的说法，共产主义者在江西省造成的荒凉景象和为农民做些事情的急迫心情，促使总司令采取行动。

（在其他地方我们听到过一个有所不同但更有说服力的解释。当南京政府镇压共产主义者时，它仍然不得不正视共产主义宣传在普通民众中间的影响，民众已开始尊重他们，并从他们那儿了解到了一种不同的生活方式。因此，根据这个观点，新生活运动是与共产主义者的经济与社会改革纲领进行较量的一个直接尝试，以倒退回孔夫子来代替前进到马克思。某种意义上，夫人自己也承认这一点，她说："我们给予人民的东西，共产主义者许诺了却无法履行。"）

新生活运动基于四个伦理道德[1]的实践：礼，即理性，义，即人们外在的正当行为，廉，即道德上的判断，以及耻，即良知。它旨在逐步灌输人民以公民责任和社会服务的理想。派出了志愿者去检查行政系统的腐败，清扫城市街道，以及广泛提高公众健康的标准。医院和救济所已纷纷建立。麻将和抽鸦片已被禁止。政府官员也不允许去逛妓院。

我们不得不承认，夫人让所有这一切听上去切实可行又合情合理："对欧洲人来说，我们所提倡的行为正当的美德可能看起来相当可笑。但中国已经忘了这些东西，因此它们很重要。"我们转述了我们听来的关于改革者行为过度的传闻故事，她承认说这些情况很可能相当真实。运动的某些追随者太过愚蠢和热心，被成功冲昏了头脑；但政府确实没有鼓励他们这么做。

---

1. 蒋介石在其《新生活运动纲要》对于这四个方面有详细阐述：礼者，理也：理之在自然界者，谓之定律；理之在社会中者，谓之规律；理之在国家者，谓之纪律；人之行为，能以此三律为准绳，谓之守规矩，凡守规矩之行为的表现，谓之规规矩矩的态度。义者，宜也：宜即人之正当行为，依乎礼——即合于自然定律，社会规律，与国家纪律者，谓之正当行为；行而不正当，或知其正当而不行，皆不得谓之义。廉者，明也：能辨别是非之谓也，合乎礼义为是，反乎礼义为非；知其是而取之，知其非而舍之，此之谓清清白白的辨别。耻者，知也：即知有羞恶之心也……奥登他们所听的是宋美龄的英文讲解，大体合乎本意。

我们问她，在战争结束后，政府是否准备与共产主义者合作。夫人回应说："问题不在于我们与共产主义者的合作。问题是：共产主义者会与我们合作么？""今天我和两个女共产主义者一起吃了午饭，"她补充说，"我告诉她们：只要共产主义者希望为中国而战斗，我们就是朋友。"

我们道完别正要起身离开房间，一个军官跑上楼来。是总司令本人。我们几乎不可能从眼前这个谢顶的、面和目善、眼睛黑亮的男子，认出新闻短片里那个披着斗篷、腰板挺得笔直的人物。在公开和正式的场合，蒋近乎是个阴险的怪物；他犹如某种幽灵虚弱而面无表情。在这里的私人场合，他显得和蔼而腼腆。夫人领着他走到阳台上，挽着他手臂，摆好了姿势，因为还有一张照片要拍。照相机镜头里，他明显绷紧了身体，像个被罚站的学童。

回汉口的路上，我们讨论着新生活运动和蒋政权。中国能被清扫干净么？奥登本人就是个对抗强制卫生措施的老手，对此相当怀疑。我们大笑着想象起这样的画面：蒋和他的夫人，还有唐纳德，坐着飞机在国内疯狂地飞来飞去，在一个城市清除排水沟，在另一个城市给衣服扣上纽扣，在第三个城市里创办了一间沙眼诊所。在他们刚结束此行的同时，第一座城市又已脏污不堪，而第二座城市的衣领早已经解开了。

"只要你希望为中国而战斗，我们就是朋友"。夫人如此对共产主义者说。很可能是这样。但她所说的"中国"是指什么？这个战斗难道仅仅是一场"苦力们"的战争，而保家卫国，难道只是为了让夫人自己所属的宋氏王朝的统治得以延续，为了一小撮无所不能的银行家么？蒋本人有长期镇压共产主义者的记录，他究竟能否与诸如毛泽东、周恩来这样毕生致力于工人斗争的人建立长久的联盟呢？这确实很难让人相信。

尽管如此，只要这场战争持续下去，不能否认蒋的领导对中国来说仍然必不可少。而夫人本人，尽管整个人有点矫揉造作，无疑仍是一个伟大的英雄人物。有个和她有关的故事让我们特别欣赏。几个月前，日本人提出了一些极其厚颜无耻的和平条款；他们的提议要通过一个中立国的大使来居间转达。大使来赴茶会，发表了他事先准备好的讲话。一阵让人尴尬的沉默。略感窘迫的大使补上一句："当然，我只是给你们传递这个消息，不带任何评论。"夫人看着他，很平静地说道："我当然希望如此，"随后，展现出了她的全部魅力，"告诉我，你的孩子们还好么?"这是日本人所曾收到的唯一答复。

3 月 15 日

今晚，我们正步行回家吃晚饭的时候，空袭警报声开始尖叫起来。最响亮的一个警报器，在河对岸很远的地方咆哮着，声音活像一头生病的母牛。领事馆积雪的花园里，那些光秃秃的树木看似长满了黑色的树叶；但这些树叶其实是乌鸦，此刻，这些受惊的鸟儿直直地飞上傍晚橘色的天空，四处飞绕盘旋着，交织出种种巨大而复杂的图案。警察开始清空街道，催促黄包车夫赶快躲进门楼和门廊寻找掩护。那些被丢弃的黄包车，如同跪倒的骆驼，沿着荒芜街道的阴沟排成一行。这是个严肃而不安的时刻,仿佛即将发生一次日食。

我们和领事以及其他几个人,一起爬上了坐落在滨江大道、紧邻英国领事馆的美国银行的屋顶,那是汉口最高建筑物之一。电流已被切断,电梯于是不能用了,我们只得在伸手不见五指的黑暗中,摸索着爬上一段又一段楼梯。屋顶上很明亮,因为短暂的黄昏已过去,月儿正圆。

璀璨的月光照亮了扬子江和整座黑漆漆的城市。街道空空荡荡,一片死寂,只是在一辆载着士兵或急救人员的卡车在街角发出尖利的刹车声的时候,才将这寂静打破。警报已响了第二遍——预告空袭飞机正飞越内部危险区域,距离汉口二十分钟以内的飞行航程。现在它们随时都会到来。

停顿了一会。然后,自远处,低沉的轰鸣声正逼近,轰炸机刺破了黑暗难以觉察地一路飞来。市外郊区的飞机场附近,炸弹落地发出了沉闷的轰击声。探照灯的光束如圆规般纵横交错地标出了无数小点;突然间,它们出现了,六架一组在高空贴得紧紧地飞着。仿佛一台显微镜戏剧性地将一个致命疾病的细菌捕捉于其焦点之上。它们飞了过来,明晃晃的,看去那么小,如此可怕地侵入了这个夜晚。探照灯划过天空紧跟着它们;枪炮声大作;曳光弹对着它们升腾而起,很快又无望地下落,就像是慢镜头中的火箭。冲击波令你屏住了呼吸;屋顶上,我们身边的观看者轻声惊叫起来,喘着气:“看!看!在那儿!”此情此景就像贝多芬乐曲般宏大而惊人,却如此背德不义——它是挑衅整个宇宙的某种恶行,是对整个自然界和整个地球的凌辱。我不知道自己是不是感到害怕。我心里有什么东西像条鱼在扑腾着。如果你仔细看,当日本飞机还击时,可以看到榴霰弹射出的暗红色火焰和大团邪恶的红色闪光。飞机场上空,烧起来的机库在爆炸声中升腾起一个巨大的深红色的火球。十分钟后,一切都结束了,飞机已飞走了。

“今晚恐怕我们表现得不太好,”当我们磕磕绊绊地走下楼梯时,一个英国海军军官说。“它们看来好像干掉了主队的地面飞机。”

他是对的。我们后来听说六架中国战机还没来得及升空,就被摧毁了。

3

两天后，早晨七点，我们坐火车离开汉口前往郑州。

我们的仆人老蒋陪同我们一起去车站。天还没亮他就准备妥当到领事馆报到上班了——一个谦恭庄重的人物，穿着双式样别致的皮鞋，身着黑丝长袍，戴着顶一尘不染的欧式亚麻呢帽。他的气派不言而喻地反衬出我们的衣着寒酸——奥登那件运动上衣肘部都磨破了，我那条法兰绒裤子脏兮兮、松垮垮的。我们不配有这样的雇员。他全然是一个绅士中的绅士。

在检票口，老蒋开始表现出他的天赋。他让苦力们拿上我们的行李扎堆儿走在他前面，他在一脸敬畏的哨兵的鼻子底下，挥舞着我们的官方通行证（盖有总司令本人的印戳的）。若要我们降贵纡尊地亲自出示证件，似乎很丢我们的脸面呢。接着，当所有事情都安排停当后，老蒋走到一旁，微笑着一鞠躬，让我们通过。他那殷勤的姿态像是在说，有何等大人物正要登上火车哩。

我们刚在包厢隔间里坐定，老蒋就忙乎开了，走到列车服务员中间继续故作姿态。“我的主人，”他不容置疑地告诉他们，“是非常重要的名人。他们是总司令和英国国王的朋友。我们要到前线去执行一项特殊任务。你们最好把我们都照顾好，不然会有麻烦。”列车员们很可能知道这个说法多大程度上可以相信；但尽管如此，他们还是好奇心大起，全都跑来偷偷看上一眼，隔着通道窗户对我们笑着。我们眨眨眼睛，挥手回应，可能让老蒋的一番辛苦前功尽弃了。也许我们不会是那种毫无威严的人物，我们那极其发达的胸部——鼓出了足有几英寸，因为我们在每个可放东西的衬里口袋里，都塞进了厚厚几叠汉口兑换的钞票。这种携带金钱的方式看来有点危险，但在我们要去的很多地方，旅行支票将一无用处。

这列火车从各方面来看都比行驶在粤汉铁路上的那些要好。在和平年代，它可以将你载往北京。现如今它只能开到郑州：横跨黄河的铁路桥已被炸毁，以阻止日军的推进。有个很漂亮的餐车，桌上放着盆栽植物，我们在那里待了大半个白天。这个餐车唯独有个严重缺陷：没有足够多的痰盂。五个可用的痰盂中，有两个就装在我们各自的椅子背后，而乘客们不停地用到它们，吐痰前清着喉咙，实在很败坏食欲。在中国，似乎孩子们两岁时就学会了吐痰，而这个习惯再不会丢掉。新生活运动确实试图根治这一恶习，但没有任何明显效果。即便是我们认识的高层官员也都毫无顾忌地大声清嗓吐痰。

我们的旅行相当平静，除了惯常有的空袭预告。火车稳稳地行驶着，穿行在金黄色的风景如画的大地上。雪已消融，太阳晒着很温暖；但这里还是冬天，树木枯索，大地荒芜而干涸。人烟稠密的起伏的平原围绕着我们绵延伸展。从车窗里一眼看去，你很少有看到低于两百人的时候，人们散布在稻田里，在乡村池塘里用渔网捕鱼，要不就露出屁股蛋蹲着，在为大地施肥。他们的姿势体态如此永恒而籍籍无名；每个单独人物都可为一部俄国农民电影拍出一个极好的表现“人类命运”的镜头。一个如此千篇一律的国度！处处都是劳作中的男男女女，身穿明亮的深蓝色衣服；处处都有小小的坟茔，侵占着宝贵的可耕地——活人与死者之间的某种阶级斗争。那些赤裸的柠檬色的躯体，弯腰干着永无休止的农活，毫无个性可言；他们犹如植物般蜷缩着身子，沉默而无言。孩子们都很相像——张大了嘴呆呆望着，鼻涕拉搭的，他们穿着厚厚的夹袄，像是塞得鼓鼓的大量生产的玩具娃娃。今天我们头一回看见了裹小脚的妇女，如同踩高跷艺人般危险地维持着平衡，一路蹒跚而行。

午夜时分我们到达了郑州，晚点了两个小时。皎洁的月光俯照着破败荒芜的车站，在数周前的一场大规模空袭中它被炸塌了。外面，在车站广场，月光强化了倾毁建筑物的场景效果。仿佛回到了1915年时的伊普雷[1]。一枚重型航空炸弹击中了华泰饭店[2]；一切摧毁殆尽，除了外墙的残垣断壁还矗立着，废墟间，人们借着灯笼的光亮在瓦砾残骸中寻找着。沿街一字排开的摊贩在摇曳闪烁的乙炔矿灯下售卖着食物。老蒋告诉我们，眼下郑州大部分的商业活动都在夜间进行。白天，因为害怕飞机，全体居民都撤到了郊区。

从广场走入大街，没几步路，我们就找到了一间屋顶完好无损且还有一间空房的旅馆。店主提醒我们早上八点要退房离开；白天所有旅馆都将关闭。老蒋忙碌起来，使唤着每一个人，殷勤备至地要确保我们住得舒适。露营床撑了起来，还端来了茶水；他亲自动手，将几张卫生纸折起来塞在桌腿底下以固定桌子。我们问他自己睡哪里。“哦，没关系，”老蒋回答说，微微一笑，“我会找到一个地方

---

1. 伊普雷：比利时西南部小镇。一战中此地数度发生激烈战事，1915年成为人类历史上首个“毒气战”战场。

2. 原文为 flowery peace，姑且意译之。

的。”他看起来绝对很享受这个冒险。我们都觉得我们找了一个不可多得的人。

那天晚上我睡得很差,间歇性地睡个五分钟就醒,一直到天亮。从车站岔道那儿传来了火车头的哀号声,夹杂着夜间小贩的叫卖声,以及楼下住客从未消停的脚步声和说笑声。从我床边的一扇窗户望出去,我能看到隔壁那间房,其房顶被炸弹炸出了一个锯齿形的洞,折断的横梁凄凉地刺入了月光清朗的夜空。为什么这个城市的人会假定日本人只会在白天攻击?今晚,举例来说,就很理想……而我想起了斯蒂芬·斯彭德[1]曾对我说起过的一个极为相似的经验,那时他正在访问内战中的西班牙。此时,在对面床上,奥登睡得很熟,伴随着悠长而平静的、唯有真正强悍之人才能发出的鼾声。

一吃完早饭,我们立即出发去美国教会医院。汉口总领事为我们写了封推荐信给院长艾尔斯医生。白天的郑州,看起来少了些戏剧性,却令人倍感压抑。郑州位于中国两条铁路干线的会合点:平汉铁路为南北走向;陇海铁路为东西走向。在和平时期,郑州将它的枢纽地位发挥得淋漓尽致。这是一座强盗、赌徒、妓女和小偷之城。我们听说所有列车都会在这里停上二十二个小时——只是为

1. 斯蒂芬·斯彭德:奥登及衣修伍德的好友,英国作家。1936 年曾加入英国共产党,数周之后与之决裂。20 世纪 50 年代和 60 年代长期在美国生活,在多所大学教学。1983 年受封为爵士。

了让旅客可以有余裕时间去逛鸦片窟和妓院。每隔一段时间，当群情愤起力促要让火车运行提速，当地最大的旅店老板和鸦片生意合伙人就会派出一位代表去首都，带上一笔合适的贿赂，恳求仍然维持早先的列车时刻表。

主干道两侧的房屋华而不实、危险而又破旧，到处都蒙上了特别难闻的黏乎乎的灰尘，在城里四处卷起团团尘雾。我们挤进了一条长而凌乱的市街，那条路通向医院大门。每隔一段距离，在摊位和商店的中间，就会有浅浅的防空洞，深不过一米，比狗窝也大不了多少，上面用木板、黄泥和稻秸草草搭了个顶棚。在我带有偏见的昏昏欲睡的情绪下，我所见的一切看来是如此地悲惨和不洁；人群中每走过三个人，其中定有人看上去罹患了沙眼，要不就得了甲状腺肿大和遗传性梅毒。他们买卖的食品看来难以置信的可恶——那些最老弱的动物的最污秽的内脏下水；不易消化的排泄物般的甜食；难闻而污浊的汤，还有毒树根[1]。

当我们发觉自己坐在艾尔斯医生的起居室里时，感到一阵轻松，虽然这里整个凌乱不堪，带有独居男子惯常有的不整洁——单只的鞋，旧上衣，毛衣，还有丢得到处都是的手术器械；壁炉架上放着用过的剃须刀和茶杯；医学书夹在了去年的《星期六晚邮报》里。这个地方确实需要一位女性来打扫一番。这里很脏，可我们对这类脏乱状况习惯已久。我们立马就觉得很安适自在。

艾尔斯医生说话拖声拖调，很风趣，来自佐治亚州的一个南方

---

1. 郑州市集上售卖的食物被衣修伍德如此夸张不雅地描绘了一番，但具体不知为何物。

人,他欢迎我们的样子仿佛我们是他期待数月的老友。他刚好在吃早饭,不一会儿,他的同事——汉凯医生和麦克卢尔医生闯了进来。

"哥们,"麦克卢尔医生叫道,搓着手,"我今儿早上做了个肾脏手术! 嘿,太幸运了!"

"哦,鲍勃",汉凯博士抗议着,"你该让我来做的!"

"不,先生! 我想自己来试上一把!"

吃饭时,我们发现汉凯才刚来中国。他是个英国人,从盖伊教学医院[1]毕业后直接来此担任志愿战地医生,瘦长个,年轻,厚厚的眼镜片掩不住一脸喜气,他对每一个新奇事物都满怀热情,逗得其他人很是开心。每一样东西都会让他激动起来——炸弹坑,宝塔,腹部创口,老乞丐的脸:他一刻不停地抓起相机就拍上一张。

麦克卢尔身板结实,头发黄中带红,是个圆脑袋的苏格兰裔加拿大人,有着旋风般的旺盛精力和一个十六岁男孩般的高昂兴致。他身着皮上衣、马裤和系带的及膝长靴。在中国出生,在加拿大受的教育,他靠兼职做码头工人和理发师赚出了自己的学费。战前,他在黄河以北的卫辉[2]自己有一所医院。那儿现在已落入了日本人手中。目前他担任了红十字服务的协调员;以此身份,常常要在陇海线一带所有的医院和传教站穿梭访问。

吃过第二遍早餐后,我们被人领着参观医院设施。艾尔斯医生在场院里搭起了一个很大的茅草顶的急救棚,以便安顿人满为患的伤员。大部分的住院病人都为炸弹所伤:断胳膊和断腿的。医生

1. 盖伊教学医院:伦敦东南部一医院名,为国王学院的教学医院。
2. 卫辉:今河南卫辉市,明朝设为卫辉府,民国时期采用其古代地名汲县。

们告诉我们，躯干受伤最为致命；伤患者送到医院时往往太迟，最后死于败血症。日本人近来在郑州地区活动频繁，不但攻击城市，也袭击了周边的很多村庄。麦克卢尔本人有过一次死里逃生的经历，就在一两个星期以前：他所乘的轮渡正要过河，他跳到水里几分钟后，渡船就被炸得粉碎。有两颗炸弹落到了教会医院的院子里，就在那面铺开着的巨幅美国国旗旁边。

手术室里一片忙碌景象，运转还算差强人意。六个外科医生的作品只能由三个人来做——而且要快；没时间考虑专业细节了。那些拿着电报或是包裹走进来的人都留了下来，竭尽全力帮着忙；每个人都不愁没东西拿：一条腿，一块毛巾，或一只水桶。整个地方一片混乱，艾尔斯医生刚一转过身，就有一张手术台翻倒了。病人的脑袋重重地磕在了地上。他看上去有点头昏眼花，却没有抱怨。

午饭时麦克卢尔告诉我们，他当晚要离开此地去开封方向的一些医院巡视。归德[1]是第一站。我们为何不和他一起去呢？我们赞同这个想法，说我们愿意去，于是上楼跑到艾尔斯的卧室里，躺下睡了个回笼觉。

一顿迟到的晚饭过后，我们出发上路了。老蒋今晚很安静，有点不肯合作；也许他是被麦克卢尔精悍孔武的外表给唬住了。我们为我们一大堆的行李略感歉意，不安地揣想麦克卢尔或会因为我们带着床和用人而认为我们有点娘娘腔。他自己只带了一个小手提箱。当我们到达车站时，五六个苦力从暗头里猛地窜将出来，每人

1. 归德：河南商丘的古城，原县治所在地，此处当时设有教会医院。

各自抢着一个箱包。麦克卢尔挥拳打中了其中一个家伙的下巴。那人不是真正的行李搬运工,他后来解释说,只是一个在铁路偷盗的窃贼。

有人告诉我们,火车将在一点五十分开出。我们还要等上几个小时。月台上挤满了部队士兵,没有照明,异常地寒冷。可麦克卢尔的活力像个火盆,让我们觉得很是温暖。

他本人是一个长老会教友,在其传教工作中他不喜欢灌输教条;用中国人不理解的神学语言去烦扰他们很愚蠢可笑。诸如"在圣血中洗濯"这些短语只会令他们心生反感;"天父上帝"在其头脑中只会让他们想起某类超级收税员。"如果你站在一个临时演讲台上,你找到的只是些一心想找个轻松工作的无业游民;我们想要的是农民。而他们太过繁忙,以至没有时间过来听长篇大论。十字军勇士这类东西完全是一派胡言。"

"在这个世纪,人类只能在酒精和内燃机之间做个选择。你不能两样都要。医院里挤满了那些试图两样全抓的傻瓜。如果你想跑得快一点,你就得过正派的生活……这让我想起了一件趣事。我曾在福尔摩萨[1]工作过,你知道。一天,一个老人跑进了我的诊所。他说他不记得他的年龄了;我看他一定将近八十岁了。'哎呀,伙计,'我说,'你有一个二十五岁年轻人的体格哟!'他确实如此。神了!好吧,我自己思忖着,眼下是个教学生们一些事理的机会。于是我让他们都进来。'看这个人,'我对他们说,'这就是正派生活的

1. 福尔摩萨:16世纪葡萄牙殖民者对中国台湾省的称呼。

结果。看看他——现在再看看你们自己！'然后我问老人：'我想，你不抽烟吧。''不，从不。''我猜你也不喝酒吧。''我不喝。''也不和女人厮混？'不，他不再喜欢做那事。'那么，'我说，'你那么健康是由于什么原因呢？请告诉这些先生们。'于是他想了一分钟，然后开口说：'每天两次我抽点儿鸦片。没有比这更好的了。'那件事对我的基督教青年会观念来说，哦——确实挺为难吧？"

两点到了。又半个小时过去了，火车仍没有到。但麦克卢尔没有绝望。站长向他保证说三点会有军车经过郑州。"那正合我意。它们可能会有点儿拥挤。我想，我们只能坐在车顶上了……唯有一件事——倘若日本飞机飞过，你们得跳下去。要快。那些火车装满了军火弹药。你们不能碰运气。门儿都没有。"

军车根本没有到达，这并没有让我失望。我们像堆起的沙包，彼此紧靠着坐在一张硬木长椅里，瞌睡着，瑟瑟发抖着，耐心地等到了七点钟。然后我们回教会医院吃早饭。九点，麦克卢尔回到了手术室，元气未损地又在伤员中间忙乎开了。

下午茶时间，我们进屋，看到麦克卢尔和两个大胡子意大利传教士正表情严肃地听着无线电收音机。意大利人带来消息说归德已失守；甚至中国报纸也承认日军已占领了北面距离只有二十五英里的一个城镇。但电台新闻播报再没有告诉我们其他的最新进展。我们一致同意我们最好还是试着上路，至少要能到开封。"无论发生什么，"麦克卢尔开心地说，"我们都将全力以赴！"

今晚十一点钟会有一班列车。十二点半时，我们得知它确已到达北站，距此只有一英里。麦克卢尔决定由他和我沿着铁轨走到那儿，留下奥登和老蒋来看守行李。用这个办法我们更有很可能弄到座位。我们刚出发，天就开始下起了雨。沿铁路下行数百码，有一座很煞风景的桥，在河面上裸露着骨架。要过那桥你得极有技巧地从一个钢梁走到另一个钢梁，在伸手不见五指的黑暗中，一心巴望着它们的间隔能大致等距。“如果火车开来，”我胆怯地问道，“我们该怎么办？”“跳上车。”麦克卢尔迅速回答，然后开始讲解跳上火车的正确技巧，如果你不想摔断脖子的话。

但是，火车真就等在那里，让我惊喜又释怀。麦克卢尔富有效率地在其他十来辆火车中间把它给认了出来。我们甚至找到了一个有四张空位的卧铺隔间。一开始，他对如此不必要的舒适还嗤之以鼻；但我巧妙地恳请他为奥登着想将就一下，我暗示奥登的身体状况很不好。

与此同时，奥登有了一次惊恐莫名的体验。他上了一趟厕所，厕所远在车站岔道的尽头，回来时发现老蒋和我们的行李完全失踪了——被一大群乱哄哄的倒地睡着的士兵和难民给淹没了，人还在不断涌来，如同噩梦般疯长的真菌，眼看着渐渐就要布满整个月台。他找了一个小时才重新发现老蒋和行李。“我真开始害怕了，”他告诉我们，“我怕永远找不到你们俩了。”

第二天早上九点，我们到了民权[1]——这个名字翻译过来，意

1. 民权：冯玉祥任河南省主席之后，于 1928 年设立民权县、自由县、平等县、博爱县。

思是“民主”。这里只有一段环行线、一个信号灯、一间小屋,下车一看,不见任何明显的物体,偌大一片烂泥平地里,只有一片脏兮兮的柳树林。奥登称之为“穷土恶壤”。

我们有大把时间来欣赏这可恶风景,因为我们在“民主”停了有六个半小时。谁也说不出是什么原因。麦克卢尔预测日本人必定正沿着铁路线推进,且不久后我们将不得不徒步撤回郑州去。他的士气,我们不禁注意到,略微有些低落了。甚至他自己也承认了这一点。他解释说:“这是因为我的身体缺糖。只要我能吃到些甜的东西,我就没事了。我现在需要的,就是一盒糖果。”

仿佛是响应他的要求,一群人自雨雾中开始聚拢过来。他们是前来兜售货品的附近农民,隔老远就觉察到了我们这列火车的存在。他们戴着皮帽和草帽,站在蒙蒙细雨里卖着红烧黄豆炖童子鸡、豆粉做的香肠形烘饼、粉条、甘蔗和白煮蛋,我们买了鸡蛋、烘饼和一根甘蔗,麦克卢尔惬意地吮着甘蔗。这对他几乎马上就产生了明显的滋补效果。很快,“穷土恶壤”就抛到了脑后,我们听他绘声绘色地讲着自传的新篇章。我们只希望可以一直听到这次旅行结束。

在郑州,他曾买了一辆卡车,从黄河渡船登陆上岸时,他把它开进了一处流沙。半小时不到,沙子已没到了仪表盘,尽管如此,他们还是把它弄了出来。“我只得把它拆掉,然后一一清洗,一个螺帽一个螺帽地洗。可是,伙计,我能把它拆掉,却不能把那该死玩意重新装配起来!于是我跑到北京去,在一家雪佛兰车行里干了一个月——为了搞懂如何拆装。”

“有一次我担任了一位将军的医学顾问。一个真正的老土匪。伙计，他根本不想付钱，是不是很无赖？过了不久，当他欠了我五百块大洋时，他们告诉我他准备送给我一块表彰牌匾。我当然知道那是什么意思。在这个国家，如果你送某人一块牌匾，就可以一笔勾销你的所有债务。于是我跑去看那个牌匾雕刻匠，我说：‘让那块匾一直不要完工，直到我说行才可以。’果不其然，老土匪每天都派人去问牌匾做得怎么样了。而每天那雕刻匠会告诉他：有个字我总觉得刻得不如意。我想得重刻一遍。他是不是要疯了？但到最后，我总算拿到了我的钱。”

三点半时，连最起码的提醒都没有，火车向前开动了。我们几乎忘了它还有个火车头和车轮。麦克卢尔告诉我们河南东部是中国的主要小麦产区。中国人本质上是个小规模自耕农[1]。他种小麦，就像英国人种玫瑰。他为每株庄稼挖一个坑，往里边填进粪肥。结果每英亩的产量非常高。麦克卢尔说，英美烟草公司曾派出一批专家为中国人示范如何种植烟草。可是，两年快结束时，他们那个采用了所有最新科学手段的实验农场，光凭他们自己的话，收成可及不上中国人。

中国人的失败之处，他认为，在于他们完全缺乏合作精神。庄稼成熟的时候，每个农民都不得不拿上一杆枪去守护他那一小块地。如果他睡着了一会，他的邻居就会偷掉一些——而整个村子都对此安之若素。而当麦克卢尔自己开始推动一个电泵灌溉的合作

1. 原文 market-gardener 直译为商品菜园经营者，意为自己耕作蔬果或农作物出售换取现金收入的农民。

计划时，项目不得不半途而废，因为实施该计划需要封掉一些井，而有些井要挖深些。没有一个人准备封掉自家的井。类似的事情不少，有个优良品种的桃树最近被带到了中国。但却没法种，除非全体公众同意引进它。此外，地方上的猜忌甚至会导致果子在成熟以前就被偷得一干二净。

为财物发生纠纷并非少见。举例来说，有一个妇人养了只母鸡。她正喂它谷粒的时候，邻居家的母鸡跑过去抢食。两个女人开始拌嘴并且对打起来。然后母鸡的主人告诉了自己的儿子，那儿子立即就去打邻居家的儿子。最后，两家人的每一个成员都掺和了进来，随后发生的事如麦克卢尔所说，就是“击倒出场”，在打斗过程中，很可能会有几个人受伤或被打死。

他补充说，商业上的欺诈几乎很普遍。用黏土做成豆子，颇费周章地掺杂在豆粉里。小麦里会放进大头钉和金属碎屑来增重。本地一家面粉厂的磁铁分选机有一天竟然分拣出至少一百五十磅的金属。

将近五点时我们到了离归德最近的火车站商丘。归德距商丘约有五英里左右。我们坐在黄包车里，沿着一条种着行道树的坑坑洼洼的公路，直奔那里而去。出了城，过了飞机场，加拿大教会医院的教堂建筑群就坐落在它们自己那个很大的内花园里。走在这个陌生的旷野中，当无意中发现它整洁如牧师宅邸般的灰砖院墙，如此孤立而又固执地保持着盎格鲁-撒克逊风格的时候，此情此景奇怪而动人，若不看它们瓦楞铁皮屋顶那尖利上翘的檐口的话。看过了如操场般空空荡荡的郑州，这座果实累累的花园，着实令人惊喜。

树上栖满小鸟——乌鸦，还有白脖子、长着天蓝色长尾巴的美丽蓝雀。

麦克卢尔像个圣诞老人般走了进去，用两倍于邮递员的力道敲着门，很快，在拍背击腰相互寒暄招呼的同时，我们被介绍给了他的两位同事，吉尔伯特医生和布朗医生。

我们的头一个问题，自然是关于日本人的。他们在哪里？但在归德没有一个人确切地知道。他们随时都可能来攻击这座城市——或许他们离得还很远。通往徐州的铁路至今尚未中断。火车每天都发往东部。这里很少有空袭，商丘火车站偶尔会被炸，但迄今为止并没有造成很大破坏。

第二天下午，非常及时地睡足了一整个晚上过后，我们一起进城去拜访罗马天主教主教和本地美国浸信会传教士怀特先生。从外表看，归德是个非常美丽的城镇；四段高大的城墙，其侧翼转角处有瞭望塔楼，四周围绕着一条宽阔的芦苇丛生的护城河。城门洞里贴满了广告。这些涂抹得又粗又大的文字，与其说糟蹋，不如说装饰了中国建筑的容貌——至少以我们西方人的眼光来看。城墙内是泥泞发臭的街道构成的一个迷宫。这地方若遇到空袭，将会是个死亡陷阱。生活看来不堪忍受地拥挤促狭；我们都觉察到某种轻微的幽闭恐惧症。“这让你大致能够了解欧洲在中世纪时会是什么样子，”奥登说道。

主教是一个矮胖乐呵的佛朗哥派西班牙人，开了一瓶樱桃白兰地来款待我们。“这是俄国出的一样好东西。”他告诉我们，他对于日本征服的可能性并未感到不快。他说，日本人会将法律和秩序带到中国来。

怀特先生完全是个更有同情心的人物——看上去很友善，相当年轻，那一口好牙简直可以去做牙膏广告。与其他清教徒传教士不同，他把一家大小都带在身边——妻子，还有两个小孩子。他们邀我们第二天中午一起吃中饭。他花园里的美国国旗缠在了旗杆中间。麦克卢尔当然自告奋勇地爬了上去，把它取了下来。麦克卢尔在此地得其所哉。医院的离心泵坏了，他会知道故障原因；煤气设备出了状况，他能让它恢复正常；发动机的声音不对劲，麦克卢尔马上会查明问题所在。布朗医生打大学起就是他的朋友了，对所有这些展现其能力和技术的丰功伟绩半是赞赏半是嘲笑。

回家路上，吉尔伯特医生告诉我们说此地农村一度土匪猖獗。然而自开战后，匪患就少了很多。在中国，土匪往往是失了业的军人。但是到火车站的路在傍晚过后仍然不很安全。有钱的本地人，坐着黄包车来到归德，就曾遭到攻击和抢劫；黄包车夫一跑了事。布朗医生有天深夜开着救护车去商丘，就被人喝令停车，当他拒绝后就遭到了枪击。麦克卢尔，毋庸多言，对于危险很是不屑。土匪很容易对付，他告诉我们。你只是得先出手。有天晚上他在郑州附近某处骑着自行车，突然发觉前方路上埋伏着几个可疑家伙。“我没有犹豫。我立马掏出武器，朝天连开了十来枪。那些土匪真就望风而逃了，一切顺利！伙计，我敢打赌，他们还在跑着咧！”这个故事的寓意就是奥登和我两个应该带上把自动手枪。我们已不是第一次听到这个忠告了，但我们不打算照此行事。

吉尔伯特医生接着给我们讲了本地一位传教士和他老婆碰到的一件事儿，那是几年前，一列火车刚好正要驶进商丘车站，他们恰好在那列火车上。绝对出于偶然，他们决定离开待着的那节车厢，然后走到了前面那节车厢，他们在那儿找到了更舒服些的座位。火车到站后，两人之前刚刚离开的后两节车厢已脱钩分开了，机关枪立即对着它们一阵扫射。车站当局得到消息说车厢里藏着几个臭名昭著的土匪。土匪死掉了，不错；可也死了很多无辜乘客；归德县长后来遗憾地表示不得不如此。“对民中来说，”他同意说，“真是很不幸。”[1]

奥登递过了雪茄，吉尔伯特医生接受了，略微有些羞怯的样子。相比其他很多医院，归德医院够自由的了；但即便这儿，尼古丁也被视作是某种壮胆才敢一试的恶习。我们听说其他地方的教区普遍推行了最严苛的戒律。传教团的医生不得躲在暗地里抽烟，就像在校学童一样。若被发现，就会召开一个公开祈祷会来拯救他们的灵魂。在有些地方，医生如果被他的牧师抓住喝了一杯酒，很可能就彻底丢掉他的工作。（必须补充的是，我们在黄河旅行期间很少目击到此种愚蠢而卑劣的暴政迹象——很可能是因为暴君们自己第一个擅离职守，已逃离了危险地区。总体来说，只有那些堪称最佳模范的传教士留了下来。）

1. 这个不计代价解决匪患的县长英语显然也很差，将 pulic 说成了 poobulic。

第二天早晨，我们刚吃完早饭，布朗医生就来请我们参加他们在医院小教堂举行的礼拜仪式。他们所唱的赞美诗，其副歌的歌词是："Arise！Arise！"用中文唱出来是："起……已……已……来！"这个曲调，若配上不同的歌词，就是八路军最爱唱的一首歌曲。那个中国牧师，看到在会众里来了外国参观者，把礼拜仪式拉得尽可能地冗长。

礼拜过后，我们在手术室里看麦克卢尔和布朗工作。病人在分娩时得了膀胱阴道瘘管症。我们利用这个机会查看了她的脚。女孩通常在四到五岁时脚就被完全裹了起来。除了大脚拇指，所有脚趾都往下压弯了，然后被固定在这个位置上。随后的生长发育只会让它拱起来，在脚掌中心形成一个很深的凹陷，那儿很容易就会疼痛。裹脚习俗在中国已渐渐绝迹了。我们在归德看到的裹小脚的人大多数都是些中老年妇女。

麦克卢尔做手术的时候，为逗那些加拿大修女开心，一刻不停地发表着评论，她们乐不可支又略微有点反感。"让我们拿些东西给垫上……你看，修女，我比你想的更虔诚哦……现在打开手电筒……把你的光打亮……哦伙计，很好！棉球，老兄……东北方向再打点光……吆！我出汗了。这比打上两局网球还糟糕……行了，小羊羔[1]拉线了。你应该拉哪根线啊，老兄？如果你在一条帆船上，你早就沉掉了……好了，排气管搞定了。明天我们来做差动线圈……"

1. Bunty在英国方言里指小羊羔，也常用作女孩名字或绰号。麦克卢尔在揩修女的油。

医院建筑的正对面有一小块围起来的地，半像菜园子，半像市立公园，里面有一座纪念中华民国成立的方尖碑。布朗听说前一天有几个土匪就在那里被处决了，于是我们跑过去看。公园里有一个老妇和几个士兵，在果树底下吃着中饭。“他们的头在那个水沟里，”他们告诉我们。我们找了好几遍，却什么没发现。“哦，一定是野狗把它们给吃掉了。”老妇人满不在乎地议论着。

布朗认为更可能的情形是土匪的亲人已在晚上偷走了那些头颅。中国人就像日本人，很怕死后身首异处，因为没了头，他们就没希望投胎下世了。即使做完了一个外科截肢手术，医生也得把截掉的四肢交给病人。他可能会保存着它直到死去，然后和他一起落葬。正因为这个原因，那些头颅在斩首处决后常会被插在城门旗杆上，受刑人的家人就拿不到了。

在归德，像在其他地方一样，行政当局的惩罚等级简单得要命。有一次布朗的厨子偷了医院里很多糖然后转手卖掉，为了吓吓他，布朗向县长告发了他。第二天他很偶然地瞥了一眼窗外，厨子正要被拖出去枪毙，这才被他及时阻止了。当后来他劝解此事时，县长看来一脸惊讶：“可我以为你是要我惩罚他的啊。”

我们如约与怀特夫妇一起共进午餐。还有另一位客人，一个来自铁路下行地区的浸信会牧师。招待我们的有果汁、烤肉卷、色拉和蛋糕。这是一个绝对乐观的美国小家庭；怀特夫人在用函授学校的课本辅导她的女儿。人们禁不住会猜想从现在开始的六个月里边会有什么发生在他们身上。如果日本人来了，怀特准备去教会医院避难。他俩对于未来前景一点都不紧张。

餐会以一个小小误会开场。“我的地里有很多的土匪。”那个浸信会牧师对我们说道。

“对您来说，这很讨厌吧，”奥登同情地说，“他们偷你的蔬菜么？”

牧师看来有些困惑不解，直到怀特先生出来解释：“他说的‘地’指的是教区。”

接下来的对话变得很专业：“他在洛阳聆听了福音，然后就悟道了。”“他是个很能干的银匠，但当他成为一个基督徒后，他就拒绝去做有龙或有魔鬼形象的银器。于是他丢了工作。”“日本人让我想起了《以西结书》第二十九章：‘我必用钩子钩住你的腮颊，又使江河中的鱼贴住你的鳞甲’。”

怀特夫妇养了条猎狐犬。怀特先生在桌上放了一小块蛋糕，问它：“你想吃么？”那狗竖了竖耳朵，却没挪窝。“你是天主教徒么？”怀特问它。没什么回应。“你是圣公会信徒？”……“你是长老会教友？”……“你是基督复临安息日会[1]教徒？”“你是摩门教徒？”怀特先生转身得意地对我们说：“现在瞧着……你是个美国浸信会教徒？”那猎狐犬马上跳将起来叼走了蛋糕。

“但你们可曾注意，”怀特先生说，“当我提到基督复临会教徒时，他几乎就动了一下么？我真有点担心它呢。”

1. 基督复临安息日会：诞生于19世纪中期美国的一个教派，信仰基督的第二次降临。

第二天，一个春光潋滟的早晨。每年这时节，苦力们会丢掉他们厚厚的冬衣，而虱子会从棉絮里钻出来，寻找其他的宿主。“春天到，虱子飞。”中国人如此说。

外面公路上，路过的独轮手推车不停地发出杀猪般的尖叫声。引用麦克卢尔的说法，中国所有的手推车都这样吱吱叫唤着，因为吱吱声比润滑油便宜。此外，若是其中一个苦力不在干活，他的东家也能马上分辨出来。

拂晓时分，麦克卢尔骑上布朗医生的脚踏车，已出发去南面某地的一个宣教站巡视。麦克卢尔是自行车运动伟大的倡导者之一。他自信可以骑遍整个乡村，就像其他人喜欢纵马驰骋一样。布朗医生认定说，鉴于道路状况，麦克卢尔大部分时候不在骑而是推着车走。看到他离开，我们觉得很是惋惜。

说真的，中国之行是如此神秘难解，以致会让你最终充满了某种绝望。早上，奥登听到了一声爆炸，就跑到大路上去看发生了什么事。他只看到一个军官对着他的手下滔滔不绝地训话，还有一群农民在烧一本旧书。接着，一个女人跑过来，在军官面前扑通一下跪倒，一边哀号一边哭诉。军官将她扶起来，然后，两个人马上相当自然地讲起话来，仿佛根本没发生过什么事情一样。

几个从北方前线下来的伤兵坐着黄包车刚到这里。他们在路上走了好几天了，有些黄包车里还装着尸体。伤员们都用绷带极尽潦草地包扎着。往往就从某人衣服上扯下点脏棉絮塞进伤口处。布朗医生告诉我们，在中国，现杀活鸡的温热肠子，是最受中国人欢迎的消毒剂。

今天我们已决定设法前往徐州。启程前的准备工作似乎是在中国这一地区旅行的重要环节。那天下午,布朗开车带我们去商丘,我们见了他的朋友林先生,车务段工程师。林先生是个讨人喜欢的满头乱发的绅士,极其地爱国:他告诉我们他已发了一个誓,在日本人被赶出中国以前,他不会剪头发。"收复山东,我就剪一点儿。收复河北,我再剪一点。如果收复了满洲里,我就全剪掉。"他愤慨地谈到了日军对妇女犯下的暴行:"日本人每到一处,都会犯下通奸之罪。""从满洲里开始,"他说,"然后是阿比西尼亚。接着是西班牙。而现在,德国人没烧一家店铺,就占领了澳大利亚。"[1]

我们向他打听了我们的行程。林先生向我们保证说会有一列火车——每天总有两班火车发往徐州。的确,可能会晚点,非常地晚——甚至会在第二天早晨才到站;尽管如此,它依旧算是今天下午的车。与此同时,若我们愿意,我们可以睡在他家,这样离火车站更近些。

之后布朗医生带我们在商丘城里走了一圈。这是个脏兮兮的小地方,泥泞,过度拥挤,母鸡到处乱窜。我们去看了澡堂子,小男孩们会在一个热气腾腾的公共水池里帮你用力擦洗;然后被领到一个挂着布帘的单间里,你可以做脚部按摩,喝茶,还可以找个女人来玩。其中有个客人浑身布满了梅毒疹子。没人介意被人盯着看;不过,我们略有些尴尬,因为我们自己都还穿着衣服。整栋房子脏污不堪,闻着一股浓烈的尿味。有人告诉我们,一个三等浴要六分钱,

1. 原文中,工程师因为用词不当有不少口误,将"奸淫"说成了"通奸",将"不费一枪一弹"说成了"没烧一家店铺",将"奥地利"说成了"澳大利亚"。

包括了小费。

接着我们走进了一座中国战地医院——其实就是个广场，围着一个院子的边沿，搭起了很多没有窗户的简陋棚屋。伤员们穿着军服躺在稻草堆上——常常三个人才能合盖一张毯子。勤务兵告诉我们他们几乎没有任何包扎用品或是消毒剂，而且根本没有专业手术器械。我们发现有个房间里躺了十一个人，那里长不过十英尺，宽才八英尺。在一间屋子里，一条患了气性坏疽的腿散发出如此强烈的恶臭，我只得跑到外边，以免当场呕吐。这里没有 X 光设备，能被取出的子弹自然少之又少。那些伤重者只能听任其死去。确实，他们能够来到医院，本身就表明有超强体质。有些人就被丢在战场附近，因为他们付不出一个子儿来雇车。

几乎所有病人看起来都很高兴——尽管光线昏暗，被尿液浸透的稻草发出恶臭，而他们的伤口还得忍受同寝者稍一动弹导致的阵阵痛楚。他们甚至对我们来这里好心看望他们表示了感谢。这次访问让我们三个都心烦意乱——特别是布朗，对自己离开归德、参加八路军的几乎已确定的决心感到非常忧虑，在那里，他将不得不在同样的环境条件下工作。我想，看到这些人的情形后，他定然已做出了最后决定。他告诉我们，在我们从徐州返回时，他很可能就准备动身了。

我们回教会医院吃了晚饭，十点钟又再次出发，带着吉尔伯特医生和修女们送给我们的一大堆食品。布朗开得很快，车在泥泞公路上一路打着滑；但没人试图拦停我们。

林先生让我们觉得很安适自在。我们在他办公室外间支起了床。一个用人不停地泡着茶，我们坐着聊天一直聊到了深夜——主要谈的是孔子，林先生是他的忠实信徒。“孔子说‘己所不欲，勿施于人’[1]是非常智慧的见解。”办公室的墙上挂着一幅镶着镜框的中国书法，笔触连绵婉转，最后带出一个厚重浓密的尾巴——有点像是一幅印象主义风格的猫的画像。林先生告诉我们这幅字意味着“稳步前进，脚踏实地”。我们当然同意这个说法，对于一个铁路工程师来说，这是个令人赞赏的座右铭。

1. 原文是 one must live without hurting others，直译为“勿害他人”，但与孔子“仁恕”之道最符合的还是这句“己所不欲，勿施于人”。

4

3月24日

我们睡得很香，起床，吃了早饭。火车还是没来。最后，到了上午十点半，火车才到站。我们刚把行李搬到车上，附近一幢房子屋顶上的一口大钟就敲响了——本地的空袭警报。于是我们和另外几十个人躲进了车站防空洞，防空洞用混凝土和木桩精心构筑而成，有三个房间、两个出口，由林先生本人于1936年亲自督造，当时中国人看到战争迟早都无可避免，就开始了准备工作。防空洞里装了电话；随后是在蜡烛光里，和下线几个车站开始了戏剧性的通话。半小时后，我们得知日本人终究还是没有过来。

我们于是上了车。林先生运用其影响力想法给我们弄来了去徐州的免费车票，站长亲自过来为我们送行。我们离开商丘时都觉得挺有脸面。

如同往常一样，车厢顶上挤满了乘客。我们听说每次行驶过程中都会有两到三个人掉下去摔死。到最后一刻时，有几十个人还打算要爬上车顶，只得用棍棒打退。列车警卫们甚至沿着月台一路追赶那些特别机灵的男孩们，无情地痛打他们。但这个举动看来像是一种游戏，因为受害者们穿着的棉袄实在太厚了，只打出来一团灰尘和虱子；追赶者和被追者一阵哄然大笑。

我们的旅行花了一整个白天。照例会有茶送上，照例会有湿毛巾(不过,我们不再用它们擦脸了,因为麦克卢尔提醒我们有染上沙眼的危险),车子照例会经常停上个一小时。那些车站大都很小,那些贫民窟,那些篮球场,那些卖吃食的摊贩,那些恶俗或神秘兮兮的抗日宣传画也都很小。有个地方,一个年轻军官无聊到开始用他的左轮手枪朝乌鸦射击,随后在候车室里,领教了一个临时拼凑起来的军事法庭的严厉训斥。老蒋眉飞色舞地在旁说长道短,很是自得其乐。这次实在太不对劲了,他和那些列车服务员们胡诌一通,说我们是医生——令我们大为惊恐;因为我们料想每到一站都会被请去为伤员动大手术。“但至少,”奥登说,“我们不是百无一用。”于是我们一致同意,若被人请去的话,就试上一试。

离徐州不远处,我们经过了一列装甲列车。它那金属侧面抹上了污泥作伪装。跟在它后面的是总司令的专用车厢。我们后来得知,他和夫人曾到徐州参加了一个军事会议。

过了会儿,老蒋兴奋地跑过来告诉我们,说有个日本俘虏被带上了我们的火车。他在大运河附近某个地方给逮住了。总司令亲自下令说要友好对待那俘虏,然后送到汉口接受审问。他本人也会在返程时到汉口。俘虏在这场战争中仿佛是某种稀有动物;我们偷偷盯着那人看,有点害羞也很好奇。那是一个矮壮的圆脸年轻人,像件包裹一样用绳子绑紧了,被俘的他看上去就像熊猫宝宝般与世隔绝。他身边的五六个卫兵开心地朝他笑着,可他看上去又窘迫又害怕,他也该会这样——因为其中一个卫兵正满不在乎地在他的食指上转着一把手枪。它看上去随时都会开火,射到某个人的脚上。老蒋说那日本人没从军前是个裁缝,但这很可能是编出来的，因为那俘虏只会说他家乡话，而在场没有一个人听得懂它。我们不能为他做什么，除了往他嘴里放上根雪茄，然后尽可能体面地跑开。

晚上九点半，我们到了徐州。此地的车站建筑物也被空袭炸坏了，但不是很严重。我们刚一出现在站外昏黑的街道上，就被一群黄包车车夫围攻了，他们大呼小叫地伸手来抓我们的行李。老蒋极有效率地和他们砍起了价，虽然他的方法和麦克卢尔的决然相反。讨价还价的混战三四分钟内就结束了，我们在鹅卵石街上一路颠簸地进了城。

我们准备在花园饭店过夜，主要是因为老蒋在火车上听谁讲说那里是李宗仁将军的总部。李宗仁和白崇禧共同指挥这个地区的中国军队：士兵们提到他们总是说“那两位”。战前，这些将军是广西省事实上的独裁者，还是总司令公开宣布的敌人。他们及其子弟兵在北方、在离家乡数百英里以外的此地奋勇作战，实是中国团结抗日最鲜明突出的例证之一。我们急于见到李宗仁，因为我们想通过他弄到前线采访的通行证。我们从办事周到的霍灵顿·董那里拿到了一封带给他的介绍信。

到最后才打听清楚李将军不在花园饭店；不过，我们还是决定在那儿歇脚。饭店客房已满了；我们所住的房间像是某个花园里的亭子。这里一阵阵穿堂风，冷飕飕的；我们很不明智地试图点着火炉，结果差点被熏到了外面的大街上。但是，恰如奥登所说，像左拉[1]那

1. 左拉在巴黎死于煤气中毒（也有说他为政敌所害，但并没有切实的证据）。

样死要比像司各特上尉[1]那样死要好受些。尽管从其他客人的房间里，隔着板墙传来了暧昧的声音，我们俩在半窒息的状态中都很快沉入了无梦的睡乡。

3 月 25 日

今天早上有一次空袭，我们只是略微有些感觉，炸弹看来落到了相当远的地方。空袭一结束，我们就动身去拜访长老会医院的麦克菲迪恩医生。我们带了封布朗医生的信给他。

徐州是个动人的城市，有单层平房和狭小的鹅卵石街道。它顺着黄河故道的河床逶迤而建，而河床比城市本身还要高出几英尺。这里的警察都佩着大刀；他们把刀挂在背后红色的短刀鞘上随身携带。

我们到医院时麦克菲迪恩医生出去了，我们于是转去他同事格里尔医生的宿舍。这个医院占地面积很大。主楼以外，是附属建筑和医生宿舍，还有个格里尔医生专门负责的妇科诊所。

格里尔医生是个白发苍苍、脸颊红润的七十岁老太太，来自美国南方，虽然我们与她只是泛泛之交，却一看便知她是中国传教界的重要人物之一。她穿了件中式旗袍，脚上一双平跟皮鞋，套着好几双厚毛袜。她欢迎我们的样子仿佛我们是她多年没见的孙儿，说

1. 司各特上尉：罗伯特·福尔肯·司各特，英国皇家海军军官和探险家，曾两次前往南极探险。他在第二次南极探险时抵达了南极，在返回途中因体力耗竭、饥饿和极度严寒而死。

话间使劲拍着手，催促用人们赶快去准备一顿应急的午饭。

她嫁给了一位传教士，现在守了寡，在徐州度过了自己整个成年时代，而今天她的儿女们也都做了传教士，在这个国家的不同地区工作。

“你们过来时看见我的诊所了吧？二十年里，我丈夫和我就想着拿到那小块地。我们是这样弄到手的……”

那时候城里的情况很糟糕。徐州落在了一支土匪军队的手里。所谈的那块地被土匪兵给占了。格里尔医生的丈夫躺在床上，病得很重。有天晚上，格里尔医生在丈夫身边打着瞌睡，醒来时看见其中一个土匪正站在卧室角落里，拿着她丈夫的左轮手枪。她的第一反应是，“他要杀了我丈夫！”于是她冲向了他。他们打了起来。那土匪甩开了她，从房间里冲了出去。格里尔医生的丈夫醒了过来，惊叫说他们都会被杀掉。格里尔医生马上就喂他吃药，还给他打了一针；然后抓了根拨火棍，冲到楼下继续战斗。此时她听见孩子房间里传出了尖叫声。土匪从那里窜了出去，把左轮手枪丢在了床上。“于是我就跑了回去——像只老母鸡保护它的小鸡一样。”这当儿，土匪已经从一扇窗户跳进了花园，就此逃掉了。格里尔医生的丈夫康复后，向那土匪将军投诉此事的时候，那家伙不但赔礼道歉，还立即从隔壁那块地里撤走了他的士兵，就这样格里尔夫妇终于可以买下它了，价格很便宜。格里尔医生对这个故事的唯一评论是：“我想必定是上帝给了我力量。”

听从格里尔医生的建议，我们不请自到地把自己安顿在麦克菲迪恩医生的宿舍里。她向我们保证，麦克菲迪恩医生有人做伴定会很高兴，因为他妻子不在这边。不一会儿，当医生自个儿回来后，我们任何的不安疑虑都消除了。他也是个美国人，也有些年岁了——体格魁梧，圆脑袋，穿着破旧的墨绿色衣服，眼睛闪闪发亮，有很重的南方口音。他似乎已将我们的出现视作极其自然之事。“哦，哦，”他招呼我们说，“我就在想，过不了多久你们这些报童就会来这儿转悠的。”（上一个访问徐州的“报童”是个美国记者。他作为麦克菲迪恩医生的客人在这儿待了一个星期，试着获得前线采访的许可。当局设置了那么多障碍，找了那么多借口，到最后他绝望地返回了汉口。）

徐州看来还没有失守的紧迫危险。但敌人只在北面三十公里的地方，同时正自东南方向往前推进。到时如果日本人占领该市，格里尔医生和麦克菲迪恩医生也会留下来。他们打算在他们的教区内为大批的女性难民提供避难所。

对待日本人的技巧现在在传教圈子里已确定了下来。有关这个问题的建议函甚至找到了从战线一方过渡到另一方的办法。在入侵者进入一个城镇时，每个人都认为要有一个外国人在场，这极其重要。当进攻迫在眉睫时，你必须用砖头把整个场院的门都堵起来，只留一个进出。（他们在徐州已经这样做了。）这扇门必须一直开着，不然可能会被推倒。在危急时刻，至少得有一个白人传教士白天守在传达室里，晚上也睡在那儿。当第一拨士兵到来时，要用茶水招待他们。你必须耐心地说服他们，必须态度坚定而又礼貌周全，无论怎样一定不能露出惊恐之色。尽早稳住一个军官非常重要。幸运的话，他甚至会张贴出一张禁止士兵入内的告示。教会报告承认，军官们——若他们是基督徒尤其如此——一般而言比较客气且好说话些，但他们往往控制不了他们自己的手下。普通士兵若不喝醉的话，就一点没事。然而日本人总体来说，很容易就喝高了，于是麻烦就开始了。男性居民可能会被放过，但大多数妇女几乎肯定会被奸污，因此一定要把妇女们转移到教会建筑物里面。喝醉了的目无纪律的士兵们若找不到女人会做出什么事，这仍然不得而知。在一个已被确证的案例中，连传教士们自己也被杀害了。

格里尔医生和麦克菲迪恩医生很清楚这状况，且视之为理所当然。若不是同时还存在着很多相同事例的话，他们临危不乱的勇敢品质就更显非同寻常了。就在此刻，举例来说，就有一个名叫霍斯金斯的传教士，他都七十好几了，还和两位年长的修女坚守在峄县[1]的岗位上。那座城镇已被围困，据说正进行着大规模的炮火交战。

今天下午，我们去指挥部拜访李宗仁。李的秘书潘少校接待了我们，一个英俊又温和的年轻人，神情困惑，一脸愁容，英语倒说得还不错。根据求二得一的法则，我们索性要求派一辆专车带我们去前线，外带一个口译陪同。潘少校紧皱眉头，看上去很为难。我们后来听说，就是他不得已打发了那个美国记者。也许他预见到我们会是个更大的麻烦。最后他把我们带到里面去见李宗仁将军本人。

李不会说英语。他非常礼貌，肤色较黑，嘴巴很大，眼睛深邃而机智。通过我们的翻译，我们提出要去前线。李回答说前线极其危

1. 峄县：即原峄城县，现为山东枣庄市峄城区。

险。我们回答说我们不在乎。李鞠躬致意，我们也回礼。茶都喝完了。会谈在某种礼貌的敷衍搪塞中结束了。

几个小时过后，一个士兵造访了医院，带来了几份已签署好的许可文件，让我们不胜惊讶。

3月26日

我们已改变了计划。再去烦扰不幸的潘少校就不是很好了，他最后建议我们应该坐火车去前线，然后在当天返回——这意味着只能在战壕里待上几个小时。并且，那些军车的调动就更加难以确定了。于是我们准备让老蒋去雇几辆黄包车，完全独立地走公路这条线。今天我们去取公路通行证时又见潘少校一次，比上次更令人泄气。据他说，公路很容易遭到在中国防线后作战的日军机动部队的攻击。尽管如此，在鞠躬了很多次、喝了很多茶水后，通行证签好了。

今天早晨，火车站和市中心遭遇了一次很大的空袭。飞机在头顶盘旋了近半个小时。但我们无法分神去看轰炸的情形，我们如此专心地读着麦克菲迪恩医生的珍品藏书。奥登在看《荒凉山庄》。我找了本奥本海姆[1]的小说，名叫《迈克尔的恶行》。

后来格里尔医生跑了进来。她告诉我们，有颗炸弹刚好落在了

1. 爱德华·菲利浦·奥本海姆：英国小说家，作品多为惊悚类型的小说。写有一百五十多部小说，大多有悬疑或国际阴谋，也是较早的间谍小说作者。《迈克尔的恶行》出版于1923年。

传教会的教堂旁边,当时里边正在做礼拜。窗玻璃碎了一地,教堂里的会众都还跪着,没有人受伤。她到火车站给一大群的士兵分发宣教册去了,他们登上一列军车正要离开。他们全都嚷嚷着说:“我们想要一本小书!”而她说:“如果你们抢的话,谁都拿不到!”就这样他们不再抢了。

格里尔医生认为日本人会在今天早晨杀将过来,因为他们正试图摧毁途经徐州运往前线的新式枪炮。到现在为止,显然他们没有成功。

麦克菲迪恩医生告诉我们,六百年前的一次大洪水将徐州古城埋在了二十五英尺的地下。他花园里那口井底下就有一个房屋废墟,他从那里边挖出了各种各样的器皿和用具。在这个地区,洪水一直是一个很大的危害。黄河故道沿线的堤坝非常古老。它是用石灰、沙子、糯米和猪血做成的一种混合物——古代中国的水泥来加固的。在北城门有一头很奇妙的铜牛——放在那儿是作为镇住洪水的一个辟邪物的。若水位开始上升,那铜牛据说就会开始吼叫。

中国,麦克菲迪恩医生说,真是个可怕的地方,因为到处都是赘生物和肿瘤。他在医院里收集了不少膀胱结石。他的一个病人鼻子里长出了息肉,那肉茎长得可以绕着他的脖子。他有次还取出了一块同时卡在肚脐、直肠和尿道里的三面带尖的石头。另一个病人背上长着的瘤足有六十磅重。就像个饭袋子。每当他要坐下,那重量会压得他把脚跷在半空中。所有这些现象的产生,主要是由于忽视所致。很少人来医院,直到病况发展到不可收拾的地步才过来,而他们这时已变成了怪物。某些情况下，其亲属还反对进行医疗救治，因为他们以为那个病人会给他们带来好运。在其他案例中，病人变得极其喜欢自己所受的苦痛。

3月27日

这天早晨七点半我们坐着四辆雇来的黄包车离开了徐州——两辆我们自己坐，一辆给老蒋，一辆放我们的行李。黄包车苦力都说他们可以毫不费力地在一天之内跑到前线。

我们在北门停留了几分钟，奥登要从各个可能的角度拍那个铜牛。聚集了一大群人围观我们，一边笑着一边闲聊着，他们也该这样：我们无疑构成了一个奇特的三人组合。奥登穿着他那件超大的难看的外衣，戴着顶纯毛猎人帽，打扮得像是要去往北极地区。老蒋一如既往地整洁利索，或许正等着参加汉口领事馆的一场餐会。我自己一身贝雷帽、毛衣和军靴的行头，在瓦伦西亚或马德里，这副打扮还挺合适。我们全体，也许像极了一群儒勒·凡尔纳某本小说里的人物：三个疯狂的英国探险家。甚至我们那些奇形怪状的帆布包，也安坐在黄包车里走在我们前面，像是个肥胖而阴郁的皇帝，里面似乎装着凡尔纳的一个奇妙装置，会用来去海底勘察，或是从地球飞往月球。[1]

天气阴沉多云。当我们离开这座城市时，警报器又开始哀号起

1. 指科幻小说家儒勒·凡尔纳的《从地球到月球》、《海底两万里》。

来，我们暗自庆幸避免了因清晨空袭而造成的延误。

我们或步行或坐车，到达了茅村[1]，麦克菲迪恩为我们此行准备的示意图上标出的第一个村庄。道路平坦好走，在耕地平原间蜿蜒延伸，我们左面是低矮山丘，右边是高起的铁道路基。走出徐州几英里后，我们穿过了一处精心构筑的战壕工事，此时仍空无一人，也未设防，显然是用来防御城市的北线的。有个小男孩牵着头驴子走过我们身边，驴背上放着块小红布。老蒋比平常更爱管闲事，提醒孩子马上拿掉那件红布，不然，它那刺眼的颜色很可能引来日军飞行员！

过了茅村，路变得非常崎岖，这儿的乡村更显荒凉，人烟也更稀少。我们去往柳泉时多数时候只能走路。太阳出来了，耀眼而炽热；我脱掉了毛衣，奥登脱掉了大衣和帽子。我一直心神不定地提防着日本人，但没有他们的出没迹象，空中没有，贫瘠的山坳里也没有。

到了柳泉，我们把桌子搬到了街中央，吃起了午饭，因为那茅舍（村里唯一的饭店）里面满是苍蝇。我们座位四周围了很多人，挤得你动动胳膊都会碰到个人。孩子们最是好奇；那些最小的孩子下巴磕在桌沿上排成一排，露出一只只小脑袋，脸上满是鼻涕和污泥。他们不出声地争抢着我们扔给他们的残羹剩饭，因脾脏肿大而鼓起的大肚皮险些让他们失去了平衡。成年男人们站在他们身后，一边微笑着一边评头论足。我们用筷子吃饭时偶尔出了点状况——相

1. 茅村和下页提到的柳泉，都是徐州以北的村镇。奥登他们来徐州前线时，正是台儿庄战役期间。

对来说我们现在变得熟练多了——逗得他们直乐。

老蒋向每个人打听情况，却得不到多少明确的消息。似乎多数人都认为战斗正在韩庄[1]以北进行，那里铁路线正好穿过了大运河。我们肯定可以一直走到利国驿，然后在那儿过夜。第二天我们就可以步行去战壕里采访了。在柳泉这里，晚上他们可以很清楚地听到枪炮声。但现在一点动静也没有。

柳泉到处是士兵，但我们在再往前的公路上却没碰到什么部队——除了偶尔驶过的一辆军车和一群群扛着麻袋往南面逃难的农民。四周都是杳无人烟的低矮山丘；我们慢慢爬到了一个低矮多石的山口顶上。不远处，我们看见散开的哨兵把守着俯瞰路口的各个有利地形。已看不到铁路了；它拐向了东面。有一次，我想我隐约听到了一阵炮火的隆隆声。

从山口顶上看去视野极其开阔。我们顺着斜坡看着下面的利国驿，再过去就是大运河和那个山谷，韩庄定然就在此处吧：听不到一声枪响，也看不到一处硝烟——午后日光下，草地如此平静安宁，山坡已处处可见花丛，远处是一线青山。奥登令我笑出了声，他若有所思地说："我想如果我们在那儿的话，我们会死掉的。"

此处我们如小鸟般俯瞰着战争——只看到了某种邪恶的农业或反农业。就在我们脚下，农民们正在那富饶肥沃的平原里挖掘着。更远处会有更多的农民，穿着军服，也在挖掘着——那毫无收益的贫瘠的战壕。越过他们，向着北方，还有更多的农民；然后，又

1. 韩庄及下文提到的利国驿、马元村都是徐州以北的村镇。

是片片沃土。在中立的不作评判的鸟类看来，战争定然是这样的吧——只是块穷土恶壤，中国那鲜花盛开的丰饶大地上的一小块死亡之地。

“那匹马真是绿色的么？”我叫道，它确实是那个样子。我们追上了那个骑着绿马的士兵。他解释说，所有的军马，若它们是白色的话，都用这个办法涂上伪装色以迷惑飞机。他还告诉我们，我们不能到韩庄去了：这村子的北面实际上已落入日军手中。运河南面的这部分，就是中国的前线阵地。

在桥上，就在利国驿的外面，哨兵将我们拦住，检查了我们的通行证和护照。我们被告知必须先去见张轸将军[1]，他的指挥部就在东面约两英里的一个叫马元的村子里。我们沿着一条大致与运河平行的田间小路出发了，走向那座村庄，走向平原尽头山脚处的那些村落。恰是太阳西沉时分，远处的马元村，连同它的围墙、破旧屋舍、院场、那教堂似的塔楼，看上去是如此地美丽动人，以至我们产生了错觉，以为若再走近些察看，可以证明它们不会只是另一堆竹子和泥巴糊成的棚屋。从一英里外看去，若它被赋予了牛津、剑桥和索邦那交相融合的文化的话，那真是美丽、庄严得无以复加了。

尽管到处是士兵、马匹、母鸡，还有他们那股交响曲般的气味，那些接待我们的戴着眼镜的军官们身上确实有某种庄重而温和的书卷气。张轸将军本人面和目善，身材微胖，穿着双绒拖鞋。他开

1. 张轸：河南罗山人，保定陆军军官学校毕业，后被派往日本陆军士官学校学习，1923年回国后曾任黄埔军校第四期战术总教官，台儿庄战役期间任汤恩伯第二十军团第一一〇师师长。

口第一句话就为今晚要招待我们吃的晚饭品质欠佳而表示歉意。看来,作为他的客人,我们今晚在马元过夜已是理所当然之事了。

“你们希望去前线采访？哦……”军官们看来有些困惑,稍稍有点沮丧。“前线很危险。”“是的,我们听说了。”“哦……”礼貌性地僵住了一会儿。我们为我们的固执感到非常抱歉。接着电话响了起来,将军去接听了,那声调,在我们西方人的耳朵听来,带有某种顺从而庄重的绝望感:“喂？喂？啊……啊……啊……”然后是一声叹息,仿佛忍受着剧痛:“哦啊……”“我们得知,”他告诉我们说,“日本人很快会开始炮击。请不要担心。只是一门很小的炮。”

到我们吃完晚饭,时间已过了六点。将军的参谋跑来告诉我们说,天黑前我们可以直接去前线参观一下。奥登、老蒋、三四个军官和我自己一同前去。骑上了中国矮马,我们在田间跑了起来。奥登在访问冰岛期间,已经变成了一个大胆的骑手,虽然有点不正规。老蒋和我是新手;确实,老蒋以前从来没骑过马。但在这些温驯的小动物身上保持你的坐姿也没什么困难。我们刚一启动,它们就鼻子贴尾巴地排成了一队,像是个马戏团。

我们在离运河很近的一个村子下了马,这里破败得几近荒芜。暮色渐浓,我差点被横穿街道的一根松垂的战地电话线勒掉了脖子。这里有更多军官:手头事停了五分钟,开始相互介绍、交换名片、握手和敬礼。参谋对我们说了句令人难忘的话:“你们现在已在中国的第三道防线了。”

我们适当地美言了几句,然后问是否可以把我们带到第二防线去。参谋犹豫了一会,叹了口气。很难让我们满意。在第二防线,他提醒我们，我们就会处于日本人的炮火射程内了。不过我们还是坚持要去，远处，一个士兵随意地站在防御工事上，天空映衬出了他的黑色剪影，看到这一幕令我们勇气倍增。如果日本人射不到他，他们的确是非常糟糕的射手。

于是我们排成一列纵队，步行穿过田地前往另一个村子。到处都有士兵蹲在小而浅的散兵坑里，步枪紧靠在身边：我们谁都想不出安排他们在那儿站岗的缘由。我们的向导定要让我们保持足够距离；但这个预防措施似乎毫无必要，因为我们后来发现敌人根本看不到我们。也许参谋为了让我们满意而归，以他最友好的方式，想给我们制造最大的惊悚效果吧。

第二防线构筑得相当好——惊人地好，若考虑到它是在上个星期里边才整个挖好的话。它横贯整个平原，距离运河本身平均约一英里。所谓前线其实就是运河河岸，往西到大而浅的微山湖湖岸为止。日本人事实上已占领了整个韩庄——因为南面的郊区实在非常狭小；他们的主要据点是火车站。但这条运河防线好像只是一道河堰或堤坝，因为在它北面，中国机动部队正在围攻峄县的敌人（还有霍斯金斯先生），并从另外几个地点向他们发起了进攻。事实上，如果运河防线可以守住，日本人就会被切断了，然后将被一股股地歼灭。张轸将军的想法，看来是在向北面发起总攻前，肃清他们抵抗的中心据点。韩庄本身的日本人估计在三四百之间：中国人要多得多。明天预计还会有援军到来。

我们查看了整个第二防线，然后要求带我们去第一道防线；但天色已变得很暗，所以我们就没有坚持这一点。自运河方向，间或有零星枪声响起,有一次或两次,传来了那门“小炮”并不让人担心的轰隆声,像是撞着一扇巨大的门。暮色中的防御工事看起来凄惨而荒凉。它们就像是久已废弃的某个浩大工程项目的遗址。我们小心翼翼地穿行其间,时不时会有个士兵从稻草覆盖的坑洞里探身出来,立正敬礼。这些孩子多数看上去年纪小得可怜。我们问他们在离前线这么近的地方都在做些什么。他们是不是必须参加一场攻击战?我们的向导让我们放心,他们只是些勤务兵,很少面临真正的危险。

我们吃力地走过农田,回到了马匹所在的那个村子,此时已筋疲力尽。骑回马元村要爽快得多,因为这些马闻到了晚饭的味儿,打破了马戏团队形,在不甚平坦的耕地上一路摸黑地跑了起来。我们经过了一个已然荒弃的农舍,引来里面一条狗狂吠不已。我在想,是不是它逃难的主人误将它锁在了里面。当我们快到马元时,一队骑兵冲将出来,拦住我们盘问。很幸运,参谋就在前面,在引发任何误会前就说出了口令。

张轸将军在村里征用的房子里分了一间给我们。屋里还有桌子和凳子;角落里放着一张很大的中式漆床;它摸上去很硬,我们宁愿睡我们自己的床。老蒋刚才已经把它们搭好了。他自己打算睡在桌子上。今天晚上他看上去有些消沉。他骑马时被颠得够呛,现在感觉非常酸痛。除此原因,我们认为他也是吓坏了,眼看着明天还要访问前线哩:我们叫他放心,他无须陪我们一起去。这也可以让我们更轻松地与军官们协商,因为老蒋在这里担任了我们所有的口译工作,他很难处理我们的要求和中国人的回应。

刚才一个士兵跑了进来,提醒我们晚上不要到外面院子里去。一个哨兵,如他所言,可能会犯一个愚蠢的错误。

我开始对我们的床有一种特别的喜爱了。它赋予这整个旅程以某种延续性,很让人安心。不管我们是睡在领事馆,还是在麦克菲迪恩医生家,或是在这间茅舍,它总是同一张床——因此我总能安适自在。

3 月 28 日

天刚亮就被吵醒了:一只公鸡在啼鸣,一头驴叫唤着,还有挂在门外小笼子里蟋蟀的“唧唧”声。吃早饭时,我们就拟议中的前线采访继续与两个军官辩论着。“如果你们去的话,”其中一个说,仿佛这是个吓人的最后通牒,“我们恐怕无法保护你们。”“可我们没要求保护。”另一段难堪的停顿。“请你告诉他们,”奥登对老蒋说,“一个记者也有他的职责,就像士兵那样。有时他需要去临危涉险。”这个英雄主义的态度,或是老蒋的转译,产生了一个令人惊喜的效果。他们相当突然地就向我们投诚认输了:我们实在太会烦人,不用多说什么了。好吧,我们在一个小时里就可以出发。

此时还有点时间在村子里兜上一圈。这是个晴朗而寒冷的春日之晨。村屋后的一小块荒地,一条狗正啃着什么东西,那分明是一段人的胳膊。他们告诉我们,有个奸细一两天前被枪决后就埋在了那里;狗把半个尸体从地里刨了出来。那条狗相当漂亮,有一条好看的毛茸茸的尾巴。我还记得昨晚上我们吃晚饭时,它跑过来讨剩饭吃，我们还拍过它几下呢。

我们问附近是否有很多奸细。是的，相当多。这一带的农民非常穷，而日本人拿出了很可观的赏金来策反他们。这个人是怎么被抓住的？他是个农民，夜里过了运河，到马元打探消息来着。他行事如此轻率，竟然跑去问将军的厨师将军住哪儿。厨师已经对他起了疑心，大喝一声："哦，你这个奸细！"那农民垂着头，脸都红了。他立刻就被逮捕了。这是老蒋的故事版本——显然被篡改过。但毫无疑问，有时确实会有误判的情形发生。中国人不想有任何侥幸心理。

我们在八点半出发了。马被牵过来时，老蒋坚持要爬到其中一匹上面——最高大的那匹——然后为他的相片摆好了姿势。他急于要得到一个表现他骑马壮举的纪念品。我们随后就安排他和黄包车苦力们直接去利国驿，在那儿等着，直到我们过后与他们会合。

我们的路线和昨晚一样。有着同样的近乎滑稽的预防措施：排成了一列纵队穿过农田，颇有些戏剧性地沿着交通壕左闪右避，不料出了壕沟竟然正好突出在地平线上，成了个光彩夺目的活靶子。我们终于来到了运河河岸。但这部分的前线阵地——正如一个军官被迫承认的那样，他会点儿英语——夜里却被日本人占领了，几乎所有的战斗和突袭都发生在其间。到了白天，日本人撤回了韩庄。

我们慢慢摸索着向西而行，朝那座被炸毁的铁路桥，朝村庄和湖泊走去。所有士兵在我们走近时都起身敬礼。我们想知道他们是如何识别一个军官的，因为军服并没有明显区别。"一个军官，"

我们的向导说，“看他的脸就能认出来。”

此时日头已经很火辣。我们走了很长一段崎岖不平的路；我羡慕奥登脚上的胶鞋，非常后悔自己出于虚荣穿了双很不舒服且尺码稍大的长统靴。到了铁路桥，我们躬身往下爬，钻进了中国人的掩体里，那掩体就修在铁路路基下面。这里的人说话都很低声，因为日本人在对岸那排破败农舍里架了机关枪。你扔块石头过河，多半能丢到他们的阵地里。

我们在南面郊区的棚屋中间逗留了一会，喝了几口开水，为指挥官和他的参谋们拍了几张集体照。指挥官坚持要我们与他们一起合影：“你们的家人知道你们那么勇敢，一定会很高兴的。”他说道。互换了很多名片。我们的口袋都塞满了。往下的开水茶话会，我们的主人们用中文开始了一场激动人心的谈话。奥登和我被撂在了一边，发觉我们自己正讨论着罗伯特·布里吉斯[1]的诗歌。《美的实证》很少会在如此不恰当的环境里被提到吧。

终于到了继续上路的时候。我们的向导把我们带到了村子尽头，那是伸入湖面的一个半岛。我们又一次蹲下身跑过街道，那些街道仅仅用竹帘遮掩起来以避敌眼目。有座小庙的屋顶被炮火轰出了两个洞。运河对岸最后一间房子据说挤满了士兵，可奥登却突然从护墙上探出头去，他拍了两张照片，没挨到枪子儿。“我根本就不信这里会有什么日本兵。”他悄悄对我说。

他话音未落，就被三声巨大的爆炸声给打断了。新到的中国炮

1. 罗伯特·布里吉斯：英国诗人，1913—1930年英国的桂冠诗人。《美的实证》是其去世那年出版的诗集。

群已在利国驿附近某处开火了。军官们说我们必须立刻动身返回；日本人现在随时都会还击。我们被催促着和一个士兵一起离开村子，他受命护送我们返回安全地带。我们和我们的主人们道了别，仓促然而诚挚地为他们的好客和耐心表示了谢意。

当我们艰难行走在阳光下空旷寂寥的田野上时，炮击还在继续。东面，更多的中国大炮开了火。日本人还击了，轰击着我们已离开的战壕。中国炮群远不在其射程之内——射程似乎至少有七英里。我们能听到开炮的轰隆声，随后是飞过我们头顶的炮弹犹如特别快车般的呼啸声，接着是落地爆炸的一声闷响，不一会儿，一股如逸出的魔瓶妖怪般的黑烟会从韩庄的屋顶上或从远处的开阔地里升腾而起。每次炮击发生时，那个士兵就对着我们咧嘴笑。

不久，炮火稀疏了下来，然后停止了。从北面传来了飞机抵近时发出的嗡嗡声。日本人出动飞机寻找着中国火炮的位置。他们在天空盘旋了好几次，贴着我们头顶飞过。每次它们飞过来，士兵就打手势让我们卧倒。这样躺着暴露在一无遮蔽的地里，让人感觉很不舒服：你不禁会想起关于飞行员如何心血来潮的那些传闻——飞行员会突然讨厌在他下面走动的某个落单的人影，他会一次又一次地浪费弹药，直到将它消灭，就像打死只烦人的苍蝇。奥登乘我们俩不注意，逮住机会用他的相机抓拍了几张。“你看上去棒极了，”奥登对我说，“你的大鼻子在夏日天空映衬下棱角分明。”

我们在利国驿找到了原地等候的老蒋和车夫们。村公所为我们提供了一顿过于丰盛的午饭——给三个人准备了二十七个煮鸡蛋。我们刚吃完，炮击又重新开始了；爆炸的冲击波震得窗框直颤。

日本飞机再度造访的可能性让黄包车夫们明显加快了脚步；他们以创纪录的速度把我们拉到了山口坡顶。他们很高兴已走出了危险地带，而且，似乎也为身历险境很是得意。回柳泉的一路上，他们彼此开心地聊着，还唱起了歌。我们通过老蒋打听他们的工钱。早先日本人大兵压境前夕，大批人从徐州出逃，成就了黄包车生意的一次繁荣。苦力们拉客人到火车站去已经要收八块大洋。他们中有些人一天可以赚到二十四块。

六点左右，我们平安抵达了茅村。一列军车恰好正要开出，经过老蒋和站长的一番交涉，我们很幸运地坐了上去，回到徐州时还赶得上吃晚饭。我们付清了苦力们的工钱，他们在第二天会步行回到城里。

我们都一致认为，对像我们这样漫不经心的外国人来说，几乎没有可能去评价中国军队的士气。照西方标准来判断，类似这样的访问所带回的印象，表面看来必定是令人沮丧的。在欧洲，人们如此习惯于自以为是，且会夸夸其谈地把一个沉默寡言的中国军官说成是个绝对的失败主义者。今天早晨在前线时，我们的向导说了这样的话："我们应该撤到那边的防线去。""可你们不应该撤退。"奥登插话道，尽管他自己的口气稍嫌严厉了些。中国军官只是笑笑。后来，当我们参观完毕，我们应邀对堑壕体系发表了意见。当听到我们说了些恭维话时，军官们看起来真的有点失望，而我并不认为这仅仅是出于礼貌。他们确实乐于接受建议和忠告，甚至是向一个无知的英国平民讨教。

普通中国士兵谈起中国有几多胜算时，都稍微有些气馁，但最终他仍是充满自信的，或者，至少是满怀了希望。“日本人用他们的坦克和飞机打仗。我们中国人靠我们的精神来作战。”他们中的一个说。“精神”当然很重要，要是你考虑到中国武器装备（今天的新式枪炮是个颇不寻常的例外）的差劲程度以及医疗设备的极度匮乏的话。欧洲军队可能显得更自信，更好斗，更有效率，精气神也更足，但如果他们不得不在相同条件下来打这个仗的话，很可能不出两个礼拜，他们就会全体哗变。

5

第二天下午，我正在写我们的旅行笔记，奥登（他出门去拜访潘少校了）冲进来说有列往西面开的火车半小时内就会开出。我们胡乱收拾好了箱包，和麦克菲迪恩医生道了别，赶到火车站时只剩下不到几分钟了。

这列火车，我们发现，正是五天前我们从归德坐到徐州的同一辆车。老蒋和列车员们像老朋友般彼此高兴地打着招呼，他立马开始行动起来，哄骗说我们应该拿到全程免费车票。检票员表现得很顺从。看了一眼总司令的印章后，他鞠了个躬，退出了我们的包间。我们不知感恩，还有些遗憾，我们竟至如此愚蠢，在这条线路上还曾买过票哩。

我们现在打算直接去西安，差不多要跑完陇海铁路的全程。在当前形势下，这趟旅行至少也得花上一天两晚的时间。但是潼关段的铁路线离黄河很近，日军在北岸架起了大炮，因此这段路一直得在夜间通过，可能会造成二十四小时的延误。麦克卢尔如约伯的安慰者[1]，已然兴致十足地和我们说起过潼关了："哎呀，伙计，那简直就是个射击练习场。日本人把他们的炮瞄准了铁轨。他们可还有探照灯哩。一旦他们发现了你，你一点机会也没有——根本没机会。"

午夜时我们停在了商丘。布朗医生让我们深感内疚；我们曾答应过他和吉尔伯特医生在我们从徐州回来后就去拜访他们的。可我们无法面对中途下车的可能性，到最后采取了折中办法，让老蒋挂了个电话到归德医院，去问布朗医生是否愿意立即与我们一起上路。老蒋过了好长一段时间才回来，说看来只有值夜更夫还醒着，他没有得到满意的答复。

第二天整个上午我们一路西行。火车竟然变得很准点；我们从没在一个地方停车超过二十五分钟。甚至不吉利的“民主”[2]也被抛在了后面，没有延误过长时间。老蒋告诉我们，列车员很乐观。如果六点可以到洛阳，他们说我们将在夜里过潼关，然后第二天中午前就可到达西安。

过了“民主”，地平线上的沙质平原一片荒芜，稀稀落落地点缀着一些绿色植被，那里，农民如动物般维持着他们艰难而悲惨的生活。驴子拉着双轮车在荒地里艰难行进着，那嘎吱作响的车架仿佛承载了整个天空的巨大重量。我们经过了开封。中午前后已到达郑州。车站后的岔道上，我们看到了满地被炸弹炸得七零八落的废弃铁轨。

现在开始进入黄土高原了。火车在那些开阔的砂石峡谷绕行着，那些怪异的锥形沙岗和沙峰如卫兵般夹峙而立——一道“罗得的妻子们”[3]化身而成的风景。崖面上下密布着黑漆漆的窑洞口。

1. 表面安慰却徒增痛苦的人。见《约伯记》16章：“这样的话我听了许多。你们安慰人，反叫人愁烦。”

2. “民主”：即河南民权县。当时应是翻成了“民主”。

3. 《圣经·旧约·创世记》所载，耶和华将天上的硫磺降予所多玛和蛾摩拉，那些城市和平原还有城里所有的居民，连同地上生长的动物和植物，都被毁灭。罗得的妻子忘了事先的警告回头看，结果变成了盐柱。

这里一块，那里一块，坡地开垦成了梯田，其上种植着小麦。梯田的围墙用某种灰泥来加固，因此，从远处看去，山坡很像是一座古老的巴比伦城市。

不久，峡谷地区渐渐平缓起来，进入了一个遍布果园和树林的宽阔河谷。帆船在看不见的溪河之上缓缓移行。到处都有水井；驴子绕着井吃力地转着圈，牵引着木头水车。那些用不起驴子的更为穷困的农民，正在用辘轳打水。偶尔，你会瞥见一件猩红色的裤子或上衣，在无数蓝衣蓝裤的千篇一律中很是跳眼。“想必你得承认，”温和的夜晚似在说，“这些人幸福而又美好吧？”

我们差不多准点到了洛阳，只晚了几分钟。月台上挤满了士兵。一个士兵从对面一辆车的车窗里探出了身，两根食指搭在一起，大声叫着什么，其他人听了笑着鼓起了掌。“英国和中国，”老蒋翻译说，“在一起！意大利和日本，也在一起。”

那晚我睡得很不舒服——穿着裤子和衬衫睡的：我不希望被迫跳车逃跑时只穿着睡衣裤。奥登非常平静地脱掉了衣服。火车频繁地换轨和刹停，过道里有人正谈得兴起，在那些漆黑一片的车站，人们用灯笼和手电筒神秘地比画着。到最后，我等潼关等累了——要是我们真的没经过它就好了——然后就沉入了一个漫长而乏味的旅行噩梦，直到黎明前一直萦绕不去。

我们惊醒过来时，已是阳光灿烂的大白天了。我们这是在哪里？肯定不是在西安。甚至肯定没过潼关；因为在我们右边，远远可以望见宽阔的黄河岸滩。我们左边是一个小车站：我们读着它的站牌名，Ling Pao（灵宝）。车站建筑物布满了弹坑，窗玻璃全碎掉了。水塔用树枝遮着作伪装，塔顶上面，一块松脱的铁皮在干热的大风里喀哒作响。车站后面有片沙石洼地，一个尘土飞扬的破败村庄坐落其间。老蒋带来了坏消息。前方发生了铁路事故。当晚八点以前，我们无法继续前行了。

尽管如此，我们还是开动了，开进了隧道间一个很深的堑沟里，在那儿，火车可以躲避敌机可能的进攻。其他乘客似乎比我们更冷静地接受了延误的事实。他们爬上了堑沟的陡峭斜坡，或者就在铁路线的荫凉一侧睡起了觉。火车司机抱出了一捆稻草——也许就为了派这用场留着的吧——在他的火车头底下舒舒服服地躺了下来，看起了书。太阳直直地照着，我们所在的谷底被烤得像座砖窑。不一会儿，一群农民成群结队地从灵宝穿过隧道走来，不出半小时，这堑沟就成了一个吃食杂货市场，回荡着妇女和孩子那尖细的叫卖声。

我们很不耐烦地急于打听消息，于是让老蒋把列车长找来。他到了，抱歉地微笑着。是的，千真万确，发生了一次事故。一台机车脱了轨。他们正绕过失事残骸铺设一段新铁轨。我们可能到明天中午才能出发。“明天中午！”我们应声道，一脸错愕。“早走有什么好处？白天你们不能过潼关的。”列车长暧昧地笑了笑，鞠了一躬，离开了。

此时，那些列车员也不再在我们包间门口晃荡了；他们大胆地坐了进来。他们似乎没有任何事情可做。其中最活泼的那个名叫秦东；一头直垂的长发勾勒出了一张俊俏的脸庞，塌鼻子，看着有些鲁莽无礼。秦东极其虚荣：他没完没了地梳着他的头发，要不就对着车窗玻璃顾影自怜。他缚着条很粗的腰带，那腰带如同一圈铁箍，将他柔韧的肢体挤成了一个荒谬而夸张的维多利亚式蜂腰。列车员都不会说英语，却很会自得其乐，他们窥探着我们的行李，翻看着我们的衣服，还在身上试穿，他们吃着坚果，用牙嗑着瓜子，还自说自话地随意抽我们的雪茄。

午饭后——连起码的提醒都没有，把相当一批乘客丢在了堑沟斜坡上——火车开动了。但它只是穿过隧道倒回灵宝站给火车头加水。它在那儿停了几个小时。秦东送了我们一张他的签名照片，照片上的他穿着最漂亮的节日盛装，看起来粗野而可笑，着实让人同情。其他列车员不久也加入了进来，他们拿来了一台手提留声机，放起了哀号似的京剧。我们俩都觉得像是在这个包间里住了一辈子似的。

到了晚上，火车把我们的胃口一下又吊了起来，它又开动了——这次是朝着正确的方向。它把我们带到下一个车站就停下了，一个坐落在荒凉高地上的村子，背朝着黄河，暮色渐深，我们看不清楚它的站牌。我们给它取了个“呼啸山庄”的绰号，然后早早就睡下了，静止的车轮间，风呼呼地哀鸣着。

“呼啸山庄”当然比灵宝要好些。我们醒来时，早晨的空气很是清爽。但可怜的奥登状态很差：他的腿和胳膊上布满了臭虫叮的包包。那些臭虫定然在破旧的比利时式睡铺的床垫里做了窝。我们决定来一次彻底的大扫除。我们先是取来了一盆盆的开水,全身洗了一遍。然后我们分派秦东和其他列车员去擦车窗,我们自己则把所有被褥床垫都拿到了外边月台上,用我们的手杖拍打,然后就把它晾在车站栅栏上晒太阳。中国乘客起先只是在旁观看,一脸惊异地咯咯笑着。接着他们就开始学我们的样。很快,整列火车的车窗都擦洗了一遍,而整条列车都把被褥晾了出来。我们相信蒋介石夫人定然会赞成这个举动的。

午饭后我们又往前开了几英里,到了下一个小站,阌乡站[1]。它坐落在一片辽阔沙原的凹地里,高出了河岸。除了车站建筑和几间竹棚,这里别无他物。我沿着月台溜达着的时候,被一个乘客叫住搭讪起来,一个调皮的满脸粉刺的少年,发型像个日本布娃娃。他往左右两边快速地瞟了两眼,突然掐了我一下,那敏感部位一阵疼痛,他小声嘀咕道:“要漂亮姑娘么?”我笑了笑,跟着他走到了车站出口,很想看看漂亮姑娘会以何种方式露脸。一个老妇从铁路边的一个棚子里冒出头来,脚杆细得像鸟腿,手里牵着一个十岁孩子。她动人地招着手。我大笑,摇摇头,转身走回了火车月台。

奥登这时正在教秦东英语。他们用中英文轮流说着身体各个部位的名字。一大群乘客和乞丐们在一旁看着,每当这堂解剖课指到了一个私密地带,他们就哄然大笑。秦东有些愚蠢,但有些年纪

1. 原文是 Wen Chung Shan,几番查询,确定是在今河南省灵宝市阌乡镇。阌读 wén。

更小些的旁观者学得很快。他们在月台上蹦蹦跳跳的，拍打着全身，大声地说着新学的外国粗话。

但这堂课很快不再好玩，变成了一件极其讨厌之事。我们只好回头捡起彼此老掉牙的招数，费尽心思地打发着漫长的时日——像个废纸篓般倒空了我们脑袋里最后一丁点的逗乐搞笑玩意。我们说起了老套的趣闻轶事，每个人就暗自希望着另一个人能想起或者编造出一点新的细节来，可一听就知道是在瞎掰。我们即兴创作了戏仿诗文和五行打油诗。我们专注于无休无止的争论和推断中："如果这个世界汽油用光了，会发生什么？""你如何形容你此生中最不幸的一天？""一个人到了一个不同的地方会变成一个不同的人么？""如果我知道自己没有灵魂，是否能证明别人也没有呢？"

吃饭是我们最大的慰藉。虽然得了便秘，我们还是可以吃，餐车供应的食物简直称得上完美，若考虑到其环境条件的话。我们主要的奢侈品就是我们从汉口带来的美国听装咖啡；老蒋总是自己泡来喝。今天晚上火车没有电：我们只得就着蜡烛光吃饭。秦东带了根中国笛子走了进来，他或者任何别的在场者都不会吹。他捣鼓出的噪音简直让人受不了，到末了我们只好把他从包间里赶了出去。

"你们还想要别的什么东西？"老蒋问。奥登开玩笑地回答说："是的。给我们弄点威士忌吧。"老蒋回来时真带了瓶四分之三满的"红方"，让我们大吃一惊。他在餐车的一个角落里发现了它，那瓶酒肯定不为人知地在那儿放了几个月了。

晚上我们到了盘桃[1]，离潼关约有十五英里。又一个穷极无聊的白天看来在所难免。但吃过早饭后，我们发现有辆事故维修车正准备离开盘桃直接驶往事故现场。从西安来的铁路督察王先生正好在车上。他很热心地同意带上我们。王先生能说流利的法语；1931年至1936年，在这段铁路建设期间，他和比利时工程师一起共事过。

我们向王先生问起了潼关日军的情况。他说的很让人宽心。是的，他们朝铁路线炮击了，但没有造成多大损失。至于探照灯，他们当然有这玩意儿，但不是经常用到它们。王先生指着我们所坐的货车，让我们看侧面钢板上的几个弹孔。昨天清晨这列火车就曾遭遇了炮火，但没有人受伤。“中国这方面有还击么？”我们问。“当然，现在我们有一些大口径火炮。”“我猜，”奥登说，“你们也炮轰日本人了？”“不，我们没有那样做。你知道，我们不想日本人知道我们配备了它们。”

开过盘桃三英里后，铁路钻出了深沟，爬上了一个从砂质山坡挖出来的弧形岩面。悬崖下面，远远坐落着一个被树木和耕田围绕着的大村庄，一直延伸到了黄河岸边，黄河北岸后面的金红色坡崖透过一层薄雾浮现而出。正前方，一条凹凸起伏的黛青色山脉高耸在西面的天空中。这里仿佛是罗斯金[2]童话故事里的山谷。任谁都不可能选出一个比之更为美丽的灾难地点了。

出轨的火车头就翻倒在路基边，埋在一堆残骸和扭曲的铁轨中

---

1. 盘桃：今河南灵宝市故县镇桃村、盘东村、盘西村。
2. 约翰·罗斯金(1819—1900)：英国著名的学者、作家、艺术评论家。

间。有一节旅客车厢半个身子滑到了陡峭的沙坡下。我们询问王先生事故发生的详细经过。他说，两列火车正向西行，其中一列车很接近另一列。当它们过这个弯道时，后面那列火车有一节车厢掉了一个轮子。那司机听到了响声，还以为是日本人从河对岸朝他开火，由于猛地提速，于是撞到了前面那列火车，轰隆一声冲下了铁轨。死了九个人，十五个人重伤。我们问陇海线上是否事故频频。“哦，”王先生说，“最近三周里我们只发生了两次。”

新的环线已铺好了。整个漫长燥热的早晨，我们都在观看移动起重机，它正费力地搬移着那台损坏的机车。王先生带我们去下面村子里吃午饭：我们吃饭的那间小屋，整个都糊满了过期美国小报和杂志的散页，那些废纸成吨地运到这里，卖出后竟派上了如此的建筑用途。无论你往哪边看，竹墙上触目皆是匪盗罪行和离婚者的隐秘情事。

下午时，没有任何预警，一架日本飞机出现了，从西北方的天空直对着我们飞来。事故现场的人停下手头活计看着它，没有试图躲避。但很多围观者一哄而散了，三四个惊慌失措的家伙直接就从路基斜坡滑到了下面的村子里，扬起了一片沙尘。日本飞行员看来只是在侦察。他改变了航向，沿着铁路一直向东面飞去。

我们沿着下行铁轨，走回了盘桃。我们到达时天已经黑了。那天晚上的晚饭有点让人提不起劲来；列车员们用完了木柴，结果所有的饭菜都是冷的。也没有糖。老蒋给我们弄了点冰糖放进我们的咖啡里。它们看起来像是黑板粉笔，味道像爱丁堡棒糖。

约九点半，一切已准备就绪。警卫们从一个包厢走到一个包厢，灭掉了所有的蜡烛。我们在过道的窗边坐下，我坚持要把车窗给开着，免得被碎玻璃划伤。当然，奥登确信不会发生什么事情。“我知道他们不会开枪的。”他不住地念叨着，到最后说得我中了邪似的，开始担心那些空中妖魔听了他的话会动怒生气。

我们在那些灯火管制的车站停了两次，军官对着火车司机激动地吼着什么，仿佛抓紧最后一分钟在给他提醒和指导。“他们不会开枪，”奥登还在念叨。火车提速了，左右摇摆得那么厉害，让我开始与他达成了一致——在最后到达潼关前，我们很有可能就会掀出轨去。灭掉我们的蜡烛实在是个多余的预防措施，因为车头炉膛里蹿出的火苗照亮了整个堑沟，机车那巨大而摇曳的影子不断掠过急速退后的路堤。尖利的汽笛声，预告着我们的临近，肯定数英里内都听得到。过道笼罩在一团硫黄和煤尘的烟雾中。

在最后几分钟里，有某种如释重负的奇妙感觉，甚至有些兴高采烈。我们什么也做不了，既不会碍事，也帮不上忙。如此复杂而不安的日常生活，被简化成了一条单向铁轨的狭小空间，令人顿感宽慰。我们的利己主义，我们的雄心抱负，我们的虚荣，都被同化了，与急速奔驰行驶的列车融为了一体。堑沟越来越深了，一条隧道将我们吞噬于一团漆黑中。现在……

我们冲出了隧道，迎面是满天星光；高出的路基从河岸边陡直地升起。正前方，日本人的探照灯从对岸的漆黑一片中直射过来，像是一家华而不实的路边旅店的灯饰。我们冲着它们叫喊着，挥舞着我们的胳膊，如同大游览车里醉醺醺的观光客般突然歇斯底里起来：“来啊！开枪啊！开枪啊！”又是一个隧道，我们的叫喊声给一团烟雾噎住了。十几分钟后,我们在道岔点喀哒喀哒地摇晃着,驶过了潼关站荒凉的侧道支线。警卫们很快就跑过来告诉我们可以重新点蜡烛了。我们已安全。火车稍微放慢了速度。乘客们开始准备上床睡觉了。“你看,”奥登说,“我告诉过你嘛……我知道他们不会……那种事从不会发生在我身上。”“但它会发生在我身上,”我反对说,“而且如果这次发生了,你也在那儿啊。”“哦,可它没发生,你知道的。”“不。还是有可能的。”“可它没发生。”

和一个自鸣得意的神秘主义者没啥好争论的。我翻过身去,沉入了睡乡。

第二天七点半,我们到了西安,再没有任何意外状况发生。

我们初见这城市觉得有点令人畏惧。当我们离开火车站,它那巨大的城墙高耸在前,向左右两边一直延伸到目力不及之处,消失在浓重湿冷的晨雾中。我们像是即将走入一座监狱。这儿的城门口站着些监狱看守,横眉竖目的,板着个脸——阴郁的西北地区颇有代表性的士兵。尽管老蒋很会打交道,他们可不满足于仅仅掏出张名片。他们要求我们拿出军事通行证,在放行我们通过前,他们满腹狐疑地检查了很长一段时间。

西安的招待所[1]定是这世界上最为奇怪的宾馆之一。张学良

1. 即西京招待所,20世纪30年代初杨虎城为招待国民党要员所建,也接待外国人士。当年西安事变时陈诚、朱绍良、蒋鼎文等被扣于此。今为西安市府外事办公室所在地。

异想天开地建成了它——一座日耳曼式的极其现代感的建筑，配有私人浴室、自来水、中央供暖系统和理发店；洁白的餐厅中央有个舞池，稍偏一点位置，还有个玫瑰花形的透明圆顶。坐在入口大堂舒服的长沙发上，你看着客人进进出出，其自信和轻快，如同习惯于奢侈和便捷服务的大都市居民一般。那些旋转门似乎会朝着第五大道、皮卡迪利街和菩提大街[1]打开。令人几生错觉。

几乎如此，但不完全是。因为，时不时会有一个衣衫褴褛的黄包车苦力把头探进来，和侍者们开起了玩笑，让你想起了外面的那个真实世界。

西安因其巨大的监狱围墙，自身倒反而被挤缩得很小。大多数房屋不过是些棚屋，在破旧而古老的中世纪城楼旁显得如此相形见绌。就像一队衣着破烂的沮丧的旁观者，它们贴着坑坑洼洼的宽阔马车道一字排开。到处都是堆满了碎砖乱瓦的小块荒地。太阳出来时，从戈壁刮来的大团沙尘笼罩了整个城市；一到下雨天，整个地方变成了一个可怜的泥塘。城墙外，贯穿了南面的整条地平线，你可以看到那巨大、荒蛮、土匪横行的山脉的虚线轮廓。

若郑州意味着种种疾病，西安则意味着谋杀。纵观整个历史，那里有太多人在痛苦与恐惧中死去。1926 年，这个城市经历了一次长达七个月的可怕围困。招待所所在地以前就不止一次地做过处决刑场。

我们到达时，宾馆里的客人几乎全都是军人或行政人员——衣

1. 第五大道、皮卡迪利街和菩提大街：分别是纽约、伦敦和柏林的商业繁华街区。

冠整洁的小个子官员，身形瘦长，机敏干练，不停地闲聊着；年长些的高官，头发修得短短地贴着脑壳，穿着毛毡拖鞋，制服松松垮垮地吊在他们身上，就像是皱皱巴巴的睡衣裤。只有四个欧洲人——邮政局长英国人史密斯先生，穆瑟医生及其在国际联盟委员会的两个瑞士同事，他们是来为中国政府提供传染病预防方面的咨询建议的。

史密斯先生某种程度上是个本地人物。若不是他悲剧性的一脸怪相，引人注目的能说会道的手势，完全就不像个外国人士。他在哈尔滨工作过几年，他所描述的哈尔滨和陕西省的邮政服务很是有趣。在陕西，邮件由送信人传递，他们能无比快速地跑完令人惊异的路程。他们和当地的土匪签了个“不侵犯协议”，很少会受到骚扰。非步行的运输方式显然困难重重。当史密斯先生向省政府申请调派卡车时，他甚至经常会弄不到，因为汽油短缺。

卡车也引起了我们的兴趣。我们希望在我们离开西安时，能以某种方式搭到一辆顺风车，到成都就下车。我们计划着从成都再到重庆，然后就返程，坐轮船沿长江而下，回到汉口。唯一的替代方案是从宝鸡这个铁路枢纽换乘汽车。但斯托克利医生和克洛医生，教会医院的这两位苏格兰外科医生对我们说这几乎没有可能性。宝鸡已涌入了很多难民，都等着要离开。只有两辆公共汽车，每辆坐五十个人，到目前为止汽车公司已卖出了三千张车票。

我们去向传教士罗素先生请教，他是西安本地最年长也最有经验的外国居民之一。高高瘦瘦的，表情严肃，蓝眼睛，看上去比他的实际年龄年轻很多。罗素先生有个小怪癖：他的屋子里有三个座钟，每个都调到了不同的时间。总而言之，时间在西安是个非常讨厌的因素。有邮政时间，全城的活动均照此时间校准，还有上海时间（要晚四十五分钟），那是铁路当局遵循的时间。此外，罗素先生还加上了伦敦时间。当他上一次启程返回中国时，出于某种感情因素，他发现自己都无法去调校自己的手表了。

罗素先生答应带我们去见军事长官的秘书，他也许会愿意帮助我们；但我们不得不等上一段时间；因为第二天，四月五日，是清明扫墓的节日。所有官员都要离城去周朝皇帝的陵墓，那儿将举行一个公祭仪式[1]，政府办事机构将会关闭。

作为替代活动，他带我们参观了碑林博物馆，此地以“碑刻之森林”而闻名。其中有著名的《景教碑》[2]，这块碑石证明了基督教在古代中国的存在。有些碑石非常令人赏心悦目——那些线条流畅精妙之极，若可用一支毛笔在丝绸上描摹下来的话。博物馆外就有一家售卖碑刻拓片的小店。当我们欣赏着这些艺术品，一边正和店主喝着茶的时候，城外的飞机场开始了一次空袭。日本人扔下了约二十五颗炸弹。没有任何防空火力，中国飞机也没有作出任何抵抗的尝试。

---

1. 周陵位于咸阳市城北6公里渭城区周陵镇周陵中学旁。相传为周文王、武王陵墓。确切年代至今仍存疑，近年考古发掘推断为战国晚期某代秦王之陵墓。“一·二八”事变爆发后，国民政府从上至下推行国家祭祀，包括国共共祭黄帝陵，建立纪念抗日阵亡将士的国殇日等，皆有正面之历史意义。奥登他们在西安碰到的是当地政府清明祭祀周陵的活动，概出于此。

2.《景教碑》：全称为《大秦景教流行中国碑》，“大秦”即东罗马帝国，“景教”即诺斯替教派，属基督教的一个分支。明天启五年出土后就近移入金胜寺，竖于该寺近300年。清光绪三十三年为防盗取移置于西安碑林。

罗素先生是个很有意思的同伴。他近三十年来一直在中国传教，有些时候在这里，有些时候在延安府，而延安自 1936 年始就成了西北地区的中华苏维埃共和国的首府。在此期间，他已对土匪的底细了如指掌，他们的道德准则，他们的独特之处和他们的战术策略。

有一次土匪们袭击了延安，经由罗素先生的调停，说动他们撤退了，条件是送给他们一定数量的步枪，再加上城里民团军火库里的弹药。争论了很长时间后，民团被说服了，少数人投票反对，他们大叫着说："与其交出我们的武器，还不如我们自己变成土匪！"然后马上就逃进了深山老林。接着，市政府就委托罗素先生和一个天主教传教士骑马出城，去往土匪在山里的据点，他们带上了武器，由一头驴背着。直到黄昏，他们才到了目的地，那驴子累垮掉以后，他们不得不把那些步枪横着绑在自己的马鞍上。暮色中，他们侥幸逃过了土匪哨兵的枪击。但他们总算被及时认了出来，然后由人护送着进了一个山洞，他们在那里受到了热情接待。夜里，三个全副武装的家伙跑进了山洞。罗素先生和牧师醒了过来，以为自己马上会被杀掉。但这三个土匪不是来杀他们的。他们厌倦了土匪生活，想要逃到另一个省份去。传教士们能否替他们修书一封作为安全通行证出示给政府当局看？他们还有另一个要求：他们希望变成基督徒。但这里产生了一个微妙的问题：几个变成浸信会教友，几个变成罗马天主教徒呢？牧师非常简单地解决了这个问题：他让所有三人都接受洗礼成为罗马天主教徒。罗素先生很有礼貌地没有表示异议。

第二天，两个传教士骑马返回延安。他们发现政府当局那些人很是兴高采烈。市长开心地在旁解释，说他们已将土匪好好捉弄了一番。他们送去的子弹已被掏空了火药，那些步枪都被弄坏了，因此根本不能用。是不是很聪明？“不，”罗素先生说，“根本不聪明。非常愚蠢，我恐怕你会为此后悔的。”市长对他的担心满不当回事儿。他说，就算土匪们真的要来报复，他们也永远进不了城。政府军的一支精锐部队已经前来保护本城了。

但政府军从没有到达，很快土匪又回来了。一天，罗素先生很晚才回家，发现几个土匪头领正坐在他的书房里等着他。这回他真觉得难逃一死了。可土匪头领们相当友好。“我们知道你是我们的朋友，”他们告诉他，“你对我们很公平。至于那些步枪，那不是你的错——你不知道……但这次你一定不要出来调停。待在家里的话，你就会很安全。”罗素先生恳求他们，但没有用。土匪们决意要实施报复。于是他待在家里，逃过了随后针对平民的大屠杀。

从这天过后，他和土匪们的友谊就很牢固。当他想去访问他在该省南部的传教站时，甚至都不用事先给土匪们提个醒：土匪通过他们的探子耳目，对他的来去行踪知道得一清二楚。他曾骑马来到一个村子，发觉它表面上已被废弃：没有一家店开门，什么也不卖。可是，有一个人在门道里向他打着手势，走进那个屋子，饭菜已准备好了。“有人命令我们为您准备好饭菜，”那人对他说道。的确如此，罗素先生确实颇有声望，以至一位中国将军旅行途中要通过危险地区时，会特地前来寻求保护。将军想带上一个武装保镖，但罗素先生拒绝了这个要求。“要么你带上你的士兵，”他告诉将军，“要么就只带上我一个人。"将军选择了罗素先生。当他们已走出很远时,在路上遇到了一队人,然后停下来和他们说了会话。将军在到了目的地之后才知道这些人原来就是土匪,之前一直蒙在鼓里呢。

斯托克利医生已给我们描述过 1926 年西安围城的情况,罗素先生为之补充了不少情节。四月里,一个中国军阀向西安进攻,并将它重重封锁了起来,直到当年十一月守军才被"基督徒将军"冯玉祥解救出来。围城时间之长让传教士们很是意外和沮丧,他们原以为只是几天工夫的事。很多从偏僻乡村来的农民滞留在城里,但罗素先生设法疏散了这些人,这两百多人,要通过敌方指挥官的防线,此人比他的同盟者还要不肯妥协。此时,罗素先生的良好意图再次惹了麻烦,因为他的中国秘书利用休战间隙在一只西瓜里藏了一张围城者的便条,偷偷带进了西安。那封信是写给一些意图叛变的卫戍部队军官的。它许以有利的条件,怂恿他们立即投降。可这西瓜被守城的卫兵剖了开来,秘密被发现了。罗素先生自己也惹上了嫌疑,为让他的秘书免于一死,他可费尽了周折。

到了十月,外国妇女和儿童被允许离开西安。男人也可以离开,但他们为保护和赈济难民决定留下来,那些难民就住在他们的区域内。当时食物非常缺乏。早在围城之前,传教士就收购小麦作为储备粮食。他们不得不将麦子装在石瓮里,埋在他们的花园里保存起来,因为那些士兵每天都会来找。"如果你们找得到,"罗素先生告诉他们,"你们就可以拿走!"但士兵们找不到任何东西。传教士们只敢在晚上吃饭,用他们自己的石磨将麦子碾成面粉。九、十月期间已饿死了数千人,他们做着自己的事情时突然就昏厥在地。

那些尸体就搁在街上他们昏倒的地方。

当这城市最后解除了围困时,很多人冲向了南城门。第一辆堆满水果和蔬菜的双轮马车一下就被饥饿的市民团团围住了,罗素先生说,只要他活着,就永远也忘不了那个场景。

整个围城期间,西安的传教士们没有从英国当局获得任何提供救助的保证或表示,而罗素先生觉得,这从长远来看倒是件好事,因为这让中国人十分确信传教士们与英国政府没有任何联系,在任何意义上来说,也不是它的代理人或间谍。

西安的黄包车很引人注目。它们有或蓝或白的罩篷,绣着大花,像是某种古怪的维多利亚时期的图案。出于懒惰,我们出门时常常要坐,尽管穆瑟医生提醒说车垫子里藏有带斑疹伤寒菌的虱子。斑疹伤寒在陕西省是最大的祸害之一。穆瑟两个同事中的一个,那个工程师,来了没多久就染上了,不过,幸亏打了预防针,病情相对而言比较轻微。

穆瑟医生本人身材矮壮,目光锐利,说话尖刻,还有一张醉酒般的皱眉蹙额的脸。他穿着紧身皮袄、马裤和一双很大的系带长统靴。他冲向了生活,来到了中国,投入了他的工作,他低着头,跺着脚,大声咆哮着,活像是头公牛。普通中国官员的不诚实和怠惰简直把他给逼疯了。“我在这里的时候,”他对着他的助手们吼叫着,“你们都是瑞士人。我走开时,你们可以再变回中国人,如果你们喜欢的话——或者变成别的你们他妈的想要变成的东西。”

并不是说穆瑟医生很喜欢他的同胞，确实，他也不喜欢任何一个欧洲人。“瑞士人是骗子，德国人是骗子，英国人是所有人中他妈的最坏的骗子……就是你们这些讨厌的混蛋不让救护车送到中国来。我掌握了所有事实。我一刻也不会消停，直到在报纸上登出来为止。”他和他的同事说的是瑞士方言，要么是英语——抵制“高地德语”[1]，那个纳粹的语言。

穆瑟医生已在西安建起了几个难民营，还有一个灭虱站。难民们被安置在空置的房子里。一等安排就绪，他们就会动身进入乡村，然后分散到附近的村子里去。城里大约有八千名难民，包括了一千个回民，他们有自己的一个特别营地。这些人多属中国的中产阶级——几乎所有人都有一些钱。那些真正的穷困者别无选择，只能待在他们的老家，然后坐等日本人到来。真正的富人已经安全到达了香港。

穆瑟医生的效率毋庸置疑。难民营运作良好，地板和被褥都很整洁，孩子们的脸洗得干干净净，也几乎没有随地吐痰的现象。小孩子都很喜欢穆瑟医生。每次他去看望他们时，口袋里总塞满了糖果。“头一个礼拜，我不得不开除了三个营区负责人，”他告诉我们，“他们把我叫作‘猎手’。”

穆瑟医生不知道该怎么对待我们——尤其在他从我这儿听说奥登是个诗人之后。他不喜欢诗歌，因为“它改变了词语的秩序”。

---

1. 即西日耳曼语，通用于德国、奥地利、列支敦士登、瑞士和卢森堡，是现代德语的主体。高地指阿尔卑斯山和临近的德国南部山区；在瑞士和卢森堡，“高地德语”一词特指标准德语。

他在墨西哥工作期间，有次被叫到一个名叫 D. H. 劳伦斯[1]的英国人的床边，“一个相貌古怪的家伙，留着一撇红胡子。我告诉他：‘我认为你长得很像耶稣基督’。他就大笑起来。还有个高大的德国女人坐在他旁边。是他的妻子。我问他从事什么职业。他说他是个作家。‘你是个著名作家么？’我问他。‘哦不是，’他说，‘不是那么有名。’他老婆不喜欢那个说法。‘你真不知道我丈夫是个作家？’她对我说。‘不知道，’我说，‘从来没有听说过他。’而劳伦斯说道：‘不要傻了，弗里达。他怎么会知道我是个作家啊？我也不知道他是个医生，直到他说了我才知道的啊。’”

穆瑟医生后来帮劳伦斯检查了身体，并且告诉劳伦斯他患上了肺结核——不是疟疾，如那个墨西哥医生向他保证的那样。劳伦斯非常平静地接受了这个事实。他只是问穆瑟他还会活多久。“两年，”穆瑟说，“如果你很小心的话。”这一年是 1928 年。

1. 1930 年 3 月 2 日，劳伦斯在法国旺斯死于肺结核的并发症，死时 44 岁。穆瑟医生说得很准，但也很无情。

6

今天饭店里新到了些有趣的人。四个前来战地视察的德国医疗代表团的成员。代表团由陶特曼医生带队，他是德国驻中国大使的儿子。他们大踏步地走进来，身穿某种德国军医制服，颇具那个民族的粗笨气质。他们绝不与人交谈，在角落里一张桌子坐了下来，大声嚷着上啤酒。

那身制服引发了最为糟糕的感觉。这里的人们确信——很可能极其不公平——代表团具有某种政治动机。可陶特曼医生和他的同事似乎完全没有意识到他们将要遇到的困难。他们已通报了去北方访问八路军的意图。他们根本不可能获准此行。穆瑟医生当然不会帮他们的忙。每当他们出现在房间里，他就对其怒目而视，像是一头准备跳起扑击的老虎。

这天早晨，我们和罗素先生一起去拜访绥靖公署的刘尹石先生[1]。刘先生把我们介绍给了军政长官蒋鼎文[2]将军。蒋将军不会说英语：由刘先生进行翻译。我们问了些老一套的问题：他认为形势如何？中国军队何时会进攻？战争会有怎样的结果？然后得到了老一套的回答——礼貌，乐观，模糊。尽管如此，将军给我们讲了一个有趣的细节。潼关对面的日本部队似乎非常少，因此不得不做了很多虚张声势的事。他们让卡车沿河岸来来回回地开着，以此造成大量军队活动的假象——可那些卡车里装满了石头。还立了很多木头假人伪装成士兵。这个情况被翻译给我们听时，将军轻声笑着，宽容中带有温和的优越感，中国人在提到日本人的时候常会如此故作姿态。

我们请刘先生向将军转达我们的要求，能否在去成都的卡车上给安排个座位。将军只是笑笑，用一句恭维话把话题引开了：刘秘书应该告诉我们，他对我们奔赴此次危险旅程的精神是何等之感佩。可是，当我们后来单独和刘先生交谈时，他本人看来更乐于帮助。他答应在一或两天之内就让我们得到确切的消息。

我们在徐州前线应付军人的经历，让我们已习惯于被人敬礼了：那是某种你很快就会喜欢上的虚荣感。真的，我现在碰到有士兵不敬礼时，会很不高兴。今天，譬如说，我就发现自己曾怒视着一个哨兵，他正懒洋洋地靠在兵营大门上呢，凶巴巴地瞪了他两三秒钟过后，他心虚地猛不丁一个立正，然后举枪致敬。

我们俩都希望交通问题可以很快解决。住在这个饭店的费用贵得吓人，其舒适便利也让我们每天都更难以承受我们旅行的些许疲累和艰辛。这里的食物讲究排场，单调又糟糕。每天都是鸡，每天都是猪肉。还有鸡蛋和火腿。有时火腿会放进炖好的鸡汤里，汤总是那么浓稠，而且总是白汤。鱼都变了味儿。酒吧里有一瓶威士忌，我们一直喝着：它能打发我们的时间。Apres nous[3]，糟糕透顶的上海产雪梨酒——整个战争非常时期大概只供应这个了。

---

1. 原文为 Liu Yin-shih，无法查实，此处存疑。
2. 蒋鼎文：蒋介石“五虎上将”之一；1937 年 9 月出任西安行营主任。1938 年 12 月，天水行营成立后，西安行营撤销。
3. 此处为法文，意为“在我们之后”。

菜单上都是些离奇古怪的名目:“火腿蛋”“帽子蛋糕”“柠檬派”“FF 土豆”[1],饭后,上来了可可茶,竟是冲在小咖啡杯里的。

4 月 7 日

今天早上,刘先生热心地派了个参谋陪我们参观西安的一些风景名胜。军官必须在场,以免我们会想要拍照——因为在陕西这里,规章制度非常严格。

我们打算从坐落在市中心的鼓楼开始游览,但当我们正拾级而上时,空袭警报响了起来。鼓楼已被用作一个观察哨所,于是军官说最好还是过后再回到这里来。我们可以驱车出城约一英里,先去看大雁塔。西安人对空袭很当真。警察手脚忙乱地用棍棒将人们从街道上驱离,总体的惊恐气氛因此比在徐州或汉口厉害多了。

一辆公共汽车在我们前面,沿着出城公路一路颠簸着。刚出城,奥登就叫停了我们的车,他要拍几张伊斯兰墓地的照片。让我们惊奇的是,那辆公共汽车也停了下来,二十个穿着蓝色工装裤的人物跳下车来,他们几乎都是欧洲人,金发,狮子鼻,用俄语闲聊着。他们散开在田野上,彼此叫着,笑着,翻着筋斗,像是一群刚找到野餐地点的主日学校学童。我们的向导告诉我们说他们是从机场来的俄国机修工,当空袭迫近时,他们总要像这样被疏散。

我们向每个人询问的问题之一——关于俄国人援助中国的程

1. “火腿蛋”“帽子蛋糕”“柠檬派”“FF 土豆”都是不正宗的中国式洋泾浜英语。

度——在此可以找到部分答案。很多中国人断然否认在西安有任何俄国人；其他人曾告诉我们说，这些俄国机修工不允许欧亚航空公司[1]的国内航班在机场降落，因为欧亚航空的飞行员是德国人。我们还听说车站每个晚上都会有经新疆进入中国的列车开过，满载着俄国的军火和卡车。看来几乎没有可能获得任何确切情报。

大雁塔，如同我们在这个早晨所看到的其他景点，已有千年历史——我们的向导如此告诉我们。它比你在旅游杂志上看到的那种宝塔要少一些华丽雕饰，更为高大，外形轮廓也更朴素。从塔顶俯瞰田野，你可以看到一个更为宏大的城市的遗迹，那是唐朝的西安（长安）。大雁塔以前就位于它的外围郊区。塔的最高一层有个神龛，神龛后面的墙上——如在其他许多适当和不适当的地方那样——有人涂鸦画了张传统的抗日宣传画：中国被画成了一个身形巨大的殉道者，浑身插着刀剑，被一架小小的日本飞机缠住了，那飞机绕着他的头嗡嗡叫着就像一只黄蜂。刚走下宝塔最后一个台阶，我突然一下抽筋了，早上剩下的时间里就只能一瘸一拐地走路，奥登暗示这可能是某种罕见的东方疾病的前兆。

这之后我们参观了小雁塔，那差不多是个废墟，因为一次地震断了半截塔身，还看了城里的大清真寺和鼓楼。这天下午我们驱车出城去了临潼，那是个著名的温泉度假胜地，就坐落在山脚下，朝潼关方向。我们走进了一个遍布池塘和小桥的柳树成荫的花园，在那儿的澡堂洗了澡。水质没什么异常特性：既不发臭，也不冒泡，也

1. 欧亚航空公司：成立于1931年2月，当时为中德合资，于次年组建西安航空站。

没受到一丁点的污染。但却非常舒服,暖意融融。

就在这儿,1936 年 12 月 12 日,总司令被少帅的侍卫长给逮捕了。在他卧房外边的大红柱子上你仍可以看见子弹留下的一个弹痕。往上走,高处的山道上,有块铭文刻石用红字描述了当时的情形,就在那个地点,蒋介石穿着睡衣从澡堂里逃了出来,被追来的士兵们给捉住了。

临潼再过去就是中国最大的陵墓,秦始皇陵(公元前 200 年),据说他焚毁学者书籍的地方就此寸草不生。根据传说,他有一座不可思议的皇宫,为其照明的蜡烛可以烧一千年,守卫皇宫的机械弓箭手,能随时射杀那些不速之客。山顶上有一座烽火台,我们听说有个"狼来了"的故事就与它有关[1]。烽火台在危急时刻可以招来皇帝的各位将军,而皇后开了个玩笑把它给点着了。将军们赶到了此地,发觉他们被耍弄了,自然很是气愤。于是,当皇后后来真的落在强盗手里时,他们看见了烽火也没来救驾。她就这样死掉了。

我们回到饭店时,我决定要做个按摩。我们和经理商量好从隔壁浴室里叫个按摩师傅,然后让他直接上楼到我们的房间。这个国家的一个专长就是脚部按摩,只不过是捏捏脚趾——他们多会捏啊!那师傅还在我腿上敲出了鼓点般的切分音节拍,制造出一连串响亮而空洞的噼啪声,点缀着指压那异常疼痛的分解和弦。接着,他用手指和拇指小心摸索着,抓住我的尺骨神经拧了一下。我大叫起来。那就像一次猛烈的电击。可那按摩师傅甚至都没有笑。他

1. 骊山顶的烽火台,传说是周幽王宠溺的褒姒戏点烽火之处。

那可怕而冷漠的残忍举动让我想起了你们在寺庙绘画中看到的妖魔鬼怪，正吞噬着那些受苦人的身体。也许他治好了我的抽筋。不管怎样，我觉得腿脚僵硬。

4月8日

今天雨下得很大。整座城市成了一片泥塘，黄包车夫支起了车篷在城里艰难跋涉着——长长的车篷为车夫也为乘客遮挡了风雨，那些乘客，在一个拉得很高的防水围兜后面盲目地坐着，什么也看不见。

今天下午我们又去见了刘先生，我们南下成都的最后希望也破灭了。我们将不得不包租一辆整车，那至少得要三百块。于是我们决定在后天坐火车返回汉口。

刘先生非常友好。他请我们留下来谈话。他从前是南京大学现代史教授。他英语说得很好，绝顶聪明，阅读广泛。

我们甚至都没开口问——因为那个话题是如此忌讳，以至谈到近乎有些失礼——他相当坦率地谈到了俄国的军事补给。刘先生说，俄国的卡车只将这些物资送到迪化，中国车队在那里接应他们。从迪化到西安的路程有时要开上三个星期。经常有飞机从俄国境内直接飞往兰州。[1] 但俄国只供应了中国百分之三十的汽油：其余

1. 1937年8月21日，中苏两国签订《中苏互不侵犯条约》，条约签定后，苏联政府开始输送援华抗日物资，并开通了从苏联阿拉木图，经新疆伊犁、迪化、哈密到兰州的陆地和空中“国际援助通道”。

部分经由香港从美国和英国获得。

我们问刘先生这场战争可能要延续多长时间。他预测说还有十五个月。之后,如果中国还能坚持住,日本的金融将会崩溃。“但中国的金融状况怎么样?”我们问。刘秘书笑了笑:“中国没有金融。那是我们的力量所在……中国不支付银圆。她完全靠信用进口武器。”战后,中国在未来很多年里都会需要西方强国的帮助。他们将因为战后重建和经济发展得以收回投资。当然,治外法权必须被废除。他让我们相信,除非归还满洲里,否则中国永远不会媾和。

我们问他,在战后他会想要何种类型的政府,他变得有点言辞闪烁。哦,是的,会有一个三方政府:国民党、社会民主党和共产党。但显而易见,他认为共产党和蒋介石之间短期内将会发生摩擦。不,现在不会有真正的民主。全体选民没有得到充分的教育。某些省份已开始推动基础初级教育了,但它目前的主要任务是反复灌输爱国主义原则。阅读和书写稍后会得到推动。

我们问在中国是否有某种形式的征兵制度?哦,没有,刘先生回答道,这没必要。中国壮年男子之多,远远超过她可能的需要。每个地方苦力们都志愿入伍,他们当然很勇敢——他们视自己的性命如草芥。“如果你要我拿起一支步枪去战斗,我不会这样做的,理所当然!”刘先生开玩笑地补上一句。他认为教育往往会让中国人不适合从事军事工作。在西点军校或英国受过训的那些军官会要求他们的手下洗澡和刷牙——可人们不喜欢这样。回到关于征兵的话题,刘先生还告诉我们,家族的传宗接代在中国人的宗教情感里是件大事,因此长子从来不会去当兵。

（刘先生的话可能符合陕西省的实情，但我们在其他地方听说强制兵役执行得非常严格。你只有付钱给别人来顶替你的位置才能逃避服役。因此一个村子里那些比较富裕的人会凑份子捐出足够多的钱，从非常需要钱的穷人家那里买来所需的新兵配额。）

今天晚上，我们到穆瑟的房间里和一群中国医生和瑞士人一起喝酒。有人讲了一个故事，一个外国医学专家独自来到了西安：他不会说中文，于是出站后，他坐进了一辆黄包车，等着看会发生什么。那个黄包车苦力把他直接拉到了总参谋部，到了那儿他马上就被逮捕，在一间屋子里被关了几个小时，直到来了个会说英语的军官，事情才解释清楚。

我们正聊着天，鞭炮声开始响彻整个城市上空。不久，我们得到了消息，中国军队在大运河前线台儿庄打了个大胜仗。我们都很兴奋，除了一个中国医生，他变得忧郁起来，陷入了沉思。他有个日本老婆。

4月9日

今天，当我们正坐在宾馆的入口大堂，布朗医生走了进来。他正要去北方加入八路军，明天会和一个瑞士医生一起动身前往延安。

布朗医生的情绪非常高昂。他好像年轻了十岁。他告诉我们，就在我们离开归德之后不久的某天晚上，吉尔伯特医生正骑自行车回家，在离医院大门不到一百码的地方被土匪给截住了。他们拿走了他的钱和手表，但没有伤害他。土匪没有抓到。

4月10日

今天下午五点，我们坐火车离开西安前往汉口。穆瑟医生和瑞士工程师也同行，就在隔壁包间。他们要去长沙参加一个医学会议。陶特曼医生和他的德国同事也在车上。因为不能去延安，他们正前往徐州。还是同一列老爷车，秦东和他的朋友们赶紧跑来问我们要雪茄抽。不过，很幸运，我们的旅伴把他们吓了回去——那是个高级军官，斜倚在对面的铺位里，正一丝不苟地认真读着诗。乘务员们往里面瞧着时，他厌恶地盯着他们，用一块点了古龙水的手帕按住了他的太阳穴。我们从老蒋那里得知他在西北地区军阶很高，负责监督俄国军火的运输。不幸的是他几乎不会说英语，显然也太过高傲，以至无法通过翻译去问出点什么东西来。

我们刚才对老蒋发了通脾气。长时间懒散地待在西安让他堕落了。他变得专横、无礼、粗心大意。今天早上收拾行李时，他把我们的一些东西拉在了宾馆里。现在，当发现丢了东西时，他就一直用他的蹩脚英语差来搪塞，气得我们很乐意赏他几个耳刮子。

“那么你忘了带肥皂了，老蒋？”

老蒋看着我们，笑着：“是的。”

“好，那么它在哪儿？”

“我不知道。”

“可你必须知道。找找啊。”

老蒋看起来找得不是很仔细。他的神态暗示了一番搜寻不会有什么结果。

“你带了,还是没带?”

“是的。”

“你的意思是说你还是带了?”

“没有。”

4月11日

夜里我们到了华阴县,到潼关前的最后一个车站。我们要在这儿待到今天晚上。一列从东面开来的火车刚刚到达,它的一扇车窗被炮火击得粉碎——此外没有别的损坏。很远的地方,你可以听到隆隆的炮声。中国炮兵最终显露了峥嵘。据说他们已经让日军的一门大炮哑了火。

华阴县是个美丽小城,干净的鹅卵石街道,还有几座古庙。它的后面高耸着一座巍峨凛然的山脉,一处壮丽的青色峭壁如碎裂的臼齿般从下面的松林中横空而出。这里驻有骑兵部队,平原上散布着骑马慢跑的骑兵。明媚阳光下,每一座池塘里,每一道沟渠中,青蛙鼓起了小喇叭呱呱而鸣。整个上午,我们就一直躺在离火车几百码远的草地上,在城墙的阴影底下抽烟聊天。有过一次空袭警报,但日本人没出现。时不时地,会有一群走过的士兵和农民停下来和我们说话。当我们表示我们听不懂时,他们就用食指在手掌心里比画着写起中国字来。尽管中国有如此之多的方言,书面语言几乎普遍能被理解——因此那些乡民会认为英语仅仅是另一种方言吧。这种手语在我们身上试了无数遍。

4月12日

此时我们回到了“呼啸山庄”。我们在夜间安全通过了潼关。照样呆坐着，照样要给乘务员们上英语课，照样会下车溜达一会，眼睛还得瞅着火车。说白了，要让我们相信它还不如看着它。它随时都可能在没有丝毫提醒的情况下贸然开动。今天凌晨，当我们停在一个小站的时候，它就差点成功地将穆瑟医生和他的同事们丢在了后边。

奥登钻在月台的人堆里拍了很多照片。就在他从一次摄影探险中回来后不久，我们从车窗望出去，只见一个乞丐在地上打着滚，大声叫着，好像痛苦之极的样子。那英国人偷走了他的灵魂，把它放进了他的小盒子里了，他叫道。他想要五元钱的赔偿。我们都被这种敲诈勒索的新花样吓呆了，可旁观者似乎都站在我们这边，他们只是笑笑。

4月13日

中午时我们到了洛阳。老蒋跑过来告诉我们说要在这里停留六个小时，以便可以按时到达郑州。火车会在六点二十五分准点开出。“胡说八道！”奥登说。“我跟你赌一块钱，它绝不会准点的！”老蒋淡然一笑。

下午，老蒋和我进了城。我想买个茶壶作为礼物送给一个英国朋友。我们看了有几百个。天气又闷又热。后来我们去喝茶了，老蒋跟我说起了他的老婆孩子。他们还在南京，显然还很安全，虽然他有段时间没他们的消息了。老蒋在日本人占领南京前就逃了出来；他害怕被征去强制劳动。当然一定会说到他是如何渴望提高他的英语水平的。他几乎每天都会拿来一张从我们这里听学来的单词表，然后希望我们解释给他听。今天下午，他特别急切地想知道如何去描述他的工作。我们深入探讨了“译员”“贴身男仆”“用人”“管家”“大管家”“ 服务员”“向导”和“旅伴”的含义之后，老蒋断定“贴身男仆”是所有单词中最贴切也是最好听的一个。

火车在六点二十五分开动了，准点到分。奥登交出了一块钱。我们不知道那个火车司机是不是也要抽点佣金。

我们在十点半到了郑州。汉口快车已经等在那里了，可头等车厢的门关着。还好，那个列车服务员认出我们来了，或许还记得我们付的慷慨小费吧，他无视规定把我们领进了一间卧铺包间。老蒋像往常一样小气，扣了点搬运行李的苦力们的工钱。他们正争执着的时候，两个站警跑了过来，抽了苦力们几个耳光，然后用枪托顶着把他们赶走了，我们都来不及上前制止。

4 月 14 日

在餐车吃早饭时我们碰到了姚先生，一个精力充沛、头脑冷静的中国战地记者，我们在汉口看京剧时，他就在陪同之列。姚先生刚从前线回来。在台儿庄被中国军队重新夺回后，他是几个最先进入村镇的人之一。当他们到镇里时，发现那里的一切都死光了——男人和女人，鸭子，狗和猫。只有一间房子还完好无损。它的主人，不是庆幸感激，而是跑到了指挥部里哭闹痛骂，因为她的一把椅子被炸碎了。

有一支部队，在去台儿庄的路上走过一个弹坑，他们发觉有什么东西在动。是个受伤的日本兵，他用毯子把自己盖着打算藏起来。他们对着他大叫想让他投降，可他拒绝了，还朝他们开火。在持续了近一个小时的交火后，那日本兵被杀死了。

尽管每活捉一个俘虏有一百六十块大洋的封赏，被俘虏的日本兵始终很少。他们的军官告诉他们中国人会把俘虏统统斩首，因此他们宁愿在敌人到来前自杀了事。有些日本兵的尸体上甚至还找到了系在他们衣服上的便条，恳求中国人在他们死后不要砍他们的头。

4月20日

差不多一个星期后，此刻我们又回到了汉口。

春天已改变了整个城市。它不再如西伯利亚般寒冷；这是在亚热带。天气如英国的七月般温暖。不出六个星期，湿热的梅雨期就会开始，对欧洲人来说，这简直让汉口的夏天几近难以忍受。

树木枝繁叶茂，花园里鲜花盛开。黄包车的罩篷已收起，苦力们光着膀子，跑得汗流浃背。士兵们拿掉了军服里的衬垫或是换上了轻便棉衣。市民们开始穿上了白色卡其上衣和短裤。

黄昏前，英国领事馆的门口总是围着一小群旁观者，朝花园望去，可以看到总领事的身影，穿着整洁的运动服，拿着杆高尔夫球棒正在练习。领事推杆入洞的极度精确，在战时中国的混乱和低效中，不知怎么地看起来非常让人放心。或许围观的中国人也感觉到了这一点。

晴好天气对于白天和晚上的空袭很有利。日本人现在不但是个危险，还绝对是个大麻烦。如果奥登和我跑到城里不同地方去买东西，我们总是不得不商定应急碰头地点——因为通常都来不及赶回领事馆，而另一个选择方案可能就是在门洞里穷极无聊地站一个小时，或是坐在咖啡馆里，等着听到“警报解除”的叫声。夜间空袭更糟糕，因为他们常会误报，以及无休止的延迟。有那么两回，我们根本就没睡着。我已把床搬到了外边阳台上，以便能随时观察飞机状况，这样至少不用起床了。当空袭结束时，一架中国飞机盘旋在城市上空，机翼尖上的红灯绿灯闪烁着，引导着守军回到飞机场。为了找那架飞机，我们如此努力地瞪着天空，很快，星星们似乎自己动了起来。我气鼓鼓地合上眼睛，无望地试图让自己睡着，过了很久，那些星星还在我面前跳着舞呢。

4 月 21 日

今天，在写好了我们的黄河素材、完成了一组报纸连载报道后，我们参加了在“终点饭店”[1]举行的一个茶会，重新开始了社交生活。杭立武先生安排这个活动，为的是让我们结识一下目前在汉口的中国知识界的代表人物。那些知识分子们五六个一组分坐在了小桌旁，而我们的主人轻步前趋，步履沉稳地将我们从一桌带到另一桌，每到一桌总会引发一段有趣的谈话。参加聚会的可真的都是些最为知名的人物。我们有幸见到了莅临此次会面的冯玉祥，那个“基督徒将军”（据说他曾用一根消防水带给他一整个团的部队施洗礼）。冯不说英语——他也没必要去说。他是那种如鲸鱼般庞大而仁慈的人物，无言而自威。我们通过翻译向他表示了我们的敬意，他微笑着。接着，其他每个人都说起了英语，完全无视他的存在，而他继续面带着微笑。最奇怪的是，他完全有权利出现在这里，因为他也是个诗人。他用农民的土话写些关于乡村生活和战争的诗歌。曾是蒋介石公开仇敌的他，眼下成了军事联合阵线的一分子——但到目前为止，似乎政府没给他多少事做。

其他贵宾有戏剧家田寿昌，翻译家洪先生[2]，还有穆木天，我们听说他是中国最好的现代派诗人。有位姓陈的女士，文学硕士，极度热情地谈起了妇女的战争题材作品。她充满活力，一本正经，作风干练——和欧洲此种类型的女子没多大差别。餐会临近尾声时，

1. 1900年由法国人史德森设计、商人圣保罗投资兴建，原名德明饭店，1954年改名为江汉饭店，哥特式法式建筑风格，现为武汉市重点文物保护单位。

2. 田寿昌为田汉的本名。洪先生，应是洪深，时任国民政府军事委员会政治部第三厅戏剧科科长，和田汉一起组建了抗敌演剧队深入战区宣传。后面提到的那位陈女士，原文为Chen ye yun，指陈逸云，曾参加北伐。1932年至1936年留学美国密歇根大学，1938年后，任妇女慰劳抗战将士总会委员、战时儿童保育常务委员，后应宋美龄之聘，任妇女指导委员会战时服务组组长，1949年后去往台湾。

我们接受了一位年轻记者的采访[1],来自《大公报》,中国最知名的报纸之一。他有个异国情调的名字“麦克唐纳”(将中文名马唐纳英语化了)。名字的西方化,看来在知识分子们中间相当普遍。你们觉得中国的士气如何?对中国风俗有何见解?如何评价中国的道德状况?对军事形势有何评论?对于中国新派妇女如何看?我们回答得很不得当,但没关系——麦克唐纳先生在我们开口以前就已经在那儿写着了。

此时,在另一桌上,田先生为表达对我们的敬意,赋得一首诗,由洪先生代为翻译。

信是天涯若比邻,
血潮花片汉皋春。
并肩共为文明战,
横海长征几拜伦?!

为了不被比下去,奥登回应了一首他昨晚写好的十四行诗,描写的是一个死去的中国士兵。

我们俩都觉得这类社交集会非常累人。双方都不缺乏善意——真的,整体气氛无疑因“英中和睦”而相当活跃——但我们真的在彼此交流么?我们向主人们展露着笑意,交换着这些词句:

1. 这名记者,应是那个与蓝苹成婚三个月的唐纳,原名马季良,出生于苏州,后移居法国。“八·一三”抗战爆发后,唐纳曾担任《大公报》的战地记者。

“英格兰”、“中国”、“诗歌”、“文化”、“莎士比亚”、“国际理解”、“萧伯纳”——但这些单词仅仅意味着“我们很高兴见到你们”。它们只是“相互信任”的象征符号，如同交换空白支票。没关系。都是为了一个良好目的。于是我们就从这一桌走到那一桌，试着和每个人都说些什么，我们笑得脸都酸痛了。在西方，人们似乎笑得太少了。对一个初来乍到中国的人来说，肌肉免不了要受些劳苦。

我们还赶得上时间换好衣服，去参加舰队司令和总领事在俯瞰江岸的一间豪华套房里举行的晚会。舰队司令掌管着扬子江这一带的所有炮艇。他的业余爱好是摄影和收藏中国花瓶。（“我不知道它是哪个朝代的——可我喜欢它的形状。”）汉口到处都是英国海军军官，其中多数人因为“芜湖截流”[1]离开了他们的舰船：他们过着反常的鳏居生活，坐坐办公室，玩玩马球，聊聊天，喝喝酒，被一条毫无意义但并不苛刻的纪律管束着，只是被饬令在一天的特定时间里穿上正规军服。确实，我们对他们几乎每个人都很喜欢。“你们是理想主义者。”他们对我们说，“但你们改变不了人的天性。”他们中有些人定期进领事馆来吃饭。奥登就和他们弹钢琴玩。他们教我们唱新的流行歌曲，和我们玩“主教吹牛”酒戏。

舰队司令有一个突出的剃得光光的大下巴（他讨厌胡子），而总领事看上去像是个白发学童，他们正接待着来宾。英国大使阿奇博尔德·克拉克·科尔爵士，一个苏格兰人，但很有趣，带着天生外交

1. 1938 年，长江沿线多次组织沉船以阻挡日军西进。原文 Wuhu Boom，Boom 有拦船木栅、横江铁索之义，因此译为“芜湖截流”。

家特有的那种轻蔑而又生涩的神气。他的妻子科尔女士,一个体态小巧的智利金发女郎,其美貌为整场晚会增添了几乎是戏剧性的耀眼光彩。与会的还有贾维斯先生,美国领事——奥登从他那里借了本十七世纪抒情诗选,领事馆里的一条小狗夜里开始啃那本书了,已咬到了弥尔顿那个章节(贾维斯先生对此并不介意)。还有彼得·弗莱明[1]和他的妻子,演员希丽亚·约翰逊,戴着副厚厚的角质眼镜,煞是可爱。弗莱明说话拖声拖调,棕褐色皮肤,头发抹得光亮十足,身材瘦削,是个难以捉摸的喜剧性人物——正人君子的刻意而生动的滑稽翻版。他完美得令人难以置信。——而他知道这一点。弗莱明这次是作为《泰晤士报》的记者来中国的;他刚从重庆回来,大使在那儿首次正式拜会了中华民国的政府主席。

晚会很成功。

4月22日

摘录今天的新闻公报:[2]

"随着战争的波潮在众多前线汹涌澎湃,'烫发'现在在中国已开始退潮。这是中国的自卫战赢得最后胜利的无数预兆之一,因

1. 彼得·弗莱明:英国探险家兼游记作家,1933作为《泰晤士报》特派记者访问中国,写出了《独行中国》,其作品还包括关于西藏的《刺刀指向拉萨》。他的弟弟正是007之父伊恩·弗莱明。

2. 这些新闻公报在语法和用词方面跳脱了标准英语的常规。宋体部分是明显的用词不当。

为,抛弃了'烫发',千百个中国女子已奋起,勇敢而尽职地参加了国家的全线抵抗。

"战争在中国已引进了美容的新观念。画眉毛、涂脂抹粉、修手指甲和脚指甲的女孩,尤其是烫发的女孩,已不再会获得青睐。这些举动常常会被认为是不爱国的表现。在今日中国,战争期间的女子之美必须具有一种军人气质。她不在脸上用化妆品,她的头发要用一顶漂亮帽子往后压,那样才和她的军服相配……

"中国女子渴望着现代作风,从理发店学会了把头发弄卷。随着战争时期流行事态的改变,中国的很多理发店已把他们的烫发用具搁在了一边。

"在汉口,比如说,只有位于法租界的少数理发店还在运行这些烫发用具。很多汉口的歌女集中在那里。这些美人们不得不继续保持卷发的发型,为了一个简单的理由,她们要生活。

"但甚至歌女也已改变了她们的发型式样。她们想把她们的头发烫成貌似一架飞机的形状——在空中与日本人作战的飞机。

"忠实于爱国主义,她们的头发被弄成了这样的形状。汉口的歌女值得赞赏地为她们国家的事业做了很多事,她们伸出了援手,为中国受伤的士兵和难民争相募捐筹款。"

每天晚上你都可以看见那些歌女,在"小高尔夫饭店"和她们的朋友或客人跳着舞。(之所以被称作"小高尔夫",是因为它有个室内微型高尔夫球场,或是曾经有过。沿街再过去点还有家"美琪高尔夫饭店”[1]。)那些歌女并非如我们起初想象的那样是职业妓女。要与她们中的一个开始一段风流韵事甚至还非常困难呢。引荐介绍和一段时间的求爱是必不可少的;而且,假若女孩不喜欢你,她也不会搭理你。总的来说,中国人的性欲不是很强——别人这么对我们说的。普通的年轻男子很满足于整夜陪女友跳跳舞,喝喝茶,打情骂俏。性是一种玩笑逗趣、礼尚往来和寻欢作乐之事;某种优雅的低级艺术,无害,美好而柔和,如同扇面上画的花卉。大多数女孩都很有魅力,但真正漂亮的很少:她们的脸通常都太宽太平。几乎每个人的身段都极好。她们穿着无袖的印花丝绸旗袍,腋窝部位收得很紧,高高的衣领围着喉咙口扣住。旗袍下摆垂到了脚踝,可两边却豁开着,因此她一走起来,大腿到膝盖的部分都露了出来。

今天早上,叶君健先生来拜访我们,我们在昨天的文学茶话会上认识的一个羞怯的年轻人。他是世界语短篇小说集《被遗忘的人们》的作者,该书所用的笔名是马耳。朱利安·贝尔[2]担任武汉大学教授的时候,叶曾是贝尔的学生。和麦克唐纳一样,他也隶属于军事委员会政治部里的一个宣传组。这个宣传组包括了一些持自由主义或左翼观点的作家,他们不久以前还在监狱里待着。战争开始时他正在日本。日本警察因为怀疑他是无政府主义者逮捕了他。“你不能太介意,”他告诉我们,“如果我有时看来有点愚钝的话。要

1. 原文为 majestic golf hotel,上海美琪大戏院的英文名也用 majestic,故翻作美琪。

2. 朱利安·贝尔:英国作家伍尔夫的外甥。1935 年任武汉大学英文教授,1937 年 7 月死于西班牙内战中。

知道，他们经常打我头。”如同所有这些顽强得出奇的中国革命者，他给人留下了一个礼貌、神经质、温和的印象。

我们正交谈着，一股梦幻般的春风刮了进来——阿格尼斯·史沫特莱到了，穿着一件薄薄的少女装。她的样子得意又欢快。那份手稿到最后非常神秘地出现在纽约；那本报道八路军的新书很快会在英国、俄罗斯和美国出版。她看到我们回来似乎很高兴，邀请我们去她新住的地方玩。（她已从“莫斯科—天堂轴心”搬了出来，因为鲁茨主教已离开了汉口。）她现在住在中街——八路军驻汉口办事处也在同一条街上。“可那一带的黄包车夫叫它‘八路街’。你们叫车时不要说到中街。就说到‘八路街’，看他们是否能听懂。我想看看是不是全城人都知道。”我们保证说我们会这样说的。

下午，我们和大使、科尔女士和一位姓郭的教授一起开车出去，对武汉大学进行了一次访问。学校坐落在长江南岸，靠近武昌。大学的建筑物相当新：它们在 1931 年才开始动工兴建。其新式中国建筑风格出色地将旧式四角挑檐与大体量的粗粝白水泥糅合在了一起。从远处看去，开着一排排小窗的巨大的中央楼群，极其壮观地坐落在一个山坡天然公园里，旁边是个很大的湖泊，让你不由想起了照片里的拉萨。这个体量效果的实现其实应归功于建筑师的巧妙招数——那些巨大的方形高楼的顶部，实际上是一些建在山顶的相对较小的房屋，因此它们就高出了那些较低的建筑立面。学校内景令人失望，主要是因为战争打断了装修工程，这毫无疑问。

眼下在武汉的学生很少，大部分是研究生。部分校舍建筑甚至被用作了兵营。教育费用很便宜。一个学生一年的学费不超过两百元，包括了伙食费和住宿费。我们听说，甚至家里很穷的学生也常常可以入读。因为在这个国家，家族感情是如此牢固，以至连最远的亲戚也觉得理应为一个很有前途的学生的教育出资。

大约十来个教授和他们的妻子接待了我们。他们对科尔女士的到来似乎感到特别高兴。我们整个参观了一遍后，就在小招待所的庭院里喝起了茶。在他们出于礼貌故作欢颜的背后，那些教授看上去忧虑满腹。毫无疑问，若汉口陷落的话，他们不知道大学情况会如何。武汉是其毕生事业所在，事业抱负不久之前刚刚实现。他们为之努力的一切必然要再次失去，这么快就没了？尽管如此，事情还没有临头；他们不希望让他们尊贵的客人徒增烦愁。于是他们轻声笑着，你一言我一语地，强迫我们吃下了一大块奶油蛋糕。（我们有一种不安的感觉，这场铺张的盛宴定然花去了他们一大半的月薪。）

临别前，我们每个人都拿到了一个刺绣卷轴作为礼物，那上面绣着武汉建筑物的全景图。凌叔华，陈教授[1]的夫人，赠给奥登和我自己各一幅扇面，那是她当天下午画好的。它们描绘的是湖畔景色。我那把扇子上，陈夫人还写了两行从古诗中摘得的诗句[2]：

---

1. 此即与鲁迅发生论争的陈西滢，1927年与凌叔华结婚，1929年到武汉大学任教授兼文学院院长。这里还有段插曲，凌叔华与朱利安·贝尔曾发生一段情事，贝尔因情事败露被校方辞退而返回英国。虹影曾以此事为摹本写过一本名为《K》的小说。

2. 原文为：the mountain and the river in the mist not broken in pieces/we should only drink and forget this immense sorrow，衣修伍德并未问及这首古诗的出处，这里勉强根据英文转译成古诗。

雾锁山河在，

且饮遣忧怀。

在那古诗的下面，陈夫人自己还加了一句：

在家国战乱中

我怀着惊奇作下此画，以忘却我的悲愁。

陈夫人非常欣赏弗吉尼亚·伍尔夫的作品。[1] 她委托我们将一个小盒子带给伍尔夫作为礼物。里面是一个雕刻精美的象牙骷髅。

4月23日

今天早晨麦克唐纳跑进领事馆来拜访我们。他在茶会上采访我们的报道，连同手稿副本和奥登那首十四行诗的译文昨天已登在了《大公报》上。麦克唐纳因为做了此次采访，被他的总编特别表扬了一番，他自己也觉得很满意。他把整篇文章逐字逐句地翻给我们听："然后田先生给奥登先生和衣修伍德先生念了他的诗，他们被深深感染了。接着奥登先生也念了他的诗作，大家也都被深深感染了。"

1. 凌叔华在武汉大学与朱利安·贝尔结识后，与伍尔夫姐妹互有书信往来。

我们让麦克唐纳把那首十四行诗的中文版本再翻译过来。译者显然认为那行“为他的将军和他的虱子所抛弃”的诗句太残酷无情了，也许甚至是一个危险的想法（因为将军们在任何情况下都不会抛弃他们的士兵）。于是，恰恰相反，他们写成了“富人和穷人联合起来一同战斗”[1]。

今天是圣乔治日，我们这天剩下的时间都和海军军官在一起。领事馆有个午餐会，“竞赛”酒吧有个鸡尾酒会，在一家俄国人开的舞厅兼餐馆（被全体英国军官称作“垃圾场”）还有个晚宴。

午餐会为政治问题争论不休。有些在场者相信佛朗哥是一个绅士，还是个运动员，因为他的高尔夫打得很好，在去发动摩洛哥叛乱的半路上，还专程去加纳利群岛参加了一个英国领事的葬礼。有人还针对蒋介石的复活节讲话做了个很有趣的分析。他认为政府废除在教会学校进行宗教教育的禁令，暗示了现在新生活运动将会变得更具基督教色彩。或许，蒋的基督教也将会成为抗衡《反共产国际协定》宣传的一个日益有效的政治武器。针对共产主义者和他们“无神论”盟友的老套指责正变得越来越难以为继了。据说毛泽东本人也参加了一次弥撒，对传教界作出了一个友好姿态。也许未来的历史学家将不得不去感谢鲁兹主教。

不但是“竞赛”酒吧的建筑本身，甚至围绕着它们的庭院，都让人仿佛置身于萨里郡的中心地带。这里，如奥登所说，所有中国的痕迹都被满怀深情地抹去了。我们为“圣乔治日——英格兰日”干

1. 这是奥登《战争时期》组诗第十八首《他被使用在远离文化中心的地方……》中的句子。

杯，盼望着“明天和我们苏格兰兄弟的比赛，以及与圣安德鲁协会[1]的美妙午餐会”。我们对仍滞留汉口的英国侨民的惊人人数尤其印象深刻。

今天也是俄罗斯东正教的复活节前夜。临近午夜时，我们汇入了白俄教堂门前的围观人群里，教堂就坐落在离英国领事馆没几步路的地方。这里已挤得满满登登的。从里面飘出来一股熏香味儿和热烘烘的皮革味儿——流亡者那怀旧的香气。几乎整个白俄聚居区的人都集合到了一起，包括从“垃圾场”来的白俄舞女。每一位会众手里都拿着蜡烛，烛光照耀下，她们那颧骨突出的面庞看上去如此美丽、冷漠而纯洁。很多舞女都带着她们的男友，这些身着无尾礼服的家伙身体笨重，下巴刮得发青，有些不耐烦地等着午夜的降临，到那时，按照习俗，他们将相互交换那暧昧的复活节之吻。

1. 圣安德鲁协会：一个保护苏格兰及苏格兰裔权益以及延续其文化遗产的社团，至今仍存在。

7

现在，我们开始为我们去东南前线的访问——如果它确实能被描述为一个“前线”的话——拟订计划了。日军正从上海向内陆分兵挺进，进攻路线如同不规则的扇形。西北方向，扇形攻势已过了南京；西面已接近了芜湖[1]，在那儿，中国人用他们的沉船阻断了扬子江航道；西南方向已到达杭州。至于这些地区间的乡村地带，消息相互矛盾且不确定。日军也许沿着一个山谷推进，然后又退却了。他们也许占领了一个村庄或火车站，然后就像要塞般固守着它，而在其周边地区，敌方的游击部队正出没其间。如果你熟悉地形方位的话，据说甚至可以轻易穿过他们的防线，顺利到达上海近郊。

我们也希望最后可以抵达上海，而无须被迫返回汉口，再取道香港走那条常规路线。宁波和温州的内河港口仍可自由出入。从其中任何一个港口出发，我们应该可以搭上一艘船，直接去往国际租界的外滩。

第二天上午，我们去阿格尼斯·史沫特莱的新家拜访她。她住在一栋原本荒弃的房子里，那里以前曾是个军事指挥部。在那些空荡无物、几近破败的过道里兜了老半天，突然进到她那间用花瓶和屏风布置一新的敞亮房间，一时很不习惯。我们到的时候，卡帕、博古两人正和她在一起。史沫特莱小姐的第一个问题是：我们有没有记得去问黄包车苦力“八路街”？是的，我们问过了；而且，他们毫不迟疑地就把我们带到了这里。史沫特莱小姐很高兴。她似乎认为这是工人事业的一个确定无疑的胜利。

卡帕和其他人刚从台儿庄回来。他拍了很多照片，伊文斯的影片已拍好了一个完整段落。但卡帕不甚满意。他发现中国人的脸不怎么上镜，若和西班牙人相比较的话。显然他很想回西班牙去。“我想在七月十四日回巴黎，”他满怀憧憬地说，“在街上跳舞。然后出发去马德里……”可与此同时，他还要陪伊文斯和弗恩豪特去延安和西北地区。他想让我们帮他把那些未经审查的照片寄到美国去，然后在那里出版成书。

“你会赚很多钱的！”博古说道，爆发出一阵哈哈大笑。博古对每件事情都会笑——日本人，战争，胜利，失败。我们问他八路军都有什么最新消息。眼下的状况如何？“很可怕！”博古哈哈笑着。“他们没鞋子穿！”“没有鞋子！”史沫特莱应声叫道，极度绝望地呻吟着。她两手掩着嘴，开始在房间里来回踱步。“告诉我，博古，我们该做些什么？没有鞋子！我必须马上发电报到美国！”

他们开始讨论起鞋子问题。在汉口可以批发买到一款胶底凉鞋，很便宜。他们很专业地争论着它的优点和缺点。看他们讨论真是趣味无穷——两人各自表现出不同的方式，如此讲求实际，如此极度认真：东边一个微笑着，西边一个表情夸张。你看得出来，红

---

1. 衣修伍德记录有误，日军自1937年11月5日杭州湾登陆后，8日即攻占了芜湖，24日攻陷杭州。

军是阿格尼斯·史沫特莱的整个生命——是她的丈夫和孩子。“我和他们在一起时，”她告诉我们，“我第一次感到了归属感。”在汉口，她极度想念西北地区。但在这里，通过和海外支持团体保持联系，她可以提供更多的帮助。于是她留了下来。

我们谈到了东南前线，博古再次保证会给南昌的共产党新四军指挥部写封推荐信。他还说他会设法为我们安排一次对周恩来的采访。

第二天下午，我们开车来到了郊区，去参观汉口电影制片厂——战时中国最大的电影机构。那里有两幢建筑物——一幢破旧的别墅，以前曾是一位将军的物业[1]，现被用作了暗房和演员的临时住处；还有个新近建好的摄影棚。花园里，五六个年轻演员和技术人员正在玩篮球，旁边是一堆拆掉的布景，布景描绘的是一个被炮火摧毁的村庄。外边的晾衣绳上晒着衣服。整个地方看起来都很有家庭气氛，凌乱而令人愉快。我们的主人解释说，因为空袭，白天就不开工。天黑以后，摄影棚里就开始拍摄了。

音效师罗先生带我们参观了一圈。他和他的同事都没在海外学习过，他们也从来没有引进过外国顾问。他靠着书本学会了每一样东西，设计出了自己的录音装置和放大机。这台自制设备相当棒。以惊人的节约程度和创造性解决了技术难题。我们特别称赞

1. 此处宅邸是杨森将军的产业，汉口电影场的负责人郑用之在这里建成了汉口电影制片场，即后来的中国电影制片厂。

了室内布景。那是一个农庄的客厅，正在准备一场婚礼，看一眼细节之处，定会令西方大多数美术指导自愧不如。没有一件道具是异常簇新的，英国摄影棚却总有此类令人困扰的缺陷。罗先生给我们看了一整个军火库，机关枪、步枪和军服，大多数居然是八路军从日本人那里缴获的。

现在制片厂只拍战争影片。眼下他们在拍一个上海“敢死营”的故事。影片会取名叫《战斗到底》。我们看了些样片。战争场面很出色。制片人对于群体戏有一种惊人的敏锐感觉；其缺点在于对演员的指导——他太过频繁地迁就中国人那种挤眉弄眼的才能。所有这些热情的、愤怒的或悲伤的夸张表情，看来纯粹是对西方的模仿。有朝一日，一个天才导演将会逐渐发展出一种更具真正民族性的表演风格——一种建立在中国人平静面容的美好和尊严之上的风格。

除了这些片段，我们还看了几部新闻短片。台儿庄的废墟；中国军队进入城镇；一个女人被肢解了的可怕裸体，冯玉祥对士兵们发表的一次演讲（从他的声调和手势来看，他必定是中国最出色的演说家）；还有一个有趣而感人的镜头，几个东北俘虏发现他们不会被处决后，高兴得手舞足蹈起来。其中一个俘虏还是个白俄。我们被告知，相当多的东北人在日本军队里作战。

晚上，史沫特莱小姐来领事馆看望我们，意气非常消沉。警察刚刚查抄了汉口和重庆的书店，没收了大批左翼和共产倾向的文学作品。甚至连冯玉祥将军的诗集也被取缔了，因为他写到了穷人；很难判断究竟是谁下达了命令让警察采取行动；很可能出自蒋介石麾下某个更为反动保守的顾问。这没什么大不了的，但挺让人泄气。这表明政府中还有人不能忘却过去的夙仇。

阿格尼斯·史沫特莱认为事态很严重。她担心这些搜查可能预示着国民党方面对于共产党政策上的变化。她甚至怀疑，国民党正有意造成八路军的资金不足和装备短缺，以免它在战后成长为举足轻重的军事和政治力量。她还告诉我们，三个有名的中国商人在上海刚刚被抓捕，他们组织了一个非法生意，绑架中国妇女，将她们卖到了日本妓院。

我们再度拜访了冯·法肯豪森将军的指挥部。我们的参谋朋友情绪很是激愤。他刚刚读到了一位知名美国记者写给上海报章的新闻采访。记者赞扬了中国人的团结，还补了一句，说德国人和俄国人正“肩并肩地一起战斗”。“我这辈子，”参谋对我们信誓旦旦地保证，“从未和一个苏俄人说过话！”

同一天上午，我们看到了上海德国商会发布的一份报告。报告措辞很巧妙，但通篇都在批评德国的远东政策。它声称，由于德国政府支持日本，导致了德国在华商业利益已丧失殆尽。很多公司已破产倒闭。到今年年底它们将全部停产歇业。

我们和杭立武先生喝了茶。他非常希望邀请一个英国艺术家和作家代表团在近期访问中国，想让我们提出一些合适人选。

从另一个消息提供者那里，非正式地，我们听说日本人已在谋求达成一个基于战前现状的和平条款。我们问杭立武先生，他是否认为中国会同意让日本人保留满洲里。杭立武先生回答说，这很大程度上取决于英国政府的态度。如果不列颠坚持的话，中国可能只得同意。

那晚在其中一家“垃圾场”，我们和店主聊天来着，他以前是沙俄军队中的一个哥萨克军官。“哦，感谢上帝，”他说，“下星期五我就要永远关掉这地方了！我在洛阳的一支骑兵部队里找了个教官职位。我们有六个人一起共事——其中三个是红军的苏维埃军官。”“那对你来说会不会很尴尬？”我们问。“当然不会，”店主说，“为什么会尴尬？所有那些政治都是陈芝麻烂谷子的事儿了。如果日本人进攻俄国，我自己也会加入红军。”他告诉我们他是怎么和一个目前在汉口的苏维埃飞行员攀谈的，就在几天前。“你是共产党员么？”他问那飞行员。“当然。”“那么我猜你是个国际主义者？”飞行员笑了起来：“我是国际主义者？不！我是个俄国人。”

我们想要采访杜月笙已有一段时间了。终于，在第二天早晨，这个会面由麦克唐纳安排停当了。[1]

1. 这次对杜月笙的访问，让我们看到了历史人物的另一面。抗战全面爆发后，杜月笙以中国红十字会总会副会长名义，联合各团体组织上海市救护委员会，展开了救护输送医疗工作。南京沦陷之后，杜月笙乘飞机到汉口，与政府有关部门统一商定救护方针，在汉口成立临时救护委员会，积极参与战时医护救援的组织工作。奥登和衣修伍德采访他的时间应是在此期间。汉口沦陷后，杜避往香港。

战前,杜月笙是上海最有权势的中国政治人物之一。仿造典型的美国样式,杜月笙这个商界头目不仅雇用着劳工,也控制了他们。他的政治组织青帮,将中国城市控制于某种未经宣布的戒严状态中。在国际租界,杜也是一个幕后实权人物。1927 年"四·一二"之后,蒋介石借机上台执政,杜和他的手下助了蒋一臂之力,突然攻击了他的前同盟者,杀死他们中最为危险的激进分子或迫使其流亡。日本人进入上海时毁掉了杜名下的诸多产业,由此也为自己树了一个死敌。杜现在是个政府高官,在红十字总会中身居要职。据说他完全不会读写。

去杜公馆拜访犹如进入了一个戒备森严的城堡。门厅里至少布置了十二个随从,而当我们坐下谈话时,我们椅子背后的暗处还站着另外一些人。杜高高瘦瘦的,那张脸就像是从石头里劈砍出来一样;一个中国版的斯芬克斯。让人莫名其妙而又特别害怕的是他那双脚,穿着丝质短袜和时髦的欧式尖头长统靴,从丝绸长袍下露了出来。假若斯芬克斯戴上一顶现代样式的大礼帽的话,或许也会更为吓人吧。

杜只会说中文,但在场的几个医生可以翻译我们的谈话。我们所谈的话题全都是关于红十字会的。我们了解到中国有八千名合格的医生:他们中有一千八百名医生在从事红十字会工作。虽则安排上仍不尽完美,许多机动手术分队已被派了出去,正在前线或前线附近展开工作。杜问起了我们自己的经历和印象,当这些话翻给他听时,他缓慢而用力地点着头。我们起身告辞时,他和一个医生说了些什么,那医生告诉我们说:"奥登先生,衣修伍德先生,杜月笙先生说他非常赞赏你们有兴趣采访红十字会，他希望对两位表达谢意——以人道的名义。”

周恩来，武装暴动和总罢工的组织者，曾是1927年杜月笙黑名单上的首要分子之一。次日早上，奥登到八路街去给阿格尼斯·史沫特莱拍照时，很幸运地碰到了他，纯属偶然。史沫特莱小姐同意拍照完全是个很大的让步。“如果你不是个左派作家，”她告诉奥登，“我不会让你拍这个的。我讨厌我的脸。”

今天她心情很愉快，因为周恩来写了一篇文章，揭露了黄埔派系——政府中的极右翼分子——的谎言。康泽，政治部第二厅的首脑，印了一个小册子，声称一字不差地记录了博古的一次讲话。[1]小册子伪称，博古对他的听众说，联合阵线仅仅是一种策略性的组织，一旦它达到了共产党的目的就会被废除。

周恩来相信，战争持续的时间越长，中国的胜利就会越彻底，而共产党和国民党彼此之间的认知也会更接近。他最担心的是国民党以牺牲共产党为代价与日本媾和。他对军需品供应的情况很不满意。很多私人公司愿意协助出力并请求政府支持——但什么也没做。

1. 国民党军委会政治部是1938年初第二次国共合作时期在武汉成立的。除国民党各派系人物外，周恩来以及左翼人士亦有参与其运作。衣修伍德这里提到的“Kao Tzse”，应是时任政治部二厅厅长的康泽，此人为蒋的嫡系，主管宣传和政工训练和三民主义青年团的筹建。后于1948年7月在襄樊战役中被俘。

奥登走的时候，史沫特莱小姐给了他一个苹果，还有一张去南昌新四军司令部的名片。令我们一直惋惜不已的是，他给她拍的照片都很模糊或拍坏了。

今天，4月29日，是我们在汉口的最后一天。也是日本天皇的生日。日本人以一次大空袭——他们惯常的方式来庆祝这个日子。当他们到达时，"主队"已升空来迎接它们了——新近移交的二十架"格罗斯特角斗士"[1]和三十架俄国飞机。

午饭后不久，警报器开始鸣叫了。我们戴上了烟色玻璃眼镜，在领事馆草坪上仰面躺平了——这是观看一场空战的最佳方式，如果你不想扭了脖子的话。机关枪和防空火炮就在我们四围连续轰击着，可天空太晃眼了，以至我们难得才看见一架飞机，除非阳光碰巧反射在它们翻转的机翼上。不一会儿，一颗炮弹在一架日本轰炸机旁边炸开了；它闪现的火光在蓝天映衬下就像是一根划亮的火柴。路边的黄包车苦力们高兴地拍着手。接着传来了另一架飞机哀号般的呼啸声，绝望地失去了控制；突然，一个白色降落伞在河面上打开，那架飞机继续向下俯冲，一头扎进了武昌后面的湖里。这一定是架中国飞机，因为日本飞行员据说不允许使用降落伞。甚至有传言说他们被锁在了座舱里。

顺着黄包车苦力们手势比画的方向，我们跑到了花园的另一

1. 英国在20世纪30年代末生产的一种双翼战斗机，在二战中给予空袭英伦三岛的德国轰炸机以毁灭性的打击，捍卫了英国的天空。

边，刚赶上瞧见两架飞机在争夺机动位置。它们释放出很长一道尾烟，像是在喷写广告。接着，又一架日本飞机从太阳底下冲了出来，被轰成了碎片，不停地翻滚着，如同一小片闪闪发光的锡箔纸。一颗冲力全无的爆破弹击中了房屋前的道路，发出了巨大的爆裂声。（有那么一会，我们以为总领事真的气疯了，用他的双管猎枪朝敌人开火了哩。）今天，日本人用宣传单为他们的炸弹做了注脚；其中一张飘了下来，落在了领事馆的屋顶上。传单向中国人保证说，日本是他们最忠实的朋友。

一听到“警报解除”的声音，我们马上打电话要了辆车，以最快速度开进了那些弯弯绕绕的拥挤街巷，直奔汉江边而去。对岸，一团团的浓烟正从汉阳兵工厂的楼房和围绕着它的城郊贫民窟里升腾而起。日本人在这里扔了很多炸弹——日本情报工作无能低效的一个明显证据，因为兵工厂几个月以前就已转移，现在几乎已被废弃。

那条浑浊小河的水流实在湍急，打着漩儿拐进了扬子江。经常有人在这里溺水而死。我们不知道该怎么渡过河去，疑虑重重地看着那条破烂的旧舢板，船里的一个十二岁男孩和一个独眼干瘪老妪愿意送我们过江。但不能浪费时间了。老妇人载着我们艰难地逆流而上，如同攀岩者那样，用船篙钩住一条泊靠着的舢板，再钩住了下一条船，挤出了一条路；接着，我们从斜刺里冲入了江心。当我们以摩托车般的速度向对岸靠拢时，眼看就要猛地撞上去，但小男孩用他那根竹竿随便这么一扎，就闪了过去，片刻之后，我们就在兵工厂围墙下，沿着陡直泥泞的岸滩往上爬了。炸弹将一台废弃锅炉整个掀出了墙外，把它抛进了江水里，如同一条正在沉没的小货轮。光赤裸背的苦力们，水流没到了腰部，已在设法搬移它。

兵工厂大门外，一群人站在一堆灰泥、瓦片和竹片的倾毁废墟中，一小时前，那里还是一排村舍。向警卫们出示了通行证和名片过后，我们进到了兵工厂的大院。当局的工作确实很有效率：伤员早就被转移了，消防队彻底控制住了火势；眼下只有一栋小楼还在烧着。从弹坑的大小尺寸来看，日本人可砸了不少钱。

另一个大门旁，五个罹难的百姓躺在了担架上，正等着入殓的棺材。他们的肢体残缺不全，而且很脏，因为爆炸的冲力将碎石和沙子扎进了他们的身体。有一具尸体旁放着一顶簇新完好的草帽。所有的遗体看上去都非常小，非常可怜，一动不动，我们站在一个死去的老妇旁边，她的脑浆透过一块小毛巾吓人地渗了出来，可是，我看到她满是血块的嘴巴竟一张一合着，盖着的麻袋下面，手握紧了又松开。这就是天皇的生日礼物。

我们后来听说有五百个平民在空袭中死去，三十架飞机被击落——九架中国飞机和二十一架日本飞机。另有几架日本飞机损坏很严重，料想已无法飞回它们的基地。那天晚上，汉口欢庆着它最伟大的空战胜利。

海军和领事馆的朋友为我们举行了一个盛大的送别仪式。我们刚好赶在跳板收起时，摇摇晃晃地登上了去九江的内河轮船。稍后，我发现自己和两个德国乘客卷入了一场半是伤感半是挑衅的交谈中，他们严肃地向我保证，无论何种情况下，英格兰和德国都永远不会成为朋友。德国永远不会忘记1914年战争爆发时她在远东所受到的对待。我回床上休息去了，把争论抛在了一边。我向来不很善于替大英帝国辩护，即使是喝醉了的时候。

在九江绕着江湾徐徐浮现而出之前，船上的时间就在刮胡子、穿衣服、吃早饭和犯恶心中过去了——这是一个欧化的江滨码头，有带阳台的房屋和树木，而皇家舰队“小蚊号”[1]就停泊在前面，扁平得就像是摆满白色陶器的托儿所茶盘。

在岸边浮桥上，一个高个秃头男子主动搭讪我们，面相很像是一个好脾气的大学老师或法官；他戴着角质眼镜，套着件运动夹克，穿着中国式长袜和短裤。此人名唤查尔顿，是一家名叫“旅途终点”的宾馆（或者，如他较喜欢的方式来称呼，一个小客栈）的业主，宾馆坐落在离九江几英里的牯岭山中。

我们已听说过“旅途终点”了，当然了。在汉口的英文报纸上可以看到它定期刊登的广告：

旅途终点

海拔850米。登临此处，一切是如此清新怡人，干净而美丽。

---

1. 小蚊号：英国于1915年生产的“昆虫级”内河护卫舰，一战后“昆虫级”多被调遣到中国内陆的长江和香港，以保护所谓的英国利益。1940年被调往地中海担任近海防卫船只。

扬子江流域的“蒙特拉维尼亚[1]”。

烤虹鳟。自产蟹品色拉，新鲜对虾咖喱。

日出

清新如处子，幽雅而美丽，
凉爽如我们莲花洞的鳟鱼，
绿意盎然如我们的湖畔草场，
金色如我们野生蜜蜂的蜂房。

黄昏

彤红如冰岛日落的光线，
倦意阑珊如孩子的就寝时间；
深沉，深沉如一匹黑蓝色阿拉伯马的鬃毛；
宁静，一切宁静如一头豹爪。

在中国“瑞士”的日夜如此美好，敬请恭临鉴赏。

“早上好，先生。”(这是对奥登说的)。“您或许是作家的一位亲

---

1. 蒙特拉维尼亚：斯里兰卡西南部市镇，位于科伦坡以南，为海滨胜地，山顶有19世纪几位英国殖民总督的府邸。

戚吧？我想，您夫人是德国人[1]吧？您猜我是怎么知道的？从竹子收音机里听说的。消息在这个国家传得很快。”（这种强调，如同我们后来发现的那样，是查尔顿先生热衷于神秘化的一个典型实例。其实，他全是不久前从我们一个同行旅伴那里听来的。）“您也是作家么，先生？”（查尔顿转向了我。）“您真得原谅我不知此事。我可是住在沉睡谷[2]。我的确希望如此，我说，您没生我的气吧？我应该这么说：你们两个，或许都是作家们的亲戚吧？不要介意——你们两个年轻人对一个半截已快入土的老人可得忍着点儿。我希望你们到我这年岁能够说出：我享受了每分每秒！哦，我一直很幸运。我有了一段精彩的人生。我是世界上最幸运的人。我父亲是我见过的最正直的人：他是英格兰银行的一个经理。我认识布鲁克[3]，你知道。我们一起在剑桥上学。我承认我是个赌徒。我本应从生活里得到想得到的一切。一切。但我赌得非常辛苦，日子也过得够辛苦的。他们主动提出让我做个大学老师。不是因为我是个大学者；是因为我的划艇。我在上海赚了一大笔钱。又一个子儿不剩地全输光了。谁在乎啊？如果你遭逢不幸，成功算得了什么啊？我是活着的最快乐的人！”

---

1. 1935 年，为帮助德国作家托马斯·曼的女儿获得英国护照，逃离纳粹德国，奥登曾与她登记结婚。

2.《沉睡谷传奇》是 19 世纪美国著名小说家和历史学家华盛顿·欧文的悬疑恐怖短篇小说。

3. 鲁珀特·乔纳· 布鲁克：英国抒情诗人，因其写于一战中的理想主义战争诗而知名，却并未参与任何一场战役。因长着娃娃脸，而被叶芝称为英格兰最英俊的青年。

我想我们已经同意住在“旅途终点”。也或许我们还没定。不管怎样，现在已上了路，我们挤在一辆其转向装置犹如轮盘赌转轮的老爷车里，一路颠簸着穿行在葱翠欲滴的乡间，向着牯岭山的清澈蓝天[1]开去。从我们停车的那个村子开始，查尔顿领着我们爬上了山间小道，踩着踏脚石，走过了摇摇欲坠的老木桥，穿越了一道又一道的山溪。房舍坐落在一处台地上，有深深的门廊，俯瞰着峡谷。在它下面，水流被堤坝拦成了一个游泳池（“泳客乐于跃入清洁的水中”，查尔顿先生引用了他最新的一则广告语）。花园的一块木牌上，他涂上了多萝希·弗朗西斯·布鲁姆菲尔德·戈妮[2]众人皆知的诗行：

阳光献吻为致歉意，
鸟儿啁啾为传欢乐。
在花园汝离上帝更近，
胜于世上任何一处。

一群训练有素的男仆跑出来迎接我们，穿着土黄色卡其短裤和白衬衫，衬衫上漂亮地绣着他们名字的红色字母。查尔顿先生的男

1. 1895年，英国人李德立强行租借庐山牯岭到长冲一带，租期为999年，并将租界内的土地划分后在上海拍卖，获得暴利。此后，各国传教士和外交官纷纷来庐山租地，建造别墅。1935年，中国政府无条件收回牯岭租界。这位查尔顿先生应是在当时拍卖的地块上营建了这所山居客栈。
2. 多萝希·弗朗西斯·布鲁姆菲尔德·戈妮：英国一位赞美诗女作者。她这首诗常被刻写在花园标牌上。

仆似乎在中国这个地区很有名声。他训练了他们三年——作为仆人、园丁、木匠，或油漆工——然后就安置他们，往往会是份好差事，服务领事馆官员或外国商人。仆人们都学了点儿英语。当你遇到他们时，他们会说："早安，先生"，还掌握了一整套有关茶饮、早餐、早醒时间、衣物洗熨和酒水价格的句子。每到了一个新人，就会指定一个三年级的男仆做他的监护人。第一年，学徒拿不到薪水；第二年，每月四块大洋，第三年是每月十块。如果新人有点蠢，但还比较听话的话，他会被编入厨房伙夫中，穿不一样的制服——黑衬衫和黑短裤。所有小费都会被分配，到年终还以可分到经营红利。

仆人们还练习拳击，可以每天使用游泳池，除非其中一个要为脏调羹或脏叉子负责。他们也被训练得很安静。谁大声喧哗就会被扣掉一个良好操行分。如查尔顿先生所说："上帝已给了你一双好腿，他是让你来使用它们的。如果你有什么要说，那就走近了说。"召集仆人们时，会用一把小锤子去敲响许多炮弹壳中的一个，它们就放置在屋子和院子的周围。在衣着问题上，查尔顿实行了非常军事化的严格训练。在某些日子，所有仆人不得不把长袜拉到膝盖处；在别的日子，袜子要卷到踝关节。"这主要看我心情。"他解释道。

我们的房间很大，床也非常舒服。每间卧房里都放有一本圣经和一卷法国色情文学作品。如果你在"旅途终点"待的时间够长，你至少可以看完全部的二十卷。"你们将在樟脑树下吃午饭，它可以驱虫"，校长(这真的是间预科学校么?)或者修道院院长(因为，它或许更像是个修道院)嘱咐道。"这是胡苏臣。他会照料你的起居。

每个客人都有一个仆人随侍左右。”胡苏臣淡淡地笑着。他是个看似体弱的十九岁青年，有着中国人不常有的腼腆。

于是我们在樟脑树下吃了午饭，在一种愉快的恍惚中，感受着树叶的气息；感受着石上溪流的飞溅声；感受着大峡谷的两翼，如一幅萨尔瓦多·罗萨[1]的画作，在屋后树木茂密的山峦重又交叠合拢。那里有捕食的鹬鸟和鳟鱼。这里实在太美了，美得恍若失真。“如果我做个石头和剪刀的手势，一切都会消失。”我说道。奥登同意这个说法：“这是魔鬼的第三种诱惑。[2]”你可以在周末过来，一直来上十五年——吃饭，睡觉，游泳；站在花园里那个小小的明代古墓前，在充满敬意的茫然恍惚中待上数小时；可以在前廊里写作，那本书实在太过精彩以至无法写完，也太过神圣以至无法出版；可以任凭枝条抽打，心情愉快地爬上峰顶，去看百合洞和龙池；而到了晚上，可以编出些虚构出来的罪过，在校长兼修道院长的专业指导下来忏悔一番。

老蒋看来也抵挡不住这第三种诱惑。他从没像这样懒散过——可是，倒确实没什么事情要让他做的。他整个白天就斜靠在一张帆布躺椅上，要不就和孔先生[3]（大银行家的弟弟）的仆人们嚼舌头。孔先生是查尔顿除我们以外唯一的客人，正等着赫尔·梅

---

1. 萨尔瓦多·罗萨（1615—1673）：意大利画家、诗人、版画复制师。
2. 出自《马太福音》，耶稣被圣灵引到旷野，受魔鬼的三次试探。最后一次，魔鬼带他上了一座最高的山，将世上的万国与万国的荣华都指给他看，魔鬼说若耶稣肯伏拜，就将这一切都赐给他。耶稣拒绝了这个诱惑。
3. 这位孔先生应是时任国民政府行政院长的孔祥熙的堂弟孔祥吉、孔祥珍中的一位。

耶——德国军事顾问中的一个——的到来。孔先生据说长得很像孔子,也是孔子的直系后裔。他让我们不由想起了巴尔扎克的模样。

查尔顿令人赞赏地尽量避免打扰他的访客。地方尽管很小,他很尊重他们的隐私。如果他看到你不想谈话,他会行个简单的法西斯抬手礼,从你身边走过。有时他会提出些建议:你们想不想去牯岭走上一走,或者洗个澡?你若同意了,他会竖起大拇指,摆出罗马皇帝观看角斗时的手势[1]来。但如果你谈兴正浓,你也会得到那个手势。他的想法实在是太天马行空了,以至于没有片刻的乏味无趣,从剑桥聊到了上海,从大生意转到了小乐趣,从捕猎活动过渡到了美术,从爱转换到了死亡。他确信自己不久就会死掉,他对我们说。他已经活过了,玩过了,赌过了,工作也很努力。没关系。他已等着上帝的召唤了。

然而,赫尔·梅耶可没等着。他巴望着要恢复健康,要完成他的工作,要回到汉诺威他妻子和孩子们身边。他是个矮胖、通情达理、温厚和善的中年人;是所有德国顾问中最年长的一位。他参与了近来的每一场战役,每次都身临险境,直到最近斑疹伤寒的发作影响了他的心脏。他对目前战争的结果很乐观。他自己的部队驻扎在洛阳,疗养期结束后,他会在数天内赶赴那里。自打来中国后,他一直在训练同一个军团。梅耶重复了我们在汉口已经听到的说法——德国人的建议常常受到忽视,答应好的补给有时不能兑现,

---

1. 古罗马皇帝和民众都可对角斗士进行最后裁决,握拳、竖起大拇指的手势理解为“宽恕”,大拇指向下按则是“杀”。但也有相反的说法。

有太多的繁文缛节，日本人本来是早就可以击败的等。他不认为满洲里能被夺回来。他肯定地说，日本人再取得一次胜利，将意味着外国影响力在远东地区的终结。

梅耶和查尔顿之间的关系在“旅途终点”是唯一喧闹之事。他们用叫嚷和笑声来弥补各自英语和德语的不足。他们半严肃半诙谐的摩擦，主要起因是查尔顿的一个男仆。梅耶给那个仆人提供了一份工作，但讲明他必须马上离开。查尔顿则坚持那个仆人要在“旅途终点”待到九月份，帮忙服务夏天的住客。梅耶以典型的德国式调侃反击，抱怨他的床如何硬，食物如何糟糕，他的房间如何闷热，还有虫子的数量。查尔顿听不懂一个字，大吼着：“这人可真讨厌！”或者“对不起！我可不会说威尔士语！”

第二天早晨，魔鬼开始发威了。我们本该出发去南昌的，可我们没动窝。这主要是我的错：我想去牯岭的那个山村来着，那里是传教士们的夏季避暑地。可今天一看，山上云霭低垂，峡谷雾气弥漫；而游泳池里的水流，经过了一夜暴雨，不断从石头上满溢出来，犹如一个小型的尼亚加拉瀑布。

或许，我们打算在这里永远待下去？雨声如此抚慰人心……毕竟，为什么去南昌呢？为什么要去其他地方？为什么要担心新四军呢？它会照管好自己的。这趟旅程算是什么啊？一个错觉。美国，英格兰，伦敦，新书出版季，我们的家人，我们的朋友，志向抱负，金钱，爱情，又算是什么呢？只是魔鬼的第一诱惑的方式而已——为何一种诱惑要比另一种优先呢？确实，我们的钱会花光的，可查尔顿不会让我们饿着的。他会让我们穿上短裤，而我们应该洗盘碟，扫茅厕，把客人带出去散步。过后我们将学会钓鱼、捕山豹和捉鹂鸟。我们会变成真正的山民，也许甚至会打破查尔顿攀登牯岭的记录——一小时三十五分钟。“不，不！”奥登叫道，几近绝望。“我们明天早上必须走！”

下午，胡苏臣带我们去看铁塔——它并非如我们预想的是一个建筑，只是数英里外一座寺庙里的一个三英尺高的纪念塔。寺里的僧人给我们上了茶。回去路上下起了雷阵雨，大雨如注。我们到家时全身都湿透了，却很快活，感觉已成了常年待在“旅途终点”的仆役。

起居室里有一条狗的标本——查尔顿先生曾获过奖的斯班尼犬，名唤“可爱女士”。出于一种超现实主义的情绪，我们让它坐在我们旁边吃晚饭。关于“可爱女士”，发生了某件不祥之事：它的一颗玻璃眼珠掉了出来，另一只凶狠狠地瞪着我们，犹如一条中国恶龙。奥登说它晚上可能会来拜访我们，拖着两条瘫痪的后腿，发出干涩的叽叽滑滑的声音，沿着过道来到卧室门前。

晚饭后，查尔顿先生喝了中国酒，几乎被他生命中非同寻常的幸福感给压垮了。“我们的房间里都有那幅画，《爱被关门外》[1]！”他对着赫尔·梅耶大叫着，梅耶回答说柠檬汽水里掺了石油。大雨倾盆而下敲打着屋顶，无数昆虫突然袭击了我们——茶里有甲虫，

1. 此画为19世纪旅居英国的美国女画家安娜·李梅里特所画的一幅风俗油画。

蚊子在空中，长着触须的大家伙正试图爬出啤酒瓶。“我有没有给过你三听肥肝酱，每听三块五的那个？”查尔顿叫着；而梅耶反驳道：“圣诞节我会带些朋友回来，把这个虱子窝拍个稀巴烂。”“在我房门里，我永远不会招待第二个德国佬，”查尔顿说，“上一个家伙付不了账了——你知道相反他留给我什么了？一面德国旗！”这个节骨眼上，仆人们打开了浴室锅炉，这突然的声响分散了注意力。“整个地方要淹掉了，”查尔顿冷静地评论着，“我不在乎。我希望你们两个年轻人有一个辉煌的人生。下个圣诞夜来和可怜的老头儿喝会酒。那时我就会死去。上帝保佑。”

夜间，突如其来的一阵狂风将卧室门猛地撞开，灯火全灭，魔鬼已离开了我们。将我们从“旅途终点”拉走已不再困难了。第二天早上，甚至这个“迷人之极的修道院”的见习修道士们也呈现出某种更乏味的面貌——他们只不过是些等着领赏钱的中国仆人。接过钱后他们羞怯地咧嘴笑着——如同欧洲人在性事中那样——然后要求再给一点，非常少的一点，只是少许就行。

于是查尔顿对我们行了最后一个罗马式敬礼，走开了。我们驱车下山，前往九江火车站，结果却发现火车已开走了，比它公布的时间早了一个小时，那天没有其他班次了。如果我们是真正的诗人——那种查尔顿尊敬的诗人——无疑，我们应该呵呵一笑，就此走下大路，然后手牵着手，跑进地里采撷野花，各为对方编一顶花冠。可是，哎呀，以我们挑剔的唯物主义的方式，我们很不高兴。除了中国铁路旅馆的两个床铺，九江提供不了我们什么东西。天下起了蒙蒙细雨。“小蚊号”已开走了。奥登身体有点不舒服。痢疾发作的后遗症损伤了他的坚强神经。他评论说，我们的房间应该是一个特别适合在此死去的地方。我们度过了一个忧郁的下午，抽着烟斗，谈着疾病，读着默特里的三卷本《荷兰共和国的兴起》[1]。默特里一连串的刑讯拷打、大屠杀和战役令我们两个都分外沮丧。“现在完全一样啊，”奥登叫着，“说真的，文明丝毫没有进步！”

晚上，我们去看了场电影。正片放映的是一个意志薄弱的中国人，为了注射可卡因，和一个恶魔般的日本医生做了交易，他背叛了国家，同意给日本飞机打信号。他给毙了，当然如此，观众们拍起手来。然后复仇的中国军队占领了那个城镇——大家还是起劲地拍着手。我们都不知道会过多久时间，我们就会在伦敦各个电影院里为类似的垃圾鼓掌了，只不过感觉会更复杂些罢了。

---

1. 约翰·洛思罗普·默特里，19世纪美国作家、历史学家和外交官。著有《莫顿的希望》与《快乐山》两部小说。之后开始研究荷兰史。结果出版了三卷本的《荷兰共和国的兴起》、四卷本的《统一尼德兰史》与二卷本的《巴内韦尔德的约翰传》；曾出任美国驻奥地利公使和驻英公使。

8

5月3日

今天早晨阳光明媚。我们宾馆外边的河湾里，帆船已升起了巨大龙翼般的破烂帆篷。九江似乎又很迷人了，说来也怪，很像荷兰。我们赶上了火车，剩下的时间还很充裕：它八点过后就开出了。

九江—南昌铁路没有陇海线那样的戏剧性场面。没有空袭警报，没有长时间的中途停车。车厢顶部涂着巨大的斑点，就像是幼儿园的摇摆木马。乡村和德文郡一样绿意盎然，有开花的树篱，有小山和街巷。车站月台上人们的面容，我们发现，比我们访问过的其他省区要少一点典型的中国特征(根据西方人的感觉)。眼睛更大更圆。鼻子都很挺直，有时甚至会看见长着鹰钩鼻的人。

南昌的伯灵顿宾馆甚至比西安的招待所还要时新，而且便宜得多。饭菜也很好。为了与“新生活运动”诞生地的身份相称，宾馆在店内严禁赌博、妓女、大声喧哗、音乐演奏和鸦片。在我卧房的写字桌上，放着一本装订精美的中文版圣经。

5月4日

早饭过后我们出发去寻找新四军指挥部。南昌的外表看起来很具欺骗性。隔河望去，它几乎和汉口一样令人难忘。伯灵顿宾馆坐落于一条幽雅宽阔的环形林荫大道，外面铺着草坪，“新生活运动”宣布后不久又种植了树木。但城里还是很脏，曲曲绕绕的，别具风格。臭烘烘的街巷，到处坑坑洼洼，绕着那些气味难闻的死水塘一路蜿蜒。问了几乎一个小时的路后，我们发现了要找的那幢房子——一座半空的大楼，有个杂草丛生的大院子，在“三眼井”附近。这里怎么看都看不出是个军事要地。两个男子和大约十来个小男孩非常客气地接待了我们，他们告诉我们，所有负责军官都去了前线附近的某处，但他们不久就会回南昌。

下一站，我们到盐务局去拜访米·伯鲁比先生，他是汉口总领事的一个朋友。中国经理极为友好地借了我们一辆汽车，然后驱车前往一个搭有胶合板棚屋的小营地，营地位于城外一英里处的一个冷杉林场。米·伯鲁比先生和他的部属为躲避空袭已转移到那里，空袭一直非常频繁，并已造成了巨大损失。这个营地过去属于一个意大利飞机制造商。意大利人被发现与日本人私下勾结，于是他们只好匆忙撤离。伯鲁比给这个地方取了个“弗拉斯卡蒂”的绰号[1]。

一个坚定的亲英派，小个子，风度翩翩，诙谐逗趣。他英语说得极地道。一战期间他曾服务于法国空军：他父亲是个在哥本哈根的间谍。有一个英国妻子。他更喜欢 P&O[2] 而不喜欢“航海信使”[3]，因为 P&O 更讲求纪律，乘客必须着正装进餐。他颇有兴致地

1. 弗拉斯卡蒂：意大利中部罗马大省的一个小镇。
2. P&O：英国轮船公司，于 1840 年开启了世界上第一个跨洋游轮航线。
3. 航海信使：法国航海公司。

引用了阿纳托尔·法朗士的一句格言:“英国船是一个漂浮着的民主政体。法国船是流浪中的煽动政治。”他在中国最为毛骨悚然的冒险经历,是1923年时,他在上海—北京的快车上被土匪抓作了俘虏。

下午我们去了美国教会医院,以便奥登可以好好检查一下身体。这是目前为止我们在中国所看到的最大的医院。候诊的病人中间有一个圆脸膛的年轻中国人,二十岁左右,目光中充满了焦虑和迷惑,表情非常痛苦。他和他的哥哥走上前来和我们说话:“你们能告诉我们真相么?”“什么真相?”我们问。“有关思考的真相。是无线电波的作用么?我很紧张。”哥哥向我们解释,他们全家人都死于一次空袭,年轻人受了很大惊吓。他希望在这家医院里可以得到治疗。以前他曾是邮局里的一个职员,英语说得很好。“我要弄清楚你是不是一个报务员,”他对奥登说,“你可不可以把我介绍给主席?我想知道是不是还要拿我做那个实验。这样我会安心些。”

5月5日

今天早晨我们又回到了医院。和其他地方一样,这里的医生们出色又能干;可是有一个胖胖的女传教士,唠叨个不停,自以为是地炫耀着对上帝的专业熟悉程度,实在叫人恼火,她显然把上帝当作了美国新教徒的私有财产。我们很高兴地得知,她并不是医院人员中的正式成员,只是来南昌访问的。

喝完茶过后，我们拜访了江西省主席熊式辉[1]。身着朴素的蓝色制服，脚上穿了双松紧带便鞋，个子修长，腰板挺得直直的，省长看起来还像个少年，几乎比他的真实年龄小二十岁。他苍白的椭圆脸和乌黑的眼睛，有着伟大演员或佛教圣徒般的泰然自若。如奥登所说，仅凭他的仪表，他就可以在任何舞台上飞黄腾达。

会谈的结果并不鼓舞人心。省长感谢我们的访问，并希望我们不要在南昌勾留太长时间。他明确表示不赞成我们经宁波离开中国的计划。金华—宁波公路沿线的桥梁已被炸毁。如果我们试图走这条路线，非常遗憾，他不能保证我们不会碰上“某些非常不幸的事情”。我们最好还是回香港去。尽管如此，他答应会进一步了解情况，几天之内会让我们知道结果。我们问是否可以去访问宣传学校[2]的学员，我们听说学校就在南昌。一番商议后，省长回答说非常令人遗憾，“由于政治形势”，这暂时办不到。我们于是躬身告退。

5月6日

今天在医院的门诊部，我们又见到了那个被“思考的真相”困扰的年轻人。那个肥胖的女传教士走上前去和他说话。他哥哥把自己的家庭悲剧告诉了她。她简直没在听。“不用担心，”她对年轻人

---

1. 熊式辉：1931年至1942年任江西省政府主席，提倡“赣人治赣”，主政江西长达十年。

2. 抗战前南昌设有黄埔军校分校，抗战时期，于江西瑞金又成立了第三分校。其中可能有沿革关系。

说。“把它交给上帝。你回家吧，回父母身边去，再吃点妈妈做的好东西。耶稣会把你照顾好的。”

我们从没忘记对黄河一带传教人士的赞佩之情，因此，说一说我们最近在汉口从一个美国飞行员那里听来的一则故事，才显得比较公平。几年前，那个飞行员和一个朋友飞到了洛阳附近。夜幕降临，于是他们去往最近的紧急降落场，停在了一个脏兮兮的小镇外边。飞行员提议说，他们可以试着在宣教站找一个过夜的地方，果然，传教士热情接待了他们，把他们领到了楼上的一间卧室，他们刮了胡子，洗了澡，还换了衣服。直到晚上他们才再次看到他们的主人。楼下，晚饭已准备好了：饭菜看去不错，他们都很饿了。做完了饭前祷告，传教士突然问道：“你们中有人抽烟么？”飞行员不抽，可他的朋友抽。“你们喝酒么？”是的，他们都偶尔喝上一杯。“那么，我很抱歉了，”传教士说，“此地不能收留你们了。”他们简直不敢相信自己的耳朵；传教士可没在开玩笑。他们只得走出去，晚饭没吃就离开了，睡在了当地中国客栈的椅子上。“那么，请告诉我，”我们的消息提供者总结道，“若是你们会对那个传教士说些什么呢？”

5月7日

昨天下午我们和伯鲁比一起出去购物。奥登买了他喜欢的某款巴拿马草帽。这个特别出样货品显然是用硬纸板做的。它当然不会在遭逢第一场阵雨后还能保持原样。伯鲁比可真是逗趣，他为此写了首下流打油诗。今天拿来给我们看了。

这天早晨，奥登又去了趟医院，回来后将那个女传教士肆意贬损了一番。听说我们要到前线去，她说道:“你们向耶稣投保了么?耶稣绝对保证了永生……这一世”(她竖起了大拇指)，“不过是极小的一段。”奥登真希望把那根拇指给咬下来。

现在我们已决定立即动身去金华。傻等着省长的咨商结果或等新四军军官回南昌不是个好主意。若我们以后到不了宁波或温州，哦，那就到不了呗。在我们访问了东南前线后，我们有大把时间来担心这个问题。

今天，我们最后碰到了温吉特，在本地机场工作的美国工程师和民航飞行员。温吉特就住在“伯灵顿”，真遗憾，没能早点认识他，因为我们俩都挺喜欢他的。温吉特过着某种孤独而忧心忡忡的生活——不确定是该回纽约和他妻子团聚，还是在这里续签他的合同。在南昌，除传教士外，他和伯鲁比是仅有的两个说英语的西方人。机场那里有很多俄国飞行员，但他们根本不与外人来往，而且经常会被调换。服役几个月后，前一个飞行员就回俄国去，而新人会过来顶他的位置。日本人袭击汉口时，南昌的飞机经常会飞出去截断入侵机群的退路。如果南昌机场自身受到攻击，俄国飞行员就会让他们的重型轰炸机升空，驾驶着它们飞离危险地带，直到空袭结束。但中国卫兵还留守在机场上，他们随时准备跑出来，在那些炸弹坑里插上警示旗，以便俄国人返航时可以安全降落。温吉特说中国人在此情况下表现出了令人难以置信的勇气。他们中很多人牺牲了。如果有夜间空袭，温吉特就跳进他的汽车，然后开进山里去，“伯灵顿”离机场太近，因此不太安全。事实上，饭店对面的林荫大道上就有一幢房子被炸毁了。

老蒋提了个建议，我们应该设法弄几张去金华的免费车票。于是我们一起去采访了铁路局长。此时已是七点十五分了，火车预定在八点开出，因此采访就有点让人焦虑不安：我们只有十五分钟，其间要经历握手、鞠躬、交换名片、喝茶和中国礼节所有其余的慢动作阶段。车票终于签好了，我们坐上温吉特的车朝火车站飞驰而去。幸运的是，火车晚了十分钟才开出。

5月8日

第二天清晨，我们醒来的时候，火车正穿过一个稻田密布的宽阔山谷。旭日照映着无数小湖的水面，折射着粼粼波光；不远处的农舍仿佛就在水上漂浮着。不时会出现一个低矮土丘，高出了地平线几英尺，一座杂草丛生的破败宝塔就矗立其上，数英里以内都看得见它。农夫们牵着水牛在田里辛勤耕耘着，汗水滴成了黄泥汤。

下午四点左右我们到了金华。我们刚走出车厢，就发现自己被一群士兵和警察包围了起来。一个军官跑上前来，敬了个礼，把我们请进了车站警卫室。“我们期待着你们的到来，”他解释说。“我们已经等过了两班列车。”我们有点疑惑地跟着他。更多军官被一一介绍。“现在，”其中一个说道，看来像是本地的警察局长，“我会护送你们去宾馆。房间已经定好了。”

我们紧张地面面相觑。奥登小声说道:“你觉得我们真的被捕了么?他们的手法太老练了,以至于都不直接告知我们。”“也许他们认为我们是间谍,”我回说,“反正我们永远也不会知道——直到我们真的被拖出去枪毙。”“哦,他们永远不会打死我们的。太粗暴了吧。我们只是失踪而已。”

当然,真实情形远没有这么富有戏剧性。某人从汉口寄来的一封信,霍灵顿·董的一份电报,我们的名字在南昌报纸上被提到过一次,种种情况综合起来,让金华当局确信我们是重要人物——而我们也将被如此款待。从现在起,我们必须听天由命,来履行公众人物的所有职责了。

戏已开场了。我们刚把行李扔在中国旅游服务宾馆的客房里,有人就通报第一个官方访客已到——金华铁路局长。他前脚刚走,警察局长后脚就跟来了,他顺路过来告诉我们,已派出了一位专职特警供我们随意调遣。他会整天坐在入口大堂里,等候我们的指令。怎么,我们真要和一个特警相处啊,我们疑惑不已,与此同时一迭连声地感谢警察局长。

接下来到访的是 T. Y. 刘[1],市政府的秘书,《东南日报》的通讯员。他是个侏儒般的小个子,小孩般柔弱无骨,长着一对怪异的有如远古中国龙般的上翘的眼睛。在某些情绪下,他的面容看上去就像是个十六岁的少年;其他时候,他就坐着眨巴眼睛,胆怯得像是个八十岁老头。刘秘书,我们已经觉得他会是我们在金华最好的朋

1. 这个刘秘书,实在查不到他的真实姓名,后面的译文中就称呼他为“刘秘书”了。

友。而他会和我们一起去前线。因为他本人说过:“当我置身危险中时,我一点都不害怕。”

喝了很多茶后——这天晚上,所有的喝茶记录轻易就被打破了——我们和刘秘书一起开车出去拜访黄绍竑[1]将军,浙江省政府主席。长官指挥部在山脚下的一个小山村。我们到那里时天色已经很黑了。士兵们打着手电筒在前引路,我们走过山溪上一座高低不平的小桥,磕磕绊绊地穿过一个花园,到了一间村屋的门前。屋子里挂着一个亚麻布帘子,如同战前德国恐怖片里的画面一样,长官本人那巨大变形的蹲着的影子投在了上面。

尽管如此,长官根本不恐怖。他体态笨重,平头短发,快活地笑着,有点像一个普鲁士军官,最不可怕的那类。他不但马上给了我们去前线采访的通行证,还要用他自己的汽车把我们送到那里。我们推断,我们可以相当容易而且迅速地访问完,两三天之内就可以回金华。长官也讲解了军事形势。他似乎认为我们可以顺利到达宁波,当这段旅程告一段落的时候。

这天晚上,我们和刘秘书等人在宾馆吃了饭,在座的有刘秘书的妻子,还有一个少校,相貌英俊,带点孩子气,曾在上海外围作战时三次负伤。“杨少校不怕死。”我们通过一番介绍得知。他不会说英语;只会笑着,然后一个劲地举杯祝我们健康。他和刘秘书喝柯纳克白兰地,好像它只是某种低度佐餐酒。我们尽自己所能奉陪同饮。与此同时,刘秘书描述着两年前他在上海做的那个非常危险的

---

1. 黄绍竑:与李宗仁、白崇禧同学,桂系军人,1937 年复任浙江省政府主席,曾参与 1949 年北平和平谈判。

手术。到了餐会末了,奥登和我已醉得不行,我们甚至敢于斗胆批评中国人的吐痰习惯。刘秘书同意说这确实令人厌恶,没有爱国心,而且必须被制止。那晚余下的整段时间里,他和杨少校还是带着莫大的快意继续吐着。

5月9日

今天早上,我们在刘秘书、杨少校、老蒋和随从——包括我们的私人警察的陪伴下,大费周章地游览了城区。金华也许是我们迄今在中国走访到的最具魅力的小城市。窄窄的街道挂满了旗幡,路面极为整洁,商店里货源如此充足,或许可以整体移入一座博物馆,作为各色手艺行业的最佳范例。没有你买不到的东西,从一把扇子到一块玉石印章。奥登为一个教子买了两件猩红色的绣花小褂,可我们的购物游到此结束了,因为事情变得很明显,我们在城里问到价钱的每一样东西,市政府都坚持由它来买单。长官已发下话来,只要我们愿意待在中国旅游饭店,我们就是他的客人。

在市政府办公室,市长和警察局长接待了我们,还领着我们参观了防空洞,当一颗很大的日本炸弹落到花园里时,很多雇员曾躲在那里面。眼下防空洞浸满了水,警察局长发现这个情况时为时已晚,他走进去那会儿,水都没到了膝盖。我们被告知,日本人现在从不轰炸城市,但他们有时会攻击火车站。

我们在一家饭馆里吃了午饭,从杭州来的难民刚把它开出来。(战争爆发前,杭州曾是浙江省的首府。自日军占领该城之后,政府已搬到了金华。)房子本身很漂亮。立柱是猩红色和翠蓝色,挂着小电灯泡和五彩纸带——像是游乐场的入口。到了此地,我们玩了一整个上午的礼节比赛达到了它的高潮。我们总共十二人,有一阵儿,似乎我们永远都上不了楼了——那么多客气的你谦我让,玩闹般乱作一团,那么多的鞠躬,那么多的"您先请"。作为一种亲英姿态,我们的主人坚持按欧洲菜单点菜——令人窒息的一长串的汤、童子鸡、鳜鱼(在中文菜单上,每一种鱼似乎都被描述成了鳜鱼)、猪肉、更多的童子鸡、更多的鱼,还有甜点。碰杯祝酒以各种可能的组合不断重复进行,直喝得我们头晕目眩。我们一刻不停地和邻座交换着对于美味佳肴的特别心得。奥登和我摸索出一种秘密游戏:为了维护脸面,去衷心赞美你最不喜欢的那些菜。"美味",奥登咕哝着,他这时用力咀嚼着的东西,显然是一小块仿佛在胶水里浸过的海绵蛋糕。我一口吞下一只橘子以作回应,带着极度愉悦的笑意,可那橘子有苦芦荟的味道,而它的心子里面,还藏着一条大象鼻虫。这顿饭总的说来相当不错,可我们的主人出于礼貌把它给贬低了——我们当然不得不抗议喽:"这东西糟透了。我们真是抱歉……","不!不!不糟糕。味道极好";"比你们英国的烹饪逊色多了","英国烹饪很糟糕的!中国烹饪非常好啊";"我们真的很对不起","我们有生以来吃到的最好的午饭";"粗劣不堪","绝对完美";"很差","很好";"很差","不","是很差",诸如此类的对答。整顿饭从头到尾,我们都保持着这样的对话。

午饭后,酒足饭饱、醉醺醺的我们摇摇晃晃地走回去休息,但时间不长。我们已答应了要向金华的三百个学生发表讲话,这些学生将被培养成教师和宣传人员。他们将走进周围的村庄，向农民们解释战争的起因和目标。这会非常奇怪，你不得不对着一群听众讲话，而你所说的内容，他们一个字也无法理解。你的本能反应会是对着他们大声喊叫，仿佛他们是些聋子，要不，就只能做些可怕的鬼脸，把胳膊抡得像个风车一般。“这场战争过后，”奥登大声叫着，“你们将不得不和一个比日本人更可怕的敌人战斗。你们将不得不与疾病战斗，与危房，与文盲，与垃圾……”“你们必须赢得这场战争，”我拉高了声调，“来挽救中国，挽救日本，挽救欧洲。”每说完五到六个句子，我们就只得停下来，让刘秘书或者警察局长来翻译。天知道他们跟听众们说了些什么。在我们看来，他们是在发表一个完全不同的演讲，冗长得多，完全在自我发挥。我们结束演讲后，长官对我们表示了感谢。他说，他想交给我们三封信，来阐明中国的情况——一封给英国看，一封给日本看，还有一封给世界。起先，我把这事当真了，还产生了一个令人惊恐不已的幻觉，想象着我们在伦敦城各个大使馆的楼梯上奔走忙乎的情景。这些信过后出现了，但信里通篇都只是些空洞辞藻。

学生们从我们的讲话里听明白了什么呢？他们中多数人听得很专心。少数几个在傻笑，或在画着图。有一两个人睡着了。仪式结束后，我们正喝着茶的时候，很多学生拿着纪念册跑过来要我们的签名。

我们继续下一个行程，视察了部队医院，医院就在城郊一座气势宏伟的古寺里。每一处病房都是一个佛殿，殿堂里那巨大的泥塑神像耸立在病床之上，神情慈悲。这些塑像都贴着真马鬃做的胡须。医院的设备相当精良。手术室非常干净，但没有 X 光机，而所有的水必须从附近的一口井里取来。

5 月 10 日

今天上午九点以前，长官那辆气派的纳什豪华轿车就开到饭店来接我们了，那辆车以前曾是杭州市长的座驾。我们一共六个人——刘秘书，杨少校，司机，一个满脸雀斑、长着龅牙的仆人，还有我们自己。那仆人是个有点神秘的人物。我们试着不让他跟着我们，因为我们的所有行李放进来后，车里已经很挤了；但其他人向我们保证，他的存在是绝对必要的。他要带着一瓶白兰地，他认识路（这不是真的），而且他“能找到汽油”。奥登暗示说他一定是某种新类型的探矿巫师。

我们让老蒋留下了。他对我们没什么用处了，因为刘秘书英语说得很流利——而我们也没忘了他在韩庄的碍手碍脚。这个安排当然让老蒋满意了。我们不在时，他可以在金华过上一段逍遥日子，可以赊下很多账而由长官来买单，沾沾我们的光。

司机让我们想起了 D. H. 劳伦斯小说中的一个人物——《烈马圣莫尔》[1]中的马夫，或者《羽蛇》中那些“阴郁”而凶险的墨西哥人中的一个。确实如此，看他那结实笨重的体形和满脸灿烂而凶险的微笑，他更像是个墨西哥印第安人，而不是中国人。汽车刚一发

1.《烈马圣莫尔》：劳伦斯 1924 年住在新墨西哥的劳伦斯农场时写的一篇短篇小说。

动,他的两眼就变得呆滞无神,无意识地犹如一个次等人类[1]般瞪着。他的脚重重地踩在油门踏板上,然后就一直搁那儿了,尽管公路弯道不断也还这样,直到他在离城约三英里的河边让我们都下了车。

在旅程的第一阶段,其间我们有两条河要过。汽车上了一个木筏,由竹篙撑着送到了对岸。渡河期间从车里出来是明智的,因为水流如此湍急,而木筏又非常之小。刘秘书告诉我们,最近就有一辆公共汽车翻倒在了河心,所有乘客都淹死了。

水上交通很繁忙:单桅小帆船,长而窄的木筏联成的水上商队,那木筏的形状如同加拿大平底雪橇——成群的苦力在一条非常长的绳索的末端拖着它们,沿着河岸慢慢跋涉着。

在兰溪——一个距离金华十八英里,有几座非常美丽的宝塔的小镇——我们来到了第三条河,然后只能等着,因为十九师的部队正从反方向渡河。他们从东南方过来,正在去青浦前线的路上。十九师是从福建和四川调来的一个精锐师,曾在上海作战过。

我们坐在河岸上,看着他们牵着马,扛着机关枪和炊事锅,从舢板上下来,爬上了河岸。他们有真正坚强的士兵该有的神态,也像流浪汉般固执和实用。经验教会了他们该携带什么装备——一个热水瓶,一顶草编遮阳帽,筷子,一把伞,一双备用胶靴。每个人的腰带上都系着块抹布似的擦脸毛巾,此外还挂着两三颗手榴弹,那

1. 这是德国纳粹使用的一个术语,特指东方的劣等民族,包括犹太人、吉普赛人、斯拉夫人苏维埃布尔什维克以及其他任何非雅利安民族。衣修伍德显然对这个司机非常恼火。

玩意很像是缩小的基安蒂酒瓶。到了岸上,他们马上排成一个稀稀落落的队列出发了,拖着沉重的脚步,速度却很快,身上的衣服和脚上的鞋破破烂烂的,他们笑着,开着玩笑——似乎完全适应了他们那艰难、脏污而苦痛的生活。

过了兰溪,公路离开了河谷,转入了山区。我们很快就沿着山口的弯道一路飞驰起来。这里风景绝佳,可我们实在太害怕,甚至都没有朝车窗外看。相反,奥登开始谈起了十八世纪诗歌,试图让我们的思绪远离这可怕的"现在"。这没有用:我们能记起来的只有那些描述猝然辞世的诗。与此同时,公路扭动着挣扎着,而汽车紧追不舍地贴紧着它,就像一只猫鼬在攻击一条眼镜蛇。行人惊叫起来,骑自行车的人一下失去平衡,翻进了稻田,遭难的母鸡躺在我们身后扬起的沙尘暴里,间歇性地抽搐着。我们在每一个拐角处都闭起了眼睛,而那个司机只是阴沉沉地微笑着,很符合其死亡骑士的身份,然后,带着刺耳的刹车声,又将我们猛地甩向弯道一侧。杨少校和刘秘书都没有表现出丝毫神经紧张的症状。"路非常难走,"刘秘书平静地说着,此时,我们正快速通过一座架在峡谷上的摇晃不止的临时栈桥,桥面松动的木板吱吱嘎嘎地叫着,如同木琴的琴键。"不会难走的,"我反驳说,"如果我们没有开到七十英里时速的话。"

我们在一个小镇停车加油,吃了顿迟到的午饭。广场上有一辆满载伤员的救护卡车——我们在那天早晨看见的第一辆。刘秘书买了几盒万金油,这包治百病的灵丹妙药满中国都是它的广告。他觉得需要用上一点,因为,如他解释的那样,他昨晚上睡得不好。

“如果我睡了个好觉，我就精力充沛。如果我没睡觉，我就什么也干不了。”看他那象牙色的脸，外加婴儿般的湿湿的大下唇，今天他似乎真的缩成了一个小侏儒。尽管如此，他还是善尽了主人之道。“你们是中国的客人，”他不断唠叨着，“我们要尽量让你们满意。你们是我们的朋友。”

稍事休息后，D. H. 劳伦斯的“死亡之旅”[1]继续进行。但我们现在勇敢多了。填饱肚子的我们敢于去欣赏风景了。在河流下游处有座座水车。而丘陵直到峰顶处都已被开垦；那些条带状的种植着小麦的山坳，看去犹如黄色的灯芯绒。“哦，我的老天！”刘秘书惊叫起来，突然间就严重晕车了。再往前开了几英里，轮到了杨少校，他看上去一副若有所思的样子，也跟着晕了车。

将近黄昏，我们才开到下坡路，进入了平原地带。这里有更多村庄，公共汽车和卡车很多。我们的司机两度躲过了迎头相撞，距离不过几英寸之间。“中国人是非常幸运的驾驶者。”某人曾告诉过我们。但不会总是幸运的。我们数了下，光这段公路沿线，路边就有五处完全无望复原的车辆残骸。

又往前开了段路，我们经过了一段铁路路基，那里正在铺设一条铁轨。“那是条秘密铁路。”刘秘书告诉我们。这让我们很感兴趣：“为什么是秘密的？对谁保密啊？你们怎么能让一条铁路不为

1. 死亡主题贯穿了劳伦斯晚年诸多诗歌作品中，在《最后的诗》这本诗集中，就有一首《灵船》，其意象取自劳伦斯出版的游记《伊特鲁利亚人的灵魂》。此游记中有一章就标题为“神秘的宗教和死亡之旅”。劳伦斯在其诗文创作中，将死亡描述为“灵魂最漫长的旅程”。奥登和衣修伍德此前曾熟读劳伦斯的作品。

人知呢?"我们问道。"这是秘密。"刘秘书回答。

刚过六点,我们到了桐溪——今日旅程的终点。我们在黄山宾馆过夜,宾馆的花格走廊就悬空在一条逶迤的浅河之上,映衬着黄昏暮色,起伏的山峦染上了落日的晚霞。女人们散在整条河滩上,在遍布卵石的溪水里洗着衣服;沿岸皆是柳树林;远处的一个运动场里,几个士兵正在玩捉迷藏。这里仿佛是意大利北部的一个小镇。刘秘书说,明天我们将坐车去前线,后天返回金华。

我写完上述段落的半小时后,过道里传来嘁嘁喳喳的谈笑声,有人在说着英语。这是罗伯特·林博士[1],中国红十字会的领导人。当我们从西安返回汉口时,他正和穆瑟医生在一起。林博士在国外接受了教育,英语说得比中文还流利。他打扮得像个野营童子军,穿着时髦的灰短裤,戴着顶漂亮的英国步兵便帽。"我听说你们在这里,"他对我们说。"我在南昌看见彼得·弗莱明了。他已经到了么?"

"弗莱明?"这时,一个年轻的中国人迈步走进了房间,口中重复着这个名字。"你们中哪位先生是弗莱明先生?"

"都不是。"我们自我介绍了一下。年轻人名叫 A. W. 高,是个新闻记者,看上去有些不高兴。

1. 奥登一行偶遇的林博士,是被誉为我国生理学之父林可胜医生,幼年即就被送往英国,成年后于爱丁堡专攻医科。1925 年回国后任北平协和医学院生理科教授兼系主任,为协和第一个华人教授。1928 年至 1930 年,被选为中华医学会会长。抗战期间林博士在武汉,领导组建了中国红十字总会救护队,在前线建立了众多战地医院,并在贵阳图云关创设救护总站。1949 年赴美,任伊利诺伊大学芝加哥分校教授。

“你们在这里干什么?”他问。

“我们想去前线。”

“哦……”高先生皱起了眉头。“可他们没说会有其他记者来啊。我很惊讶。”

他没有理由惊讶,我们反驳道;我们和他毫不相干。我们的向导是刘秘书(我们现在把他介绍了一番)。我们正要完全独立地去往前线。

但我们的语气没对高先生产生什么影响。这里他说了算,没有人能逃脱他的辖制,即使是一个不受欢迎的客人。他有一副光洁干净的少年般的面容,因为不停的撅嘴以及学校级长般狐假虎威的神气,其自然魅力也贬损了几分。他藏在角质边眼镜后面的两眼,对于中国人来说,真可称得上是极为自负。

他将帽子和雨衣随手扔给了跟着他的用人,然后在我们客房的桌子上打开了很大一张白纸。“明天,”他宣布道,“顾将军的一个代表会来这里回答你们提出的任何问题。但现在我会用一张简易地图,试着给你们讲解一下总体战略形势。”掏出了一支铅笔,假定我们自然都会感兴趣,他画出了公路,给城镇涂上了阴影,用箭头标出了部队机动方位;他给我们讲课的样子活像是个聪明的六年级高中生,当校长不在时,由他上台给低年级上历史课。一切都如此清楚明了、有条不紊而又不真实——侧翼像是个简洁小巧的三次幂符号,钳形攻势以数学般的精确性发挥着作用,援军到达的时间从来不会不准时。但战争,如奥登后来所说,并不照此进行。战争是轰炸一个已被废弃的军工厂,投偏了,炸死了几个老妇。战争是拖着条烂腿躺在一个马厩里。战争是在谷仓里喝开水，担心着自己的妻子。战争是山里几个不知所措、极度惊慌的人，对着灌木丛间移动的某个活物射击。战争是无所事事地等上数日；是对着断了线的电话大声喊话；是不停地走路，没有睡眠，没有性爱，不能洗澡。战争是如此紊乱、低效、令人费解，而且多半是个运气问题。

我们问起了新四军，然后得知他们在两天前已移防到了芜湖前线。我们在南昌想去拜会的军官们昨天已离开桐溪，返回了南昌。“可你们为什么特别想去访问第四军呢?”高记者责怪道。“除了有一个高度发达的宣传机器之外，它和其他部队没有什么不同。眼下芜湖非常平静。战事最激烈的地区在太湖附近。我想，那里对你们来说会更感兴趣吧。”

我们最后把他给赶走了，当听到他说会和指挥部的某人早上一起再回这里，然后我们就能决定下一步的行程云云。

我们现在想知道是否有可能在他回来前就去前线。

5 月 11 日

这个宾馆虽很迷人，却不是安眠的理想之地。它被用作了一个非正式的军事指挥部，整晚都是通信兵不停跑进跑出的声音。楼上某个地方，麻将爱好者坚持不懈地制造着啪嗒声，在桌子上重重地拍下他们的骨牌。凌晨时分，老头和老妇就在房门附近转悠来转悠去，兜售着面包和水果。我那间客房的电灯根本就关不掉。如果想关灯，你就只好把灯泡给旋松了。

吃早饭时，我们问杨少校，他是否知道一些比较有趣的士兵歌曲。他说他知道，但补充说，在这场战争中，所有军歌都是爱国主义的严肃内容。怂恿了他好几次后，他唱出了下面的诗句，由刘秘书翻译：

满江红[1]

怒发冲冠，凭栏处，潇潇雨歇。

抬望眼，仰天长啸，壮怀激烈。

三十功名尘与土，八千里路云和月。

莫等闲，白了少年头，空悲切。

接着刘秘书讲给我们听一首苦力歌的歌词：

日出时我们起身

日落时我们睡觉

我们辛苦又努力

我们犁地种出粮食

我们挖井来饮水——

国王没什么事情可做。

1. 这首改编自岳飞《满江红》的军歌，抗战初期是二十九军的老军歌，此部在1933年爆发的长城抗战中战功卓著，其中喜峰口之战与罗文峪一战使二十九军名震全国。此后，作曲家麦新为二十九军写了《大刀进行曲》，二十九军遂将此首歌曲作为了自己的正式军歌。

（我不妨在这里插入我们后来在上海听到的另一首歌。这是活跃在日军后方的中国游击队的歌曲。由邵洵美先生翻译[1]。）

当季节变换，战法也要变，

我们脱下了军服，穿上了老棉袄。

让敌人瞎开火，结果一场空欢喜；

他们将占领一座空城，守着一口新棺材。

我们的英雄将展现聪明才智

如先辈们那样去招待敌人：

要喝酒，我们就给他们“陈年花雕”；

要菜吃，我们就给他们“虾和鸡蛋”。

---

1. 这里还有一则小故事：在上海时，奥登与衣修伍德通过美国女作家项美丽结识了邵洵美（项美丽是其女友）。一天，奥登对邵洵美说，他没有见过一篇像样的有关抗日的中国诗。邵洵美随口说有这么一首诗，而且里面有一句“敌人钻进了一口空棺材”。这其实是邵洵美逞一时意气时的杜撰。奥登很感兴趣，定要邵找到这首诗翻译出来给他。为了圆谎，邵洵美回家后便用英文写下了那首诗，第二天送给了奥登。这一切奥登和衣修伍德毫不知情，他们一直以为这是一首在中国流传甚广的诗歌，却不知背后情由。衣修伍德在这里记录的，是邵洵美创作的这首英文诗的全文，这里姑且按照英文直译。事实上，此后邵洵美果真还将那首英文诗再译成了中文，发表在他与项美丽主编的《自由谭》上；他故意将它翻成（等于依据英文诗再创作）了一个口语版的打油诗：时季一变阵图改/军装全换老布衫：/让他们空放炮弹空欢喜/锁进了一个空城像口新棺材/英雄好汉拿出手段来/冤家当作爷看待/他要酒来我给他大花雕/他要菜来我给他虾仁炒蛋/一贪快活就怕死/长官命令不肯依/看他们你推我让上前线/一把眼泪，一把鼻涕/熟门熟路割青草，看见一个斩一刀/我们走一步矮子要跳两跳/四处埋伏不要想逃……这里的译文参照英文原文译出。

当贪求安逸他们就会贪生怕死，
他们会不听高级军官的命令；
当他们要去前线，会说其他人该去；
一把泪和一把鼻涕。

迷惑那些敌人直到他们寿终正寝：
飞机不敢飞上天；
叫他们进攻，他们会退却；
叫他们开火，他们会吓得屁滚尿流。

大喊一声“杀！”，我们会反击，
锄头和铁锹会应声而起：
这次我们的军队会从田地里走出来，
他们会像风暴和飓风般迅疾。

我们现在要为十年的侵犯而复仇；
我们现在要一洗十年的耻辱：
那些骂过我们的人，我们要剥他们的皮；
那些打过我们的人，我们要抽出他们的筋；

那些说大话的人，现在像个聋子
会喝下自酿的苦酒；
那些随意杀戮，从不介意鱼腥味的人，

他们今天会成为俎上肉。

那些烧掉我们房屋的人
会找不到地方埋葬他们的尸体;
那些强暴我们妇女的人
现在会让他们的妻子变成寡妇。

我们的神灵双目圆睁,
你施予他人的,现在会报应予你。
让我们等着某一月的某一天,
那时我们将连本带利,一分不少地讨还。

早饭过后,我们走进了镇子里。在一家衣铺前,一个男人和一个男孩,以二重唱般的高度和音,正叫卖着一条裤子。所有的路人都冲我们笑着,我们怀疑,是不是整条街上的人早就知道我们的名字和我们在桐溪要做的事了啊。我们回来时,刘秘书告诉我们:"我花了整个上午在翻词典,学会了两个新词——沙文主义和谣言。"

在桐溪这里,刘秘书似乎丧失了某些自信心——也许是因为出了自己的省区吧。他看来被高先生给吓住了,没有表现出甩开他悄悄去前线的任何意愿。他可能真的不知道前线在哪儿。

午饭过后,高先生到了宾馆,一起来的还有肖少将,此人是顾将军的参谋长和这个地区的战地红十字会的负责人。我们不知怎么都挤到了奥登的小房间里,地图绘制又开始了。我们又一次问起了第四军,然后被礼貌地挡住了话头。高记者占了上风,他知道这一点。不带上他的话,我们哪儿也去不了。

“我们到最近的战地去要多久?”奥登问道。

“大约十天,来回程。你们只能走路或骑马。”

“有人告诉我们两三天内就可以兜完的。”

高记者看来很不屑的样子。你看得出来,他正判定我们对此行其实并不是很感兴趣。他说得言之凿凿:

“如果你们想看到所有感兴趣的东西,你们最少得花上十天。”

“但我们是和刘秘书在一起的。我们不知道那辆车他能否用那么长时间。可以么,刘秘书?”

“可以。”

“哦,很好……”

“好吧。”高记者得胜般地点着他的头。“我们明天上午出发。”

9

几分钟后，彼得·弗莱明本人走进了房间。“嗨，你们俩，”他和我们打着招呼，脸上挂着愉快而自信的微笑，仿佛是穿着奇装异服赶到舞会现场的客人。可他的衣服其实根本不花哨——几乎荒谬可笑地与这个场合很搭调。穿着他的卡其衬衫和短裤，配着高尔夫袜、硬挺的小山羊皮皮鞋、防水腕表和莱卡相机，他就像直接从一家伦敦裁缝铺的橱窗里走出来似的，正在给热带探险版男士套装做广告。“我在徐州看了所有想看的东西，”他解释道，“所以我想，在重新忙乎起来前，我就来这儿吧。”

接着弗莱明介绍了他的同伴，汉口宣传部的秦先生。秦先生个子矮小，衣着整洁，圆圆胖胖的。穿着件漂亮的嫩黄色衬衫。他看起来忧心忡忡，仿佛带着很大的疑虑来看待这次旅行。高记者相当傲慢地和他打了招呼，就像他和我们以及刘秘书招呼时那样，唯有弗莱明他才承认是个对等人物。他俩共同决定不去访问芜湖和新四军了；我们明天将向太湖方向进发。

下午我们一起去拜访了顾将军。汽车载着我们开出了几英里，进入了乡村，然后停在了一个几近荒芜的旷野中。我们下车步行，沿着那些将稻田纵横分割的小小沟渠，向远处一片杂树林走去。暮色渐浓，穹顶般的树冠构成了一个舞台前景，将军和他那群随从就站在舞台那一头，极具戏剧效果。我们在林间空地边停下，鞠躬致意。将军鞠躬回礼。我们往前走了几步，我们的主人们也走了几步。再鞠躬。再往前走几步。我们会合了。我们握手。这像是莎士比亚喜剧中的一个场景——或者,如弗莱明所说,像是决斗前的序幕。

采访在一个小木屋里进行,中间一张桌子上摆满了美食——水果、白兰地和昂贵的进口巧克力。弗莱明作为我们的代表,以高度圆熟的技巧应付着往来礼数。我们几个都没有必要开口说话了。他对高记者说道:“请您代为感谢将军,在这样一个艰难时刻能会见我们——还有,您能为我们不得体的着装转达我们的歉意么?”他知道该问什么问题:“有关日本士兵的优点和缺点,将军能否对我们发表他的看法?”他很清楚如何让本次会见告一段落:“虽然战地记者应该绝对中立,但邀请将军与我们为中国的胜利干上一杯,我们认为这绝非过分之举,您可以转告将军么?”

离开前,我们查看了一堆新近从日军那里缴获的战利品。天色已经很黑了。我们拿着手电筒,在那些日记本、照片和死者的私人信件中间翻来翻去。有一张照片上,一个年轻的军校生穿着他的新军服摆着姿势;还有一封哥哥寄来的信,信上说他们全家都在祈祷他平安无恙,但为国捐躯是一件很高尚的事。那儿还有军旗、机关枪、头盔和步枪。高先生把日记和信件翻译过来读给我们听,将每一个句子都解释成日军士气低落的证据。总的来看,他不是很有说服力。

我们回去时早过了晚饭时间,大家喝了很多白兰地。白兰地让杨少校变得意气消沉。此时他和刘秘书说了些了什么,刘秘书告诉我们说:

“杨少校想要道歉。”

“哦,真的么?为什么啊?”

“杨少校说他想为自己还活着道歉。”

“可他为什么不能活着呢?”

“他说,对任何一个中国军官来说,撤离上海都是一个耻辱。他们本该把它守住,要不就在他们站着的地方死去。”

我们反对说杨少校没有理由要来道歉。他是个英雄。能与他同桌共席,我们引以为荣。杨少校欠了欠身,依照习俗双手抱拳表示了谢意。可他在晚上余下的时间里还是一脸的沮丧和郁闷。奥登问他对共产主义者的前途有何看法,试着分散他的注意力,但不怎么成功。“如果他们愿意遵循孙逸仙博士的三民主义,”他对我们说,“我们就应该承认他们。否则,他们就只能受到压制。”弗莱明静静地坐着抽烟,微笑着。他以地道的中国方式打着响嗝,不时打断了谈话。

第二天早晨,门外的喧闹声让我们想多睡会都不行了。宾馆的用人们清空垃圾桶时,把垃圾倒在了沿河蹲着的洗衣妇的头上。叫嚷声,咒骂声,夹杂着用人啪嗒啪嗒的脚步声,有如正上演着一场喧闹的乡村舞会。我跑到外边阳台上去,发现弗莱明仍在酣睡,令我惊奇不已。他的枕头是一个硬硬的皮革背包,里面他放着他的写作素材。直到我们都快吃完了早饭,他才醒了过来。

河面上,一个男人正坐在船里用驯养的鸬鹚捕鱼。鸬鹚落停在小船的两边船舷，呱呱地叫着，扇着翅膀。它们的爪子上系着短绳，但很自由自在。我们看着其中一只鸬鹚和一头单飞的野鸢为了抢一条鱼打斗着。有人告诉我们一只驯养得法的鸬鹚差不多要二十五块钱。

九点半时，我们出发了。我们分了两拨坐车。高记者、秦先生、杨少校和一个姓沈的年轻的无线电专家坐一辆；刘秘书、弗莱明和我们坐另一辆。为了谁和谁该坐一块儿，争论了好一阵。但我们坚决支持我们的宠儿兼吉祥物刘秘书，指出这样安排可以让其余的人相互之间说中文。

我们的第一个目的地是徽州附近的师指挥部，一幢很漂亮的宅子，坐落在一个大花园里，以前属于一个著名历史学者所有。在我们的早间战略分析课程开始前，这儿招待我们吃了饼干和盛在碗里的温热的甜牛奶。弗莱明对“课程”非常认真。他做了详细的笔记，令懒散的我们不胜羞愧。而且，他掌握的中文足以让他大致理解所讲的内容。最让人难忘的是，当翻译不符合原话时，他提出了异议。无须赘言，这对高记者的能力是个考验。他的措辞变得越来越迂腐和繁琐。

附近一间屋子里有个日本俘虏，被中国游击队捉住的一个运输官。他的汽车在日本车队后边开着，车子发生了故障，游击队在他能逃走前把他给逮住了。不一会儿，他被两个卫兵押着，拖着脚走了进来——一个高个短发男子，穿着中国军服，脚上套着双式样难看的球鞋。他看起来病恹恹的，而且非常沮丧，但他回答了我们的问题，竭力保持着本能的尊严。他以前的平民身份是个教师。战争爆发时，他被征召到一个后勤部门服役。问他哪一方会获胜，他很圆滑地回答说，那取决于谁的士气能够保持得最长久。

刘秘书尤其对俘虏不同寻常的身高留下了深刻印象。（连最小号的中国人都会讥笑日本人是矮子。）“我想他一定是日本的‘朗费罗’[1]。”他说道。今天，刘秘书的心情好到不能再好。当我们迷了路，在一条溪流边停了车等着其他人时，他找了棵树往底下一躺，跷起了二郎腿，还不停地踢着——如奥登所说，活像是童话故事里那干瘪的调包婴儿[2]。我们因为他讲的笑话夸张地哄笑着，掐他玩儿，故意误解他说的每一句话。

在榆村[3]附近，我们停车在另一个师指挥部用餐。燕子绕着寺院里的雕梁画栋上下翻飞着。我们喝了小神酒[4]和特级天目山茶——浅绿色的芽叶泡在玻璃杯几近滚沸的水里，差不多尝不出什么味儿来。高记者从他的草图中抽出一张来，翻译了指挥官提供的统计数据：“在这个村庄，将近百分之六十的妇女被成年过。”“沿着这条战线，中国部队将冒犯日本人。”[5]他告诉我们，在一次战斗中，打死打伤五百个日军，中国只伤亡了八十人。“您能否为这个对比

1. 这是个双关，朗费罗这个姓氏是从人的外表长相得来，意为瘦高个。因美国诗人朗费罗而广为人知。

2. 欧洲民间故事传说中，仙女、小精灵或洞窟里的小矮魔会将其生出的婴儿和人类的婴儿调换，人们必须喂养他，否则将遭受厄运。衣修伍德显然在开个子矮小的刘秘书的玩笑。

3. 榆村：今安徽省黄山市休宁县的榆村乡。

4. 原文 Hsaio Shen Wine，且音译为小神酒，是否为此地所制土酒？

5. 高记者将 adult（成年）误作了及物动词，本应是说明当地妇女被日军奸污强暴之意。第二处 offend（冒犯、触怒）也是误用，似乎用 attack（进攻、攻击）更恰当。

鲜明的战果,"弗莱明慢吞吞地说,"向少将本人表示祝贺?"我们再次为中国的胜利干杯,喝完酒后,还拿来水给我们漱口。院墙边有一个石头砌成的排水沟,你可以往里边吐痰或者倾倒泔脚。

然后就决定继续往前开十英里到天目山,公路终点就在山脚下。我们可以在那边的宾馆过夜——业主是刘秘书的一位老朋友——第二天通过山口,就到报福村[1]的军事指挥部了。从报福村启程,再走一天的路程就到梅溪[2]了,据说那里离前线约有四十华里。

在公路终点我们碰到了一群士兵,他们领着我们爬上了一条去宾馆的小道,我们在松林间穿行着,暗蓝色的月光下,森林如此宁静,散发着浓郁的松香味。战前,天目山是个非常受欢迎的避暑胜地。我们到宾馆时已是十点半了,但睡觉没有问题。业主王先生早等着了,简直要把知道的消息倒个一干二净。我们一坐下来,马上就开始上我们的晚课了。

王先生是六个县的行政长官,关于日军针对平民所犯的暴行,他准备了一份非常详尽的报告。王先生的辖区内,百分之八十的房屋被烧毁了。孝丰[3]的一千一百幢房子中,只有两百间幸免于难。泗安[4]的两千八百幢房子只烧剩了三间。过去四个月中,有三万个

1. 报福村:今浙江湖州报福镇。
2. 梅溪距太湖已很近,当时为阻击日军进犯在太湖一带设下了防线。孝丰、泗安都在湖州境内。
3. 梅溪距太湖已很近,当时为阻击日军进犯在太湖一带设下了防线。孝丰、泗安都在湖州境内。
4. 梅溪距太湖已很近,当时为阻击日军进犯在太湖一带设下了防线。孝丰、泗安都在湖州境内。

平民被杀害。儿童被日军劫持到了上海——去从事强制劳动或去了妓院。十一万难民中,只有百分之十能离开这个地区。其余的人,只要还能回去,都返回了他们被毁的家园,带着政府发下的一点钱,用来买春播用的种子。如果家在日占区,他们会被安排工作——或修整公路,或自己做些手工活儿。

游击队——被称为"红枪会"[1]——在这个省非常活跃。日本人组织起了一个名叫"鱼枪会"的对立武装,冀图削弱"红枪会"的影响,扰乱农民们的政治倾向。"鱼枪会"并不成功。到目前为止,他们只招募了一百名成员。

在这个前线,日军前卫部队活生生就在眼前,差不多处于一种被包围的状态。那些部队只敢从据点里大规模出动,不然就有遭遇伏击的危险。一个十七岁的红枪会会员偶然发现十个敌兵在一间村屋里喝酒,他用一把刀把他们全都干掉了。一个日本军官命令一个叫大满的农民给他带路,他要返回部队驻地。到那个地方需要蹚过一条河;军官叫大满背他过去。等到了河中央,大满把军官扔进了水里,用一块石头打烂了他的脑壳。"喔,太棒了!"弗莱明大叫道,颇有礼貌地装出一副赞许的口气,仿佛那是破纪录的一跳或是一脚漂亮射门。

1. 由清代白莲教演变而来,活跃在华中、华北农村,尤以河南、山东、安徽等地为甚。因其成员多以系有红缨的长矛为武器,故得"红枪会"之名。抗战初期积极协助正规军对日作战。

第二天早上我们五点起了床，然后下楼吃了顿虽很丰盛却难以下咽的早饭，白斩鸡和温热的淡啤。中国人通常不会把鸡切碎，他们把它横着斩成几片，因此连最小的那块都吃得到碎骨头。

早饭后，苦力们抬着竹轿过来了。高记者抢先宣布说他永远不会坐那玩意儿："我的心理特点不会允许我去坐它。"暂时，不管怎样，每个人都准备走路了。弗莱明以他惯常的效率监督着我们起程出发。黎明时的那一刻，你恍然有悟，他的人生，无非就是一连串这样的"出发—上路"。他站在那儿，抽着烟斗，对着苦力们发号施令，系紧松脱的绳头，调整箱包的重量，用一个玩笑或一句话鼓励着每个人。小路的下坡口，马儿们已在等着了。我们和杨少校道别了，他已决定不再陪着我们。他担心自己刚愈合不久的伤口会拉伤。

去山口的上坡路只是一条蜿蜒曲折的骡马道，有些地方非常陡峭，山溪冲下的烂泥让道路愈加湿滑。我们脚下的深谷中，水流在巨石上奔涌着。蓝尾蜥蜴倏忽一闪，横穿过小路，还有青绿色的蜻蜓和翠绿的班蝥甲虫。弗莱明盯着树丛瞧，想找到猎物的踪迹，他大呼小叫着，逗得我们直乐："我多想能有一支猎枪啊！"我们最初针对他的防守性姿态——某种反伊顿公学做派和职业嫉妒心的混合——现在已抛得一干二净。就他而言，他也坦白说感到一阵释然，因为我们不是百分之百的空想家："我原以为你们两个的性情要更加暴躁些。"我们一边笑着，一边汗流浃背地爬着上坡路；"传奇人物弗莱明"如同被扭曲的幻影伴随着我们。奥登和我虚构出了一本名为《和弗莱明共赴前线》的旅行读物，并且演绎出了若干章节片段。

快到山顶时，我们在一处农家院落停下歇息。奥登刚跑进去，惊叫一声又跳了回来，差点撞翻了一个老妇人。“我的老天，”他大叫着，“都是蜜蜂！”老妇人吓得一惊，对他的行为很生气——她和这家的其他人似乎对蜜蜂根本不以为意。她蹒跚着走开了，自言自语地嘀咕着。“如果我们是日本人，”我对奥登说，“这会演变成一个头号暴虐故事。”

因为蜜蜂，我们只得顶着日头坐在外面，喝一口碗里清冽的泉水，吃一口豆饼。泉水很是爽口。自打进入中国以来，我们这是头一回喝没有煮过的生水。

在四千英尺高的山口顶部，我们又停了下来，等着其他人赶上我们。这段漫长的攀登，如同生活一般，已将他们拉开了距离。已经可以去预测他们在后面行程中的表现了。高记者和无线电专家小沈坚韧而顽强；刘秘书和秦先生，两个无用的跛脚鸭。刘秘书昨天曾告诉我们说他可以日行百里，现在正抱怨自己没睡好，而且他的脚还被一匹马踩了下。他生气地挤缩在一顶轿子里，小妖怪般的脸皱成一团，瘪着腮帮子，痛苦地撅着嘴。高记者毫无同情心。“马也踩了我的脚，可我不当回事！”他轻蔑地说。可怜的秦先生也已筋疲力尽，累得一句话也说不出来。他一路步行艰难走完了全程，而且看似已瘦掉了几磅。弗莱明看他这么苦恼，建议他放弃苦行，骑上马回天目山去。他愤怒地拒绝了这个提议。

走到山口另一侧的下坡路时，奥登和我试着坐进了轿子。可这几乎跟走路一样累人，当我们的轿夫熟练地踩着石头往下走着的时候，他们不得不将我们倾斜到如此夸张的角度，以至我们必须绷紧全身每一块肌肉,以免自己摔将出来。结果我们又开始步行了。那天下午大约三点半时,我们一瘸一拐地走进了报福村,这个美丽的小山村就在谷底,坐落于溪水边的树林中。

军事指挥部在一座古庙里,庙里有素白色的庭院和雕刻精美的木柱。弗莱明比我们所有人走得都快,已经和将军及其参谋长一起坐着聊天喝茶了。他是我们中唯一一个徒步走完全程的人,看起来依旧精神饱满、整洁光鲜。

奥登感觉到疲劳不适,这不足为怪。我们现在空腹喝着茶和温热的黄酒,这实在让他受不了。勤务兵刚把晚饭拿来,他就冲出门去呕吐了。就餐时他就这么坐着,脸色苍白,浑身打颤,眼睛都不敢去看放在桌子中间的那一小盘白花花滑溜溜的玩意。"那些可怕的'蝶螈',"他咕哝着,"我不敢看它们,要不然我又要吐了。"将军不明就里,一个劲地要让奥登尝尝'蝶螈'的味道。奥登礼貌而又痛苦万分地挤出一丝笑容,拒绝作此尝试。晚饭余下的时间里,他一直用块手帕堵着自己的嘴。

吃完饭,我们都急着上床睡觉。可正当我们脱着衣服,高记者跑进来宣布说孝丰的"抗日支队"到了,他们要为我们介绍日军所犯暴行的详细情况。于是我们不胜其烦地套上衣服,跑出去迎接他们——六男一女,个个穿着他们最好的衣服,排成了一行,如奥登所说,恰似一支乡村唱诗班。

孝丰曾被日军攻占了三次:分别在十二月、二月和三月。中国正规军被迫撤退后,地方上的抗日支队仍留了下来。他们表面上都是温和的农场主和农民,实际上却是入侵者的危险之敌。他们有一个组织严密的情报网络，并与中国总参谋部保持协同。到了晚上，日军就遭到了狙击(因为游击队已藏好了储备武器)，桥梁被炸毁了，汽车被破坏了。日本人当然进行了可怕的报复。烧掉了很多村子。很多男人、妇女和孩子死于大规模处决。

当孝丰的代表们往下谈到日军士气的低落时，他们少了些说服力。在这里，和别的地方一样，我们感觉中国人只是在说着他们欲令自己相信的东西。十个日本士兵在一座寺庙里自杀了。毫无疑问。但自杀证明不了什么。这是对一切人生困境——一个军官的训斥，一段误入歧途的恋情，一次争吵，某种冷落——的全民性反应。有个农民看到二十个日本兵在林子里围着火堆坐着。“他们看起来非常忧愁，其中一个说：‘我厌倦了这场战争。’但自从尤利乌斯·恺撒的时代以来，不管在什么地方，难道有过不发牢骚的士兵么?

我们正听着，弗莱明递给我一张纸。这是以标准外国公文文体草拟的一份备忘录，巧妙暗示说我们的探险队应该分成两拨——希望继续前去梅溪并尽快抵达前线的一拨，和更有兴趣在后方调查平民问题的一拨。弗莱明希望以这个方式为刘秘书和秦先生挽回些脸面，同时加快我们的行进速度。我们都在备忘录上签了字，并且同意等会面一结束，就交由其他人过目。

但备忘录完全称不上成功。刘秘书生气了。他抗议说，没什么能使他忘记陪伴奥登和我本人的“中国人的责任”，如有必要，哪怕进鬼门关也要去。高记者很狡猾。(纵使我们反对，他还是继续称弗莱明为“弗拉明先生”，称我为“依谢尔曼先生”——这称呼，出于某种隐秘难解的心理原因，惹得我大为光火。）秦先生明显有些绝望。他自称有心脏病，完全就不该来，但他不同意落在其他人的后面。也许他担心自己失职的消息会以某种方式传到汉口去。只有小沈依然保持着温和快乐的情绪。他是这队人中最年轻的一个，性情乐观，讨人喜欢。他很少说话，只是静静地自顾自傻笑着。

我们的行军床留在了天目山的汽车里。今晚我们只好睡在木板床上。尽管十分不舒服，我和奥登很快就躺下歇息了，但对弗莱明来说，这天还没结束。他摆开了打字机，开始写一长篇通讯。我们在不知疲倦的键盘咔哒声中沉入了睡乡。

第一道曙光照进了我们睡着的院落一角，我们醒了。寺庙后面，树林中的某处，一只小鸟嘲弄般地重复着四声啭啼。奥登说那叫声可以听成"人皆愚人"。他还是很疲倦，感觉不太舒服。

弗莱明（我们现在，以只有徒步旅行中才能容许的那种幽默，称他为"弗莱圈套"）已把秦先生叫到一边，进行了一次简短而坚决的谈话。现在，他对我们全体宣布如下："秦先生非常勇敢地隐瞒了心脏病的实情。我已说服他返回天目山，虽然与他本人的意愿完全违背。我们对于他的失望都深表同情，也知道他多么渴望要去前线。"于是，荣誉感得到了满足。秦先生登上山口，踏上了征程，随身跟着一个轿子。我们余下的人走进了村子，备用的马匹和轿子已等在那儿了。指挥部来的一个军官顶替了秦先生的位置，他将陪我们一起去前线。一个乐呵呵的上了年纪的老人，他有点神秘兮兮地被称为"商学硕士"。我们出发时，弗莱明告诉我们说："我有个把女人灌醉的撒手锏。"

我们在山谷中步行、骑马，一路到了孝丰。镇长已等在镇外前来迎接我们了。当地的救护队沿公路排成一行，我们经过时纷纷立正行礼。镇长领着我们穿过一条条已成废墟的街道；茫茫一片的砖堆和垃圾，如散乱的拼图般令人绝望。此刻，街道上挤满了人，都在欢迎我们一行的到来，似乎每个人都很活跃愉快。农事照往常一样继续进行。小镇周围的田地都在耕作中；富饶的乡村与里面的荒凉形成了奇异的对比。镇长告诉我们日军有很多特别纵火队，他们小心翼翼并且有计划地执行着任务。也许因为这个原因，很少有明确的纵火迹象。建筑物看起来只是坍塌倒掉了。

吃了第二顿早饭后，我们沿着公路再次向前行进，这条公路看似尚未完工，此时已杂草丛生。临近市镇的一处摊棚里，一个老妇人在卖食物、茶水和香烟。刘秘书提醒我们不要去买“海盗”牌香烟。据说有些代销的“海盗”烟被日本人下了毒。奥登永远是那么好奇，立马就买了一包。我们俩都抽了，但谁都没有任何不良反应。（不管怎样，下毒的故事或许是无稽之谈。但我们已经听说，根据更为可靠的消息来源，日本人在好几艘运盐船里下了毒，那些船预定开往靠近东南前线的一个地区。）

递铺镇[1]，我们的下一个歇脚地，遭受的破坏甚至比孝丰还要严重。不过，我还是买到了一双袜子。我的脚这时已长满了水泡，我很高兴轮到我来骑马了。那又肥又倔的马儿似乎知道它们前方是什么。什么也不能诱使它们加快速度。它们在节省自己的体力。

1. 递铺镇：浙江安吉县县城所在地。

过了递铺，公路缩成了一条窄窄的石板小道，逶迤穿过了稻田和浓密竹林。开始下起了小雨。一群农民排成一队经过我们身边，背负着沉重的家当什物，慢慢地朝后方安全地带走去。我们不时会遇到抬在毛竹担架里的伤员，他们看着我们，布满血丝的眼睛淡漠而茫然。我们开始体验到一种不祥而压抑的感觉，我们仿佛是盲目的旅行者，正朝着一个错误而不受欢迎的方向——朝着一座冰川或是一个沙漠——独自前行。我竖起耳朵，等着听到第一声炮火。

但我们离前线还有很长一段路。四点钟，我们到了安吉。这里只有不到十来幢房屋还完好矗立着。市长在其中一间房子里接待了我们。我们坐在他的卧室里喝了中国白酒。这酒的度数极高。这确实是让我们走完本日旅程最后一段的所需之物，因为此时已是大雨滂沱。

我们在五点时再次动身上路。我和高记者、小沈还有"商学硕士"骑在前面。借着醉意，淋得浑身湿透的我们彼此大呼小叫着，唱着歌，耍笑嬉闹着。后来就变得伤感起来，我动情地抱住了马脖子，然后用德语向它倾吐了我的人生故事。很快，我们似乎正经过一座又滑又高的拱桥，这座桥就横跨在梅溪镇外的河流之上。

小镇郊外，一小群人撑着伞站在瓢泼大雨中等着我们。他们拉着一块写有英文"欢迎"字样的横幅。我们像邮差般慢悠悠地在湿漉漉的街道上骑马而行。梅溪相对来说似乎还完好无损。居民们挤在门廊里满脸笑容地注视着我们。很多人敬礼致意。

我们被领到了楼上一间点着蜡烛的房间里，那儿有个烧着木炭的火盆，我们可以围着它脱掉衣服，擦干身体。过了会，有人告诉我们说会拿来让我们替换的军装。此时,从我们的衣服和光赤赤的身体上冒出的水蒸气让四周雾气腾腾的,有如置身一间土耳其浴室。不久,奥登和弗莱明也到了。两人徒步走完了全程,一路上为苏俄问题争得不可开交。他们兴高采烈的,从头到脚浑身沾满泥巴。事实上,每个人都很愉快,除了刘秘书,他坐在那顶带篷的轿子里,根本没有弄湿。我们对他好一阵嘲弄,却没能让他快活起来。他蜷着身子坐在一张凳子里,撅起了嘴,不住地抱怨着。

消息很不明确,而且不太妙。师长太忙了,无暇抽身会见我们。他过后会想办法过来一趟。那天下午他曾打电话到安吉,不承想我们在一个小时前已出发了。他原本希望我们不要离开安吉,因为梅溪已处于危险之中。日军突然从湖州方向发动了进攻,距此仅有二十五华里的地方,正进行着激烈交战。

我们等待着。最后,指挥官终于现身了。尽管非常礼貌,他对于我们的出现还是难掩一脸错愕。我们是麻烦不断的知名外国人,如果被误杀,我们会让他难辞其咎。我们该呆在伦敦的火车站台——不是在这里,在一群精疲力尽、劳累过度的军官和官员中间。他提醒我们说,我们可能必须在午夜时分离开。平民的疏散已经开始了。我被打动了,有些为自己感到害臊,我想起了那些等在雨中拉着横幅的男男女女,他们浪费了自己最后一点宝贵的安全时刻,只为要迎接我们的到来。答应拿来的军服再也没送来,而我们的行李湿得都无法打开。一个士兵带来了毯子。我们四仰八叉地往木板床一躺,试着睡下,此时,士兵们拉好了一部野战电话,以便指挥部有紧急情况时可以预先通知到我们。

午夜过后不久，我从一阵心神不安如醉酒般的瞌睡中惊醒过来，看到三个士兵闪进了弗莱明躺着的那个房间。一会儿过后，当他们重又走出来时，我实在太迷糊了，以至于不能确定弗莱明是否和他们在一起。这混蛋，我昏昏沉沉地想，偷偷溜出去探访前线了，也不告诉我们一声。抑或那是日本兵。不管怎样，我懒得去关心了。于是我又打起了瞌睡，伴随着雨水声，老木屋的嘎吱声，和隔壁屋里围着火盆的士兵们没完没了的闲聊低语声。

当我四点左右再次醒来时，天还是一片漆黑。中国人正在起床。火盆已熄灭了。我们蹚过水汪汪的地板，就着蜡烛和火柴的光亮，可怜地找着我们的衣服。我的裤子还是湿的，衬衫前襟烤糊了一大片——放得离火盆太近了——我的鞋子皱成了一团，沾着干结的泥巴，变得硬邦邦的。其他人好不了多少，可中国人有很多干衣服可以替换，而他们刮得干干净净的脸看来也很清爽光洁，与之相比我们胡子拉碴脏兮兮的。奥登偷了高记者的长统袜。彼得顽强地扳开了他那双湿透了的山羊皮皮鞋。熬过了这第三个睡眠不足的晚上之后，我们都稍许有些歇斯底里，哄笑着，拿忧伤的刘秘书开着涮。“刘秘书，您是睡在那旮旯底下么?”高记者这时正给师指挥部打电话。在那台咖啡机般的玩意儿上捣鼓了几分钟后，他打探到了一点点消息，坏到不能再坏的消息。将军无法会见我们。他抽不出时间来发表任何看法。我们要马上离开。

“不会没我们早饭的，”弗莱明铁定地说。他悄声对奥登和我嘀咕说，这样的拖延战术毕竟给了我们唯一可能的机会来一窥究竟。刘秘书宣布说他将马上坐轿子离开梅溪。他两个星期来都没好好睡觉,他确实病得不轻。

但会有早饭吃么?整幢房子似乎突然间变得一片死寂。只有十来个勤务兵在门口坐立不安地走动着,不情愿地留下来听候我们的调遣。学着彼得的样子,我们不停地问他们要吃的,还要求见到某位可以说得上话的参谋,临了,甚至高记者也开始脸色有些发青,他当然不是个懦夫。他告诉我们,师指挥部很快将撤到安吉:我们在那儿能和将军说上话。日军现在离镇区才十里地。天一亮他们就可能会发动进攻。

天真的亮了。我们还在晃荡着。我开始觉得很不自在。刘秘书已经走了,听说所有的马匹和轿子都跟他一起走了。七点半时勉强送来了一些食物:我们强装从容地吃了下去。与此同时,彼得为了让高记者听个明白,正发表着长篇大论,絮叨着为了采访这个前线,他的宝贵时间,《泰晤士报》的时间,全都浪费了,而在这里却看不到什么东西,所有消息都拒绝提供。高记者非常容易被这种戏弄给招惹起来。他费劲地强压下自己的脾气和不耐烦。而我很想知道楼上房间的那些精致家具今晚会发生什么不测,还和奥登讨论起了道德伦理问题,如果把那对玉兽偷藏进口袋,把它们从比死亡更糟糕的命运里抢救出来的话。

八点钟我们吃完了饭。别无他法,只得离开了。这是个阴沉昏暗的早晨。脚是那么地痛,我只得一瘸一拐地走在街上:尽管有疏散令,街面上还是有很多人。他们默默注视着衣冠不整的我们离开小镇。我感觉自己像是一只最后临危脱逃的瘸腿老鼠。有些老百姓试图安抚弗莱明,许诺说有一些“非官方消息”——但他们带他去看的，只不过是破墙上的几张湿答答的报纸。

轿子和马匹竟然还等着我们。我骑上了我那匹棕色小马驹，它看上去几乎和我一样疲倦，然后，沿着泥泞蜿蜒的田间小路，我们慢腾腾地走了起来。整个乡村像块海绵般浸透了水。云层低低地压着山丘，偶尔透出几缕阳光。天气又闷又热。梅溪已在身后很远的地方，突然，我们听到枪炮声大作。撤退的气氛，再加上宿醉后的头痛，令我们全都倍感沮丧——除了彼得，他迈着不知疲倦的轻快步伐，不屈不挠地冲在了前面，一边还抽着他的烟斗。他在抽某种廉价的中国烟草，如他自己所说，闻上去就像烧着了的老戏子的假发。

高记者摆出了某种理由，坚持认为梅溪的陷落——如果梅溪真的失守的话——无关紧要，在战略上甚至是可取的：日军会被引到山谷里，在那儿，用古老的钳形战法可将其一举歼灭。但一路走来，我们确实没看到任何认真备战的迹象。我们几乎没有碰到任何部队，除了守城卫兵和伤员。

大约十点，我们到了安吉。刘秘书已经到那儿了。高记者提议待在安吉观察战局进展，但现在，尽管还是非常热情友好，当局似乎急于让我们撤得更靠后些。师长已从梅溪打来了电话，要求我们立即撤离。我方全体反对这么做。高记者指出我们不能要求苦力们继续赶路了。因为预先通知他们说我们随时会出发，苦力们整晚就没睡觉。刘秘书的态度更为坚决。他说如果他不稍微休息会儿，他就会得重病，他蜷起身子往别人床上一躺，睡觉了。

高记者现在变得非常自命不凡、鬼鬼祟祟。他和市长商谈了很久。显然他正获取着某些他不愿意传达的情报。彼得回敬以半带幽默的恐吓:“所有这些沉默,都在造成一个最为可悲的印象,刘秘书。这很明显,中国人已被打败了。”“不,没有被打败。”高记者很书生气地坚持着。“这是战略撤退。”

当局现在使了个新招。他们指出天气正在转晴;因此日本飞机料想将会飞来,而市府办公楼——废墟中硕果仅存的几幢建筑物之一,可以看得一清二楚——几乎肯定会挨炸弹。马上就形成了一派——由刘秘书领头——他们要求立即撤离。彼得取笑着他们,提醒刘秘书想想他有多么疲劳,提醒高记者对苦力的身心状况表现出的关心。苦力们,不待说,马上就被叫醒了。于是,我们动身出发了,和那个勇敢而镇定的市长道了别,他还要坐等着他的城镇被又一次占领,镇上所剩无几的房屋很可能也将被彻底摧毁。

奥登和我现在又躺进了轿子里。弗莱明以天生领导者的恩威并施的手法,将刘秘书从坐着的轿子里拽了出来,甚至说服了他一起走路。我们抄了条穿过荒凉乡村的近路走在了前面。苦力们迈开大步一路走着,以训练有素的灵巧性相互轮替着休息。我们瞅着他们鼓胀的腿肚和绷紧的大腿,为允许自己被人抬着编排出了种种并不诚实的理由:他们早已习惯,这给了他们一份工作,他们没有感觉。哦不,他们是感觉不到——但那个人脖子后面的肿块不是因为喝香槟酒才发出来的,而他的汗水与我自己的非常类似。不必介意,我的脚很疼。我付他工钱的,不是么?事实上,比他拉中国人所赚的多出了整整三倍。多愁善感帮不了谁的忙。为什么你不走路呢?我走不了,我告诉你。如果你没有钱,你当然会走路。可我有钱啊。哎呀。我这么重啊……然而,我们的苦力们没有觉察到这些良心上的不安，似乎对我们不抱丝毫恶意。在路边停下歇息时，他们甚至给我们端来了几杯茶水。

我们赶在天黑前到了孝丰，像头天早上那样受到了热烈欢迎。刘秘书的尾巴翘得很高："你们瞧，"他对我们说，"我比你们更厉害吧！"高记者非常激动，他在路边听到了一则故事：一个女人泡好了茶，然后派她的小儿子出门，免费提供给路过的士兵们喝。如彼得所评论的那样，这体现了中国人对待战士的古风，但这个举动仍应得到不同寻常的评价。

晚饭后，我们被人请去向公务员和平民志愿者讲述我们的战区印象。我们讲话时，听众立正站着。高记者担任了翻译。

这一天在一场有关我们往后行程方向的争论中结束了。刘秘书想回那个公路终点走我们来时的路线；高记者想绕道走，这需要再走上三天。这回彼得和我支持高记者。我们一意孤行——很大程度是因为我肿着的脚已不那么痛了。

第二天早上，我们得知梅溪已经失守。我们离开后不到十二小时，日军就占领了该地。

我们六点钟出发，精气神好多了。每个人都睡得相当好，天气也不错，我们的马儿还一溜小跑起来。快到报福村时（它们也许被误导了，以为那里就是它们今天行程的终点），它们甚至猛地快跑起来。一路上，当然有些嫌隙不和作为必要的调剂，因为在我们把轿子送给了一群伤兵后，刘秘书拿走了其中一顶。

我们在一座庙里停下来上课。更确切地说，我们满不高兴地坐着，与此同时，高秘书这个奖学金优等生，却得到了单独开小灶的待遇——他傲慢地告诉我们，大部分情况都不允许他外传。他碰到了自己报社的一个同事，小圈子气氛更浓了。我们的主人给我们送来早饭时，高记者不跟我们商量就谢绝了，被彼得狠批了一通。“想必，”高秘书回嘴说，“这是个常识，你不能要求吃两顿早饭吧?”我们抗议说我们就是要。高记者什么也没说，而是一走了事，他要和一个参谋进行一个特别私密的会谈。他一会儿就回来了。“有什么消息么?”弗莱明问。“有一条消息，”高记者答道，一脸坏笑，“会让你非常感兴趣的消息：牛奶准备好了，还有鸡蛋。”

十点钟，我们出发了，开始了攀登山口的长途跋涉。我在报福村买了几双中国布鞋，此刻它们让我神奇地健步如飞，我步行赶上了彼得，末了发现他正在溪水里泡他的脚。他告诉我，奥登已遥遥领先了。秉承着某种北欧人的上进心，他光着膀子，正向着峰顶冲刺。他在那儿等着我们，坐在一群苦力中间，苦力们正背着弹药箱翻过山头，去往山下的报福村。弹药箱的尺寸和重量让我们大吃一惊，但是，已走完艰险半程的苦力们好像依然精力充沛。他们友好地比画着手势，微笑着，快活地和我们打着招呼。只是到后来，当我们走到山口背面的第一个农家院子，正坐着喝茶的时候，高记者告诉我们，苦力们曾问他我们是意大利人还是白俄。他们说，如果是意大利人的话，他们会跟在后头把我们捉起来。高记者颇有些得意地补充说，刘秘书听了他的轿夫们的主意，选了另一条路线，一条远为艰险的路线，已经不见了踪影。他很可能遇到抢劫或者被杀掉了。听到这个消息，我们表露出来的可不仅仅是出于礼貌的担心，因为我们的上衣和帆布背包还在刘秘书的轿子底下哩。

我的脚现在彻底不行了。中国布鞋实在太小，我一定在石头上碰伤了我的大脚趾，因为脚趾甲已经发了黑。我可能不得不坐着轿子下到那条公路去。把这情况跟轿夫们解释了一番（他们今天只剩了两个），他们同意了，虽然那条上坡路又窄又陡，通常是不抬客人下去的。接下来的情形荒谬可怕之极。轿子晃荡不已，很多时候，得靠前面那人的腕力撑着才能保持平衡。一声咳嗽或一个喷嚏，似乎就能把我们三个一头摔出悬崖去。但我的轿夫们有着专业杂技演员般的平衡术，我们安然无恙地下了天目山。到了过后，通过高记者的翻译，我对他们说了一大堆感谢的话，还给了他们一笔小费。他们似乎很高兴，而且很是惊讶。

汽车载着我们去了榆村，一个肮脏喧闹的小镇，有个老鼠窝似的旅馆，在那儿，秦先生穿着件和服，在调养他的心脏病，杨少校也在养他的伤，治疗他那复杂的荣誉感。有过一次空袭警报，谁都没有留意它，在我们客房里举行了一个拥挤的晚宴，米饭一下肚，众人言归于好。刘秘书既没被抢也没被杀，唠唠叨叨地澄清着他的名誉：他没有拿伤兵们的轿子，是他们自己推辞不要；他一路走着翻过了山。“所以你看，”他总结说，“我根本不冷酷。”刘秘书把高记者叫作了“我亲爱的老弟”。频频祝酒干杯。感谢高记者的办事效率，感谢小沈的忍耐力，感谢彼得的领导有方：考试结果公布，每人都得了最高分。

饭后，弗莱明、奥登和我向高记者解释了我们对于中国宣传方式的看法。我们告诉他，暴行故事对西方来说留不下多少印象——人们已经听到太多了。而日军士气低落这个话题最好是放在一边。高记者仔细地听着，并对我们表示了感谢。他好像真的急于听取建议。今晚我们对他很热情。不管对他的行事方式有何异议，他确实是一个你会赞赏和尊敬的人。我们友好地道了晚安。

晚安，可是睡不着觉。守夜更夫敲着手鼓，跟着是一只叫春的猫，噼里啪啦的麻将声，一场暴雨，重重的撞门声，婴儿的啼哭声，狗叫声，还有做着动力俯冲的蚊子。早上我发现自己的下嘴唇肿出了个硬硬的大包，肉都翻了出来。我自娱自乐地把嘴唇皮扭得奇形怪状，想去吓唬趴着门洞口往里偷看的孩子们，但他们只是冲着我笑。奥登也被咬了。我们两个都责备着我们的"首领"，他曾以一个探险家的口吻，保证说那里不会有虫子。

我们在一个相当文明的时刻出发前往桐溪。帮我们收拾东西的旅店杂役郑重其事地将一瓶柯纳克白兰地最后的几滴洒在了床上，仿佛在举行某种巫术仪式。一路太平无事。刘秘书兴致极好地告诉我们："我再也不会难过了。"他言之过早了，因为没多久他就病倒了。我们停车找汽油，旁边有家饭店能把竹子做成各种样式的菜——包括竹片也能用来做成椅子。我想，那是此地农村的某种特色吧。没什么明确的可食用或不可食用的东西。你可以开始嚼一顶帽子，或者把墙壁咬下一口下来。你也可以用中午供应的食物搭起个竹棚子。一切皆有可能。

我们在中午前后到了桐溪。我们回这里的主要目的是要采访顾将军，但我们没碰到他。他已离开了，也找不到其他参谋人员。

我们发现报纸上没有提到梅溪的失守。

晚饭时我们喝着柯纳克白兰地，开始争论起世界文明的含义。中国有什么东西要从西方学的？彼得认为没有。“中国人每一样事情都了解得一清二楚。”他不停地重复说。“想必，”我反对说，“在苦力目前的状况下，你总不能说他的日子很好过吧？他不曾听过贝多芬，或看过您妻子的表演吧？”“哦，”弗莱明漫不经心地说，“他对它们都相当了解。”奥登更倾向于为他们提供一家正宗法国餐馆的美食。他终于决定再也不碰中国菜了。

第二天大清早，刘秘书、杨少校、弗莱明、奥登和我离开桐溪，前往金华。雨已停了，但路面非常湿滑危险；我们必经的那些溪河，水面皆已暴涨。当我们来到最后一条河岸时，摆渡人死也不肯把汽车送过河去，于是我们只得绕道走另一条步行到金华的路。不是很远。就在镇外，洪水漫溢的某处有个临时小渡口，管事的是几个小男孩，他们撑着竹筏原地儿打着转，最后几个乘客从他们手里抢过了竹篙，自己解决了问题。

与此同时，刘秘书经历了他起伏跌宕的情绪的全过程。呕吐前的悲哀（是他，还是杨少校，会第一个呕吐，弗莱明和奥登曾想打赌来着），跟着是一迭连声的许诺和道歉：“我努力要让你们满意。我会尽我所能来帮助你们。这是我作为中国人的责任。”我们过了省界进入浙江后，他就变得有些骄傲了，还给我们看带着官方印戳的图章。但是，从渡口开始的那段步行让他受不了了：他重又沉着个脸生起了闷气。

让我们非常遗憾的是，彼得当天晚上坐火车离开金华去南昌了。我们三个都很喜欢在一起的探险经历。奥登对之做了个总结：“好啦，我们和弗莱明在中国一起旅行过了，现在我们是真正的旅行者了，永远都是。我们再也不需要跑出布莱顿[1]以外了。”

两天后——这天是5月20日——我们可以坐公共汽车离开金华去温州了。另一条路线已经封闭，因为日本人很可能准备在宁波附近登陆。市政府直到最后还是很热情好客，安排了警察局长一路陪同我们。派了个士兵给我们买好了车票，还在公共汽车上留好了我们的座位。

我们在汽车站和老蒋、刘秘书道了别。老蒋要回汉口，口袋里装着封不吝赞美之辞的推荐信：把他推荐给所有那些想在中国战区旅行的人。我们将默特里的三卷本送给了刘秘书，应景地签上了名。“上帝保佑你们，我亲爱的朋友！”这是他的离别赠语。

旅程不怎么让人兴奋。从金华开出十英里后，一架日本飞机出现了，但对我们的汽车没表现出什么兴趣。在丽水，我们得知今晚不得不在此停车过夜；前方公路上的一座桥梁给洪水冲垮了，要到早上才能修好。我们拜访了警察局长、市长和加拿大天主教传教团。加拿大主教，迈克格雷斯阁下，送了我们一本他写的关于浙江省传教事业的书，名为《近距离的龙》。

---

1. 布莱顿：英格兰南部海滨城市，是个有名的度假胜地。此话意思是以后不用走出英国以外。

丽水的天主教神父们没有医院，只有一间医务室和一座学校。他们告诉我们，到目前为止，这里的空袭并没有造成严重破坏。尽管日本人有时会轰炸机场。有一次他们开了机关枪，打死了一条狗。总体来看，宣教站的生活似乎非常快乐舒适。这一带的乡村很美：更好动些的年轻神父们会骑着自行车外出旅行。他们都喜欢花上一整天时间来钓鱼。晚上他们就听留声机或是玩飞镖。他们送了我们从上海带来的威士忌和美国雪茄。

饶有趣味的是，我们注意到这里和其他地方一样，自从针对共产主义和共产主义者的战争过后，传教士们慢慢改变了他们的看法。两年前，神父们自己承认，他们只不过把共产主义者看作是些土匪——或者，充其量看作是杀富济贫的罗宾汉。现在，他们开始认真看待这一运动了，且认识到了它在决定国家未来发展中可能扮演的角色。

其中一位神父给我们说了一个有关昆虫的离奇故事。一个受雇在宣教站工作的中国男孩曾被一条蜈蚣咬伤了，病得很重。神父们对他束手无策，末了，他们的中国传道师在屋顶附近找到了在那里爬着的某种蜘蛛。他告诉他们，这个蜘蛛会把毒素从男孩的伤口里吸出来。还真行。那只蜘蛛吸完了后，传道师将它放进了一碗清水里，这样它就可以把毒素从体内排出来。那孩子立马就痊愈了。

我们在温州待了两天时间，登上了那艘将我们带往上海的轮船。虽然温州本身还在中国人手中，可是日本人把守着它的河口，只有友好国国籍的船只才允许无妨碍地进出。因此很多中国轮船都雇用了外国高级船员，并改变了自己船籍：有些是德国籍，有些是意大利籍，有些是葡萄牙籍。我们这艘船在香港建造，而且从来没有开出中国领海以外：不管怎样，她是在的里雅斯特登记注册的，取了个新的意大利名字，还把她的挪威籍船长换成了意大利人。不过，老船长还留在船上，在通过河口那些棘手的航道时还要继续引航驾驶。他穿着平民服装，正式身份是一个乘客。

舱房的舷窗犹如一个画框。我们一登上船，那黄铜包边的景色就变得荒诞而虚假。雨中那暗沉浑浊的河流，穿着黑色蝙蝠袖斗篷的船夫，海滩上那长着树冠的宝塔，薄雾中的连绵山岭——这已不再是我们刚刚离开的那个美丽而平凡的乡村；这是旅行者的梦中风景；它们是神秘的远东。未来数年的记忆将乐于记住这绝对戏剧性的画面，而不是过去数月所有那些微妙而纷乱的印象。这景象，我想——抛开我们已看到、听到和经历过的一切——会是我对中国留下的最后记忆。

时间过得缓慢而惬意。从严酷的旅行中解脱出来，我们纵情享受着种种恶习，暴饮暴食，大睡懒觉。允许自己略感不适是一种奢侈的享受。我们倚着栏杆，看着下面码头上玩耍着的孩子们。我们把硬币和十美分纸币丢到码头边沿以此取乐，然后等着，看它们要多久才会被人注意到捡起来。那些发现钱的孩子和码头工人几乎没有一个人会抬头看看钱是从哪儿掉下来的，这颇不寻常——不是因为他们担心钱会被收回，就是出于一种天生的虔诚，因此可以不带疑问地接受所有天赐礼物。一枚硬币就落在一个小男孩旁边，他也就四或五岁，身上很脏，——距离那么近，看起来他定然已经看到它了。可是，很长一段时间里，除了偷偷地左右瞥上两眼，他完全没有做出任何动作。接着，他开始用脚趾头去够那个硬币，非常慢非常慢地把它拔到了伸手能捡的位置，眼睛甚至都不曾往下看。把它放进口袋里后，他站起了身，带着一种极其漫不经心的神气，一摇一摆地走开了。他的技术之完美——如此稀松平常，以至称不上是狡猾——是我平生所见最令人震撼的事情之一。它道出了苦力挣扎求生的真实一幕。

挪威籍前任船长和我们说起了斯匹茨卑尔根[1]的趣闻轶事，他在那里曾经驾驶过“克拉辛号”破冰船，还有他当海关官员时在大亚湾和中国海盗干仗的故事。他和意大利船员们相处得非常融洽。在酒吧间里，他在钢琴上弹出歌剧曲调，那意大利船长就用极其圆润的高音给唱出来。他还能惟妙惟肖地表演母鸡下蛋的口技。意大利船长是个长着鹰钩鼻的英俊男子，谈起女人仿佛她们是某种酒，或某个上等牌子的雪茄烟。

5 月 23 日，午饭过后，我们启航进入了河道，但当我们驶出河口时，已是黄昏时分，轮船在那些光秃荒凉的岛屿之间小心航行着，

1. 斯匹茨卑尔根：挪威濒临北冰洋的斯瓦尔巴特群岛中最大的一个岛屿。

一艘日本武装运输船就埋伏在岛屿后边，活像是个拦路强盗。日本人打起了信号旗，问我们开往何处。船长说："如果他们叫我们停船，我会拒绝的。""可他们不会向你开火么？"奥登问道。意大利人笑了起来："我倒想看看那帮混蛋敢不敢！我会发无线电报与我们的舰队联系。军舰会在两个小时内赶到这里——在它开到之前，会先派出飞机。"

不过，我们有些遗憾，日本人没有再多问，就让我们通过了。

两天后，当我们吃完了早饭，跑到舰桥上去时，船已经驶入了黄浦江。挪威人指点我们看吴淞口的废墟，日本人登陆后，那里发生了首次交战。这场面极其怪异而又触目惊心，一车车的日本兵沿着河岸向前开进，穿梭往返的日本货轮和渡船从旁边驶过，带着已安营扎寨的敌人的那种平静的自信。我们上次在梅溪看到的那面血迹斑斑的战旗，曾几何时可耻地厕身于满地的战利品中间，如今在建筑物和船只的旗杆上猎猎飘扬着，从每一个角度厚颜无耻地刺激着人的眼球。一架日本飞机飞过了头顶，而我们没有惊惶奔逃寻找掩护，这似乎反常而错误。在半小时内，我们就将抵达上海。

10

上海。5 月 25 日—6 月 12 日

从江中望去,外滩的摩天大楼高耸于那些昂首趴伏着的护卫战舰之上,令人难忘地呈现出一个大都市的外观轮廓。但这仅仅是个外观。将它们抛在这个危险的烂泥滩上的幽灵,离它们的同类得有数千英里,曾如此纯粹而野蛮地竞相争逐。那些最大的野兽已挤了出来,一直下到了水边;它们后面,是一片污秽破败的低矮得多的房屋。没有漂亮的林荫大道,没有开阔的公园,没有气派的中央广场。根本没有任何城市的迹象。

然而,疲倦失意或是贪得无厌的商人会在这里找到满足他欲望的一切。你可以买一把电动剃须刀,吃一顿法国大餐,或是选一套剪裁入时的西服。你可以在华懋饭店[1]天台上的顶楼餐厅跳舞,和那位风度翩翩的经理弗雷迪·考夫曼聊聊欧洲贵族或希特勒上台前的柏林。你可以加入赛马会,参加棒球比赛和足球比赛。你可以看最新的美国电影。如果你想找女孩子或男孩子,你可以去澡堂子和妓院,各种价格应有尽有。如果你想抽鸦片,你可以在最好的商号里抽,放在托盘里端上来,就像是下午茶。此地很难搞到好酒,但威士忌和金酒很多,若灌流成河足以开进一个战列舰舰队。珠宝商和古董商等着你的订单,而他们的开价会让你以为自己回到了第五大道或邦德街[2]。最后,若是你想忏悔,那儿有各种教派的教堂和礼

拜堂。

我们自己落到了社会枝干最高的一根枝杈上：我们暂住在英国大使在法租界的私人别墅里。这个别墅是一家颇有声望的轮船公司的物业。号称是他们的壹号府邸。奶油色的调子，非常典型的殖民地总督府风格，带有凉爽而结实的柯林斯柱廊，它安静地坐落在一个大花园里，花园里有修剪整齐的草坪和帝国展览会般的花圃。每一样东西都井井有条、合乎比例。车库里有辆加满汽油的豪华轿车，配了一个戴着白手套的真正的私人司机。租界警察守着大门，从头到脚的装束都合乎其身份。还有会说"阁下"和鞠躬弯腰的中国仆人。在特殊场合下，他们会穿上柠檬色的丝绸上衣。门开开又关关，电话铃声，还有盥洗室水龙头的声音。

大使和科尔女士，如同我们自己，在这个仿真玩具屋里也完全是陌生人。它在我们死后的年月里还将继续运转。尽管如此，他们表演得十分出色——向门口的卫兵还礼，在恰当的时辰更换衣服，故作淡然地领受食物和服务。只是偶尔，在柠檬色和奶油色的客厅里，在花瓶和漆屏风中间，你会无意中看见他们正小憩片刻，和荷兰大使喝会茶，和法国海军武官吃顿晚饭，然后才意识到他们就是一对普通的已婚夫妇，会疲倦劳累，并不总是非常健康，且深深依赖着彼此的直觉和情绪。科尔女士读侦探小说。阿奇博尔德爵士收藏有三十二支烟斗。在这个大博物馆里，它们似乎是唯一真

1. 华懋饭店：即现在的和平饭店，建于1929年，有"远东第一楼"的美誉。为英人沙逊产业。

2. 伦敦一繁华商业街区，有众多奢侈品店铺。

正属于他的私人物件。

轮到大使来举行一次官方游园会了。筹备工作煞费苦心。这需要英国侨界的女士们、锡福斯高地团[1]和使馆人员的通力合作。请柬已发出。酒水和冷盘自助餐也已置备停当。柱廊装饰着彩旗。深鞠躬的玩偶男管家迎来了他们国家的敌人，那些罗圈腿的可恶的日本将军。每个人都到场了，包括新闻记者。第二天，本地报纸将会登出那些显赫贵宾的照片。外边草地上，苏格兰风笛手吹奏着他们的曲调。

一切进行得非常顺利。这是一个设计精巧的假面游戏，是另一类生活的完美形象——源自地球背面它的发源地，代价不菲地生动上演着。此类社交聚会无疑物有所值，因为这儿那儿，在普通的寒暄闲聊间，一个严肃的保证获得了相互确认，一个中肯而尖锐的提议被搁置了。今天下午，某种琐屑而重要的调整在国际关系的微妙平衡中已告完成。无论如何，感谢上帝，天不曾下雨。

但是，当游戏玩家们如此快乐地笑着，如此大声地聊着的同时，他们却无法完全忽视其他那些声音——那些最无外交策略的声音，从花园树篱外不时传入了我们耳畔。郊区外的某处，机关枪正咔哒作响。你整天都能听到。租界里的每个人都知道它们意味着什么——中国游击部队在敌方大本营内还是很活跃。但你若笨到提

---

1. 锡福斯高地团：英国军队一个编制团的名称。估计当时从印度驻地调到上海，以保护英国在沪利益。

请日本军官对这些声响引起注意，他们会回答说你弄错了——那只是他们自己的部队在进行射击演习。

公共租界和法租界成了凄凉可怖的荒漠中的一座岛屿、一片绿洲，而这荒漠一度曾是中国的城市。你的车开过了苏州河：一边是街道和房屋，充满生机；另一边是弹坑累累的荒芜的月夜景象，纵横交错的道路被夷为平地，空空荡荡。不时可以看到站岗警戒的日本哨兵，那边，一群士兵正在废墟间寻找着废钢烂铁。再往外走，建筑物的受损情况没那么严重，但所有中国或外国的财物悉遭洗劫——任何一种野兽造成的混乱都不及其半。在麦伦书院[1]，位于临平路的一间前教会学校，书籍和画像被撕成了碎片，电灯泡被打碎，洗脸盆也被捣毁。在城市外围地区，百姓们还活着；你可以听到许多日军虐待平民的故事。我们有天开车出去时，看到两个士兵将刺刀对准了一群妇女和儿童。我们停了车。此时，我们以为有可能直接目击一次暴行。接着我们看到了第三个士兵，拿着个篮子。日本人以其独树一帜的粗野方式，正在分发食物。

如同被关在门外的可怕的看门狗，上海真正的主人们住在阴暗而荒凉的日租界里，要不就游荡在闸北的月色笼罩的荒野上，饥饿地窥视着灯火闪耀、人口稠密的公共租界。在花园桥[2]，他们那些

1. 麦伦书院：前身是1891年英国基督教伦敦会创办的“英华书院”。1899年改称Medhurst College，中文名则为“麦伦书院”，1927年改名为麦伦中学，1953年后名称为“继光中学”。

2. 花园桥：即“外白渡桥”，1856年英国商人在苏州河摆渡处建成木桥，称“威尔斯桥”，国人称之为“外摆渡桥”。因紧靠外滩公园，亦被叫做花园桥。1906年租界工部局将旧桥拆除重建为钢桥。

粗暴的哨兵强迫每一个中国行人脱帽敬礼。意外每周都会发生：一位外国女士被侮辱了，一个无辜的博物学家被当作间谍给逮捕了。“通过适当的管道”提出了正式抗议；严肃的道歉，被严肃地接受了。

在租界内，你死我活的地下政治斗争还在继续。日本人从未停止他们意欲建立一个傀儡政府的阴谋，有朝一日，这个傀儡政府将听从其号令统治整个中国。为敲诈所胁迫，或为贿赂所劝诱，几个颇有名望的中国人与敌人进行了谈判，但那些有心投靠的叛徒都活得不够长久，没帮上他们的新主子什么忙，因为爱国行刺队一直保持着警惕。有天早上去华懋饭店喝咖啡，我们发现一小群人围在入口处看着一摊血迹。一个因亲日倾向而臭名昭著的中国商人，在离开饭店时被枪手一通乱射。他的白俄保镖开火还击了，随后发生了一次战斗，有几个人被打死了。商人自己咽喉部位受了重伤。下一次，极有可能，他就难逃此劫了。

公共租界的周边由一支混编的外国军队守卫着。分配给锡福斯高地团的防区北起苏州河一直延伸到火车站[1]；参观他们的碉堡掩体和哨岗，你对去年冬天进攻上海期间英国部队身处其中的非同寻常的境况大致会有个概念。进攻的直线横穿了国际区，日本人和中国人都不相信英国人会阻止敌人通过并让他们侧翼迂回。于是

1. 淞沪会战中，日军占领了公共租界北区和东区，苏州河以北地区成为日军控制的势力范围。

他们在防区的街角间相互交上了火，英国士兵立即进入了射击阵地，且常常连续二十四小时无法离开掩体。所有哨岗的墙上都布满了弹痕。

上海之战在“敢死营”打响的后防战中达到了高潮，“敢死营”占据着“中国铸币仓库”[1]和西至西藏路桥的区域。英国将军特尔弗·斯莫利特发现，如果中国人坚守着仓库，日本人的炮弹一定会轰过苏州河，落入苏州路及其纵深区域，因此，他敦促他们撤退。中国指挥官回答，他只有接获总司令本人的直接命令才能撤离。最先是和蒋夫人交涉。“不，”她说，“他们必须战死，而后中国才能生。”但特尔弗·斯莫利特将军坚持自己的主张，终于，总司令同意让这个营撤出了。日本人也很乐意，因为“铸币仓库”俯瞰着他们的侧翼，那里的抵抗阻挡了他们的进攻路线。

已确定在某个晚上让中国部队撤进公共租界。与仓库以及日本指挥部的电话线路没被切断，特尔弗·斯莫利特因此得以与双方始终保持着联系。在最后时刻，日本人挂电话来说他们拒绝保证该营的安全通过：他们很愤怒，因为中国人整个下午继续在开火，且已造成严重伤亡。于是，他们将机关枪和探照灯对准了西藏路，撤退部队必须穿过那条街才能到达国际区。在这条路的尽头，就在桥边，设有一个英国碉堡，直接就在炮火射程内。

特尔弗·斯莫利特将军和他的参谋亲自指挥了本次撤退。他隐蔽在街对面的中国银行仓库的后边，在中国人冲进安全地带时，

---

1. 中国铸币仓库：原文 Chinese Mint Godown，是当时租界内外国人对“四行仓库”的称呼，可能是因为仓库为金城、中南、大陆、盐业四家银行共同出资建成。

他就在那里接应他们。日军的所有机关枪立即开了火：乘着枪械重新装弹那会儿工夫，中国人抓住机会逃了过来。最后整个营得以全身而退，带着武器和弹药，只损失了七个人。有人会告诉你，碉堡里的英国部队烦透了被射来射去，朝日本人开火还击了，甚至还打坏了一挺机关枪。官方否认了这个说法。不管怎样，在漆黑一片的混乱中，日本人几乎无法确定子弹来自何处。根据之前的一个协议，这个营将被扣留在公共租界，要在那儿一直待到战争结束。[1]

我们到了，在上海俱乐部的这间餐室，坐下来和四个日本平民共进午餐。这顿午饭由一位知名英国商人为我们从中安排——当然，我们事先已同意，我们不会让我们的东道主难堪，也不会言语羞辱他们。我们都会非常老练得体。任何有关战争的话题，哪怕是间接提到，我们也会觉得有失体面。

在长吧(无须说，它比我们预想的要短很多)喝了一杯打起了精神，我们趋步向前去迎接我们的客人。四个日本人都是显赫人物——一个领事官员，一个商人，一个银行家，还有一个铁路局长。领事官员白白净净的，看着很像中国人；其他几个留给我们一个共同的印象，身材矮胖，皮肤黝黑，戴着眼镜，留着胡子，他们露齿而笑，很是整洁利落。

1. 八八师五二四团的谢晋元中校率领数百名士兵抵抗了四天。10月31日凌晨二时，宋子文电话转达蒋介石撤退的命令。全体官兵在英租界被软禁长达四年。谢晋元一年之后遇刺身亡。

显然,日本人不像我们这样有所顾虑:“你们正在中国旅行?”其中一个马上问道。“多有趣……我想你们没碰到什么不便吧?”“除了你们的飞机,”我回答,忘记了我们的决定。日本人放肆地笑着:这是个大笑话。“但说真的,”他们追问道,“你们一定发觉运输条件和生活条件非常原始、非常低效吧?”“正相反,”我们向他们保证,“极有效率。每个地方都很友善有礼。每个人都很有趣。”“哦是的,”领事官员以一种宽容的声调同意这个说法,“中国人当然很有趣。那么和善的人民。可惜……”“是的,非常遗憾!”其他人插话了:“这场战争本来多半可以避免。我们的要求非常合理。以前,我们一直能够友好协商这些问题。老派政治家——你可以和他们打交道,他们理解妥协的艺术。但这些年轻人,他们极其冲动鲁莽。非常不幸——”“你知道,”领事官继续说道,“我们真的很喜欢中国人。那是这场战争好的一面。没有仇恨。在日本,我们对中国人民绝对没有任何仇恨。”这话说得真有点儿过头了。我们预先安排好的礼数连最后一点残余都消失殆尽了。日本人没有仇恨感,这不足为奇,我们反驳道,稍许有点激动。他们为何会有仇恨呢?他们的城镇被焚烧,他们的妇女被奸污过么?他们挨过炸弹么?我们的四位绅士无言以对。他们只是眨巴着眼睛。尽管如此,他们没有表现出丝毫生气的样子。接着,其中一位说道:“那确实是个很有趣的观点。”

他们想知道汉口的士气如何。那里还有热情么?热情高涨,我们回答。有没有议和的机会?没有,我们宣告说,带着恶意的快感——蒋会继续抵抗,如有必要,会一直抵抗到西藏边境。日本人忧虑地摇着头，鼻子倒抽一口气，明显有些失望。这很遗憾……非常之遗憾……接着——如我们所料——布尔什维克妖怪出来了。日本的确是站在中国一边在打仗——将她从自身困境中解救出来，对她加以保护，以防止赤化威胁。“以及防止西方的商业竞争，”我们应该加上这句，但没必要了。因为此时，透过餐室那俯瞰江面的窗户，英国皇家海军伯明翰号的炮塔缓缓移入了视线，正向上游而去。在这个城市，强权政治的视觉声明比任何言辞都更为无情。日本人顺着我们目光的方向看去。午餐在一阵若有所思、略显窘迫的沉默中结束了。

路易·艾黎先生是个工厂督察和工部局官员——一个矮壮结实的新西兰人，一头淡姜黄色的短发，鼻子粗短。七年时间里，他一直致力于改善虹口周边数百个工厂的工作条件——而现在，一切都毁了。日本人破坏了中国百分之七十的工业。一些比较幸运的企业得以涌入国际租界，在那儿重又开了业。这些企业大多规模很小——就两三个房间，塞满了机器和操作工。多数操作工还是些小男孩，把他们从父母那边一次性买断过来才花了二十块大洋：他们一天工作十二到十四个小时。仅有的工钱就是他们的食物和工场上面阁楼里的一张睡铺。没有任何防止事故或健康损害的预防措施。在蓄电池工厂，半数孩子的牙龈里已经出现了铅线，那是铅中毒的一种症状。他们中很少人能活过一年或十八个月。在剪刀工厂，你会看到胳膊和腿上那些溃烂的克罗米疮疤。缫丝厂里满是水蒸气,女工们的手指因为真菌感染变得煞白。如果孩子们在工作中稍有懈怠,工头常会把她们的肘部放到沸水里烫,以示惩罚。有一家棉纺厂,那儿空气中的粉尘让肺结核几成必然之事。艾黎曾三次将那个工厂主告上法庭,可他总能设法摆平法官。事故总是一成不变地归咎于相关工人的粗心大意。没有赔偿金,也没有保险。

战前,工厂条件虽然还是很恶劣,但正在慢慢地改善。现在,那么多工厂的倒闭已然造成了剩余劳动力的过量供应。(例如在丝织厂,女工的每日工资已从三十分降到了二十分。)艾黎认为,日本人甚至会比过去的中国工厂主更无情地剥削上海劳工。他们会让廉价商品大量充斥市场,因此将逐渐降低全世界劳工阶层的生活水平。

如果你看厌了一种类型的不幸,还有很多别的。难民营就是其中一个——茅草屋顶下的三层搁板。这些窝棚会让最肮脏的中国村庄也相形见绌。每一层都有人生活着,做饭,吃东西,睡觉,整个一个大家庭。单单一个棚屋就容纳了五百人左右。而整个营区往往只有一个供水点,那是街上的一个消防栓:整天都有很多人在那儿排起长队。

自打日本人占领了外城后,公共租界已变得过度拥挤。对于层层转租没有任何限制:地板上最小一个睡铺每月可能就要一块六毛钱。当英国人想在一条街上清出一百码长的空间以做防御用途时,他们被告知这意味着要赶出去一万四千人。在当前环境下,艾黎估计可能有四万名难民营儿童会在今后一年中死于营养不良和流行病。上海已经出现了霍乱。

还有黄包车苦力的问题。他们的生活水平比难民们也好不到哪里去。从业人员主要招募自那些离家来到上海的农村男孩，因为有人忽悠他们说这里是一个“淘金淘银之地”。国际租界内的黄包车数量被限制在一万辆以内。花上五十到七十块大洋你就可以买到一辆黄包车。然后你必须为它办理登记。牌照的官方要价是五块大洋。但因数量有限且绝对必不可少，这些牌子转手了多次，总是可以赚上一笔。据说每块能卖到五百块大洋。车主会把他的车子以每天七十分的费用租给苦力们。（通常一辆黄包车会有两个苦力隔天轮流使用。）战争严重打击了黄包车生意。午夜宵禁已减少了营业时数，而日本的占领限制了通行区域——因为黄包车现在无法通过国际区的限制线。苦力可以指望赚到三十到六十分：如果他与人共用车子的话，这点钱想必可以维持他两天的生活。他常会走霉运；他的牌照或者押票被偷了，或者因为某个交通规则惹上了警察然后被罚了款。对没有积蓄的他来说，要填补这些损失几乎没有可能。于是他一步步陷入了债务。如同一个苦力对那个领我们走访贫民窟的中国工人所说：“我们的生活似乎被活钩给死死套住了。”

尽管如此，在过去几年里已经做了些事情来帮助苦力们。上海已创办了四个黄包车车夫的互助中心。在这里，他们可以歇口气，喝杯茶，洗个澡，并得到医疗照顾。这些中心由工部局管理。每个苦力每天付五分钱作为会费。他把钱交给他的车主，市政局从后者那里集中收缴。

那些曾为保卫上海而战的残兵游勇，藏身在犄角旮旯里，无人留心注意，几乎已被遗忘。我们和艾黎就曾探访过这样的一家医院：它所有的病人都少了一截胳膊或缺了一条腿。他们被教会了些简单的手艺——做肥皂，编织袜子，或是制作粗陋的假肢；但主治医生（一个传教士）不赞成给予他们教育，并且在他们学得太多前就会想法把他们送走。如果他们康复了，大多数人别无他途，只能乞讨为生。不幸的病人们整天都被那些中国福音传道士缠着，教士们给他们布道讲课，把手放在他们脑门上，还试图劝服他们唱赞美诗。可是不怎么成功。几天前，我们听说病人们罢工了，还把他们的圣经全给撕掉了。

士兵们令人惊讶地非常愉快，而且全都渴望能被拍进照片里。有个少年是个非凡的艺术家。他画了好些肖像和漫画。他曾在“敢死营”里作战过。他告诉我们，他的弟弟在山西省被一头狼给活生生吃掉了。

医院当局曾在病人们中间发放了一张调查表，以了解他们从军的理由。结果如下：

经济原因	36
经济原因 + 羡慕军旅生涯	26
爱国心	23
家庭困难	23
征兵	16
无家可归	9

希望平定地方土匪	7
为许诺的报酬所骗	1
虚荣心	1

艾黎确信，如果中国不在本国内陆开展一个工业合作运动，就没有希望赢得这场战争。在过去三十年中，中国的工业集中于沿海地区，但现在，那些沿海城市和大河港都被日本人占领了，或者正受其威胁。或迟或早，中国所有的工厂都会落入敌手，除非能及时将它们迁移到内陆省份去。

日本正不遗余力地盘算着对中国进行经济殖民。它已公布了建造新的运河、铁路、棉纺厂和丝织厂的计划。在虹口和上海的其他占领区，它正让工厂重新开工。现在上海所雇用的十三万产业工人中，有百分之九十正为日本人干着活。

逃进国际区并不能解决中国的经济问题。即使租界内的中国人保留了某种程度的政治自由，他们的经营活动也只会巩固上海地区的地位——一个服务于日本战争机器的经济基地。他们与内地的通讯联系正变得日益困难，也许很快会被完全切断。可是，在1938 年头四个月里，有超过四百家中国新办企业在租界西区建成开业，与此同时，只有不到五十个实业家将他们的工厂搬迁到了别处。

如艾黎指出的那样，中国政府在发展农业合作运动方面——消费者、市场和信用合作社——业已取得了巨大成功。由此也促进了农村购买力的提高。此外，因战争形势被迫封锁了外国商品进口，结果本地市场被自动保护了起来。

内地的农民因此得以购买以前从未买过的机器制成品。但能买到的东西很少,或者根本无货可买。急剧降低的中国工业产能根本无法满足这个增长需求。目前的当务之急,就是和成功完成改造的农业一样,在同一基础上进行工业的重整。中国需要三万个工业合作社。

工业合作运动的规划者们提议建立三个经济防御带[1]。第一个是大型静态单位——装备有精密机械、雇用很多工人的重工业。这些工厂将主要从事军需品制造。因为其规模,它们多半无法迁移,为此应将它们设置在远离敌人侵扰的地方,在偏远的西部省份。第二个是中型单位,要部署在前线和后方之间。这些工厂应是可迁移的,装备有机床。第三个是"游击"单位。这些合作社应该只使用那些轻便的手提式工具。它们的功能,是为作战部队供应急需品。

由于日本军队只是沿着交通便捷的路线攻击——公路、铁路或河流——"游击"单位将有可能在敌占区周围展开活动,甚至就在其阵地后方。如果日本人占领了一个大城市,中国的工业合作社仍然能够在附近村庄里运转,为农村居民提供所需的机器制成品。这样,它们也将使邻近日本卫戍部队的地区免于日本商品造成的经济殖民化。作为爱国主义的宣传中心,它们由此也将发挥巨大的作用。

工业合作社也将解决难民问题。它们能够吸纳数以千计无家

1. 这个战时产业体系在抗战中发挥了巨大作用,奠定了西部内陆地区的工业化基础。

可归的失业农民，并转移出眼下花在敌占区难民营上的数百万元资金，在难民营，赤贫的中国人只能勉强求生，直到日本人某天想到要去剥削他们的劳动力。

要执行这个计划当然会困难重重。只有取得实业家和工人自身的充分合作，中国工业才能进行迁移和疏散。中国人比谁都不愿意搬家。很多人必须背井离乡，甚至要抛妻别子，然后踏上一段迂回曲折的旅程，去往国家的偏远地区，那儿没人听得懂他们的家乡话，他们会像威尔士的一个意大利农夫般倍感孤立。很多情况下，政府将不得不强制执行它的计划：工厂、机器和运输工具将被征用。工业迁移的宣传推动工作必须得到加强。尤其是需要资金——运输的资金，补偿的资金，购买便携式机械、德尔科重型设备和燃煤机车的资金。运动的组织者打算向国际联盟和友好国家的劳工党派发出呼吁，请求提供技术和财政援助。我们惟愿他们不会对结果感到失望。

在这个城市（已被征服、却还没被它的征服者占领），古老生活的部件仍在滴答作响，但似乎注定要停止，如同掉进沙漠的一块手表。在这个城市，社会两极间的鸿沟如此难以逾越。这里不可能有妥协。而我们自己，尽管辗转走访了很多贫民窟，尽管做了很多笔记，尽管确实极度震惊和愤慨，仍然无可避免地属于另一个世界。最终，我们总是要回到壹号府邸吃午饭。

在我们的世界，有游园会和夜总会，有热水澡和鸡尾酒，有演艺女郎和大使专厨。在我们的世界，欧洲商人们写信给本地报纸，抱怨中国人虐待猪，并说该把难民们赶出租界，因为他们正散发恶臭。在我们的世界，“唯一体面的日本人”（如所有英国人一致描绘的那样）会为广东大规模的地面轰炸辩解，说这要比军事占领城市来得更人道。在我们的世界，某个英国人会相当严肃地提出建议，说应该让日本人把中国农民赶出那块巴掌大的地，那里围着的坟堆糟蹋了花园的景致。

而好心的旅行者，开明而人道的知识分子，只会为所有这一切拧绞着双手，大叫道：“哦老天，这里的事情如此可怕——如此复杂。你不知道该从何入手。”

“我知道该从哪里入手，”艾黎先生说，鼻子重重地哼了一声。“它们在1927年就有了个挺不错的开头。”[1]

---

1. 路易·艾黎1927年第一次来到中国，从1927年至1938年在上海公共租界工部局消防处任防火督察、工业督察长等职。之后结识了埃德加·斯诺，安娜·路易斯·斯特朗，遍访中国各地，1937年短暂回国并访问欧洲、美国，返回后开始组织“工业合作社”，此后与中国结下了毕生之缘。这番话，表明了路易·艾黎对于自己使命的坚信。

战争时期

十四行组诗附诗体解说词

IN TIME OF WAR

A Sonnet Sequence

with a verse commentary

I[1]

自岁月中那些天赋倾撒而下；每个
取走一份，立刻各奔它们的前程：
蜜蜂拿到了政治把蜂巢筑成，
鱼儿如鱼般游动，桃树安于桃树的分责。

似乎第一次努力都取得了成功；
诞生的时刻，他们仅有的大学时日，
他们满足于自己早熟的知识，
且知道他们的位置，永远择善而从。

到最后来了个孩子气的造物
在他身上岁月能塑造出任何面目，
可以轻易扮成一头豹，或一只鸽子；

最轻柔的风也会吓得他直打哆嗦，
他寻找真理，却总是会犯错，
羡慕不多的几个朋友，也选择他的爱。

1. 组诗第一首《自岁月中那些天赋倾撒而下……》可以理解成组诗中的创世篇；奥登转化借用了《圣经·启示录》中神谕般的口吻，揭示了人类与其他生物所不同的情况：因面临选择而善变的本性。这个诊断，构成了以后篇章的共同基调。

II

他们想知道为何那果实不可触碰；[1]

它的说教了无新意。他们将骄傲藏起，

但在被人责骂时，却几乎充耳不闻；

他们完全明白表面上该如何行事。

他们离开了：记忆立即消除

连带所有他们习得之事；现在，他们

无法理解那些狗，以前，总乐于相助；

他们倾诉心曲的溪河也沉默无声。

他们哭泣又争吵：自由是这般狂乱。

当他向上攀登，前方的成熟[2]

如孩子面前的地平线已退后不见；

更严酷的惩罚，更大的危险，

而返回的路途由天使们守护

以抵御诗人还有立法议员[3]。

1. 组诗第二首《他们想知道为何那果实不可触碰……》是组诗中的禁果篇，出自《圣经·创世记》中亚当和夏娃因偷尝禁果被上帝逐出伊甸园的典故；fruit一词亦是男性同性恋的俚语，奥登用双关语暗示了自己的同性倾向，并对自己遭遇的社会歧视一再地诘问。

2. “前方的成熟”和后一节“返回的路途”形成了对应，这里可以联想到奥登曾多次提到的“新耶路撒冷”和“伊甸园”的概念：相对于真实的世俗世界而言，“伊甸园”存在于遥远过去的世界（返回的），而“新耶路撒冷”是一个未知的将来的世界（前方的）。

3. 奥登将诗人和立法议员视为人类“寻找真理”的典型，诗人借助想象力幻想着精神的乌托邦，而立法议员对理想国提出种种政治构想，两者都具有某种超越现实的特性。而伊甸园所代表的旧日世界已不可返回，因为“天使们”拒绝了所有请求。

III

唯有一种气息才能传情达意，
唯有一只眼睛才能指明方向[1]；
潺潺泉水只是喁喁自语而已；
鸟儿啁啾并无深意：那是他的臆想。

当他将鸟儿猎作食物，就为它命名[2]。
他对嗓音有了兴趣，唤出一个名字，
他发现能把他的仆人派去树林，
也能将他的新娘吻得心醉神迷。

它们如蝗虫般繁衍，直到遮没了草地
和世界的边际：他是如此不幸，
变得受制于他自己的作品；

他恨得浑身发抖，为他从所未见之事，
他知道有爱，却无人可诉衷情，
他倍感抑郁，只因从未有如此遭际。

1. 草木以气味传递讯息,动物以眼睛分辨方向,但它们都无法用言语表达。

2. 这里提到的是亚当为万物命名的情景,见《创世记》第二章:"耶和华神用土所造成的野地各样走兽和空中各样飞鸟都带到那人面前,看他叫什么。那人怎样叫各样的活物,那就是它的名字。那人便给一切牲畜、空中飞鸟和野地走兽都起了名。"这首诗是组诗中的亚当篇:我们似乎可以看到亚当懊恼的神情,因为人类的主观意识(命名带来的语言、观念和思想)充塞了整个世界,已然失去了控制,而他也"变得受制于他自己的作品"。

IV[1]

他驻足停留：被禁锢在自己的属领：
四季如卫兵伫立在他的路途左右，
群山为他的孩子们选择了母亲，
而太阳如良知统治了他的白昼。

他不能理解，城里他那些年轻的同族
继续着他们匆促而反常的生涯，
他们什么也不信仰却容易相处，
对待陌生人如一匹热门赛马。

而他，虽然少有改变，
却染得了土地的色调气质，
长得和他的牛羊家畜越来越有共同点。

城里人认为他吝啬而头脑简单，
诗人为之悲泣，在他身上看到了真理，
而暴君将他奉为一个典范。

1. 第四首《他驻足停留……》是组诗中的农夫篇；农夫亲近土地，自然而不造作，可他的命运却为诗人和君主所改变。

V[1]

他慷慨的举止仪态是个新发明：
只因生活沉闷；世人只须无为：
他策马挥剑，勾动少女们的芳心；
他如此富有，宽厚，且无畏。

对于年轻人，他的到来有如是个救星；
他们需得他的解救来挣脱母亲的藩篱，
长年的漂泊会让人变得机智灵敏，
围着他的篝火，学到了四海之内皆兄弟。

但突然间大地如此拥挤：他已不被待见。
他变得破落寒酸，疯癫错乱，
借助酒精，他才有勇气去杀戮逞欲，

要不就坐在办公室里鬼祟行事，
一边赞许地谈着法律和秩序，
一边对生活怀着彻骨的恨意。

1. 第五首《他慷慨的举止仪态是个新发明……》是组诗中的骑士篇；这里，中世纪的魔力很快就消失了，古老的骑士风范业已在时间的消磨中逐渐没落。骑士最后变成了某种虚伪而残忍的怪物：奥登描绘的不啻是骑士的现代变形记。

VI[1]

他观看星象，记录鸟群的飞行；
考察河流的泛滥，或帝国的衰亡：
他给出了一些预言，有时还很灵；
因侥幸的猜测，他得到了丰厚奖赏。

他爱上了真理——在结识她以前，
然后一路驰骋进入了幻想国，
离群索居，不饮不食，只为博取她好感，
还嘲笑那些胼手胝足侍奉她的家伙。

但他从未将她轻忽怠慢，
总留神倾听她的声音；时间到了，
当她招手示意，他温顺地服从就范，

接受了指令，他直视她的双眼；
每一个人类的弱点都在其中映现，
他看到了自己，凡夫俗子中的一个。

1. 第六首《他观看星象……》描绘的是古代占星家(他们往往身兼巫师和学者的职能,门德尔松教授认为此篇讲的是科学家,这是比较现代的说法);他们有着非凡的能力,似乎一度接近了真理。但最后,却发现自己如同凡夫俗子一般充满了弱点。

VII[1]

他是他们的仆人——有人说他已失明,
在众人间穿梭,在事务中奔忙;
他们的情感汇聚在他心中如风的歌吟,
他们大声叫道:“这是上帝在歌唱”;

然后崇拜他,把他捧得不知所以,
这令他心生骄矜,直到他将每件
家长里短在他思想或心灵里
产生的小小颤动错当成了诗篇。

歌声已不再;他只得拼凑瞎蒙。
每一个诗节都设计得何其精密。
他抱紧他的悲伤如守着一小块地,

他走过市镇,就像是一个刺客,
看着芸芸众生却并不喜欢他们,
但他会发抖,若路人对他皱眉蹙额。

1. 第七首《他是他们的仆人……》描绘的是诗人。奥登用机智、犀利的笔法，为我们描绘了一幅典型的诗人肖像(现代的诗人或许亦是如此形象)：他耽于声名，自负，脆弱，最后因不可救药地卷入世俗事务而江郎才尽。

VIII[1]

他将自己的领地变成了一处会场，
目光变得既宽容又暗含嘲讽，
他摆出钱币兑换商逢迎百变的模样，
且发现了众生平等的观念。

陌生人皆兄弟，时限由他的钟表控制，
他用座座尖塔创造了人类的天空；
博物馆贮存了他的学问如一只箱子
报纸监视着他的钱财如一个特工。

事情变得太快，他的生活已枝蔓丛生，
他已忘了以前建造它的本来目的，
他汇入了人群却还是孑然一身，

他生活奢侈，节俭着过也行，
却找不到他花钱买下的那片土地，
也感觉不到爱，虽然他了然于心。

1. 第八首《他将自己的领地变成了一处会场……》描绘的是城市的建造者(商人、赞助人、建筑师),他建造了一切,拥有了一切,却灵魂空空,失去了爱的能力。

IX[1]

他们死后进入了修女般封闭的生活：
即使穷困潦倒者也有所失；抑郁感伤
已不再真实；而那些自我中心的家伙
已采取了一个更为极端的立场。

以前的国王、过去的圣徒，
也都各自奔赴海洋和森林，
到处都会触及我们一无遮蔽的悲苦，
天空、水域、居所[2]，围绕着我们的理智与性；

当我们作出选择，是这些将我们滋养。
我们将他们唤回，许以释放他们的诺言，
可我们自己却一再将他们背叛：

从我们的声音里，他们听出我们在哀悼其死亡，
但鉴于我们的智识，他们知道我们能使其复原；
他们会重获自由；且会欢欣异常。

1. 第九首《他们死后进入了修女般封闭的生活……》写的是过往年代的国王与圣人。仿佛是奥登自我救赎的咒语,他唤来了历史中的国王与圣人的鬼魂,试图完成一个交换,“我们将他们唤回,许以释放他们的诺言”,而诗人得到的,是让“我们的理智与性”解脱那“一无遮蔽的悲苦”。或许因为这首诗与其他诗篇在主题基调上的不尽一致,奥登后来将它从《诗选》中删除了。

2. 出自古希腊希波克拉底的著作《环境论》中一篇标题为《论天空、水域和居所》的文章。亦有译作“空气、水和环境”,但前一行“到处都会触及我们一无遮蔽的悲苦”有指涉空间的意味,故作此译。

X[1]

年幼时，贤明的智者会将他宠溺；
他熟悉他们有如他们家中的主妇：
穷困潦倒者因为他攒起了分币，
殉道者给他带来了以生命献祭的礼物。

但谁会整天坐在身边陪他玩耍？
他们有其他要紧事情，工作和床笫：
美丽的石头庙堂已建成，他们可以把他
供奉在那里，他会备受尊崇且丰衣足食。

但他逃走了。他们太过愚昧，不知道
他来这里，是要像一个邻居那样
和他们一起劳作、一起说话、一起成长。

那些庙堂成了恐惧与贪婪的中心；
穷人将那里看成暴君的城堡，
而殉道者看到了刽子手困惑的表情。

1. 组诗第十首《年幼时,贤明的智者会将他宠溺……》的主题是基督信仰的衰落。奥登将早期基督信仰拟人化地描绘成了一个儿童(有着纯真天性,但是难以控制),而当“他逃走了”,盲目的大众不知所措,原先的庙堂变成了恐惧与贪婪的化身,并为历史上的暴君利用。奥登在晚年整理故纸时,将这首也一并从组诗中删去,似乎修正了自己早年对基督教的批判性看法。或许他变得谨慎了?但更可能的情形,是他觉悟到信仰与世俗存在是两回事;从这首作品,也能约略看出后期奥登作品中所体现的基督教观念的端倪:基督降临世间,为的是“像一个邻居那样”,与凡人“一起劳作、一起说话、一起成长”。在这里,奥登也提示了一条救赎之路:依靠个人觉悟走入旷野,去找回那个“走失的孩童”。

XI[1]

如此充满智慧，他端坐于他的王位
俯视着下界那个卑微的放羊娃，
他放出一只鸽子；鸽子独自飞回：
少年喜欢音乐，可很快就昏昏睡下。

而他已为少年规划了这样的未来：
的确，眼下他的职责就是要强迫，
只因少年日后自会对真理无比热爱
且会心存感激。此时一头鹰飞落。

这没用：他的谈话让少年不胜厌烦，
他打呵欠，吹口哨，把鬼脸做，
还扭着身子要从那慈爱怀抱里挣脱；

但和那只鹰在一起时，他总是乐意
去往它提议的地方，他由衷地喜欢，
还从它那里学到了许多杀戮方式。

1. 在第十一首《如此充满智慧,他端坐于他的王位……》中,奥登化用了希腊神话里宙斯诱引美少年盖尼米德的典故:宙斯为物色神宴的侍者来人间寻访,发现了牧羊少年盖尼米德,于是让一只鹰(也有说是他的化身)从空中飞下,落在他面前。盖尼米德毫无畏惧,伸手去抚摸它,后来,干脆骑到了鹰背上,鹰驮着盖尼米德升到了天界。盖尼米德后来又化身为宝瓶座。也有版本说,宙斯引诱盖尼米德是因为他爱上了这个美少年。这个典故虽然有同性情色的成分,但奥登显然意不在此。奥登笔下的宙斯想引导少年去认识真理,但少年很不耐烦,屡屡抗拒和逃避。而他最终服从命令,并不仅仅是出于好奇,他本能地喜欢鹰,"还从它那里学到了许多杀戮方式"。奥登重新诠释了这个神话故事,异常悲观地揭示出人类本性中崇尚暴力、美化暴力的一面;在这里,奥登为整个组诗嵌入了一个人性观察的支点:《战争时期》后半部分的战争和杀戮,即源于人类弃善从恶的错误选择,战争即是这一选择的极端结果。

XII[1]

一个时代已结束，最后的救赎者[2]就此
在床上死去，无用且不幸；他们已安全：
巨人那硕大的脚掌，再不会在傍晚
冷不防落下阴影，踏过他们外面的草地。

他们安睡了：在遍地泥沼中，无疑
一头绝了子嗣的龙正待寿终正寝。
但不出一年，兽迹已在荒野消失了踪影；
山里边，地灵的敲打声渐渐止息。

唯有雕塑家和诗人会有些哀伤，
而杂耍场那帮粗鄙的跟班走卒
已抱怨着去往他方。被挫败的力量

乐于隐去身形，自由无阻；
无情地击倒男孩，当他们误入歧途，
掳走女孩们，令父亲们失心发狂。

1. 第十二首《一个时代已结束……》写于 1936 年，是奥登的一篇旧作，原先的标题是《经济人》；主题是文艺复兴对于蒙昧中世纪的战胜和“现代人”的崛起：早期基督信仰彻底终结了，一个“现代世界”正在孕育之中；但新的谬误继续产生，“被挫败的力量”仍然到处肆虐，愚昧和野蛮无休无止，它们已转化为人类内在的疯狂（即奥登在诗体解说词中提到的第二次幻灭）。

2. 救赎者：原文 deliverer 一词在詹姆斯钦定版圣经的《诗篇》、《士师记》、《使徒行传》出现多处，意为救助者、救赎者，常被用来指称救世主和耶稣基督，也指受耶稣委托前来救助的使者。救赎者的死去意味着基督信仰的衰亡。

XIII[1]

当然要赞颂：让歌声一次又一次地升腾
为生命而歌，当它在陶罐与笑颜中盛开，
为植物的忍耐美德，为动物的优美姿态；
有些人曾过得很幸福；那里曾涌现过伟人。

且听清晨委屈的哭声，就知道是为何故：
城市和人类已堕落；那不公义的意志
也从未丧失其力量；而所有的王子
仍须借用冠冕堂皇之辞将谎言修补[2]。

历史之悲痛与我们的欢快歌声恰成对照一幕：
美好乐土并不存在；我们的星球狂热如斯，
意欲催生一个希望的种族，却从未证实其价值。

日新月异的西方虚伪而庞大，却对之肆意轻侮，
长久以来，这个如花朵般隐忍的民族
已在十八个行省[3]里建起了这个尘世。

1. 从第十三首《当然要赞颂……》开始，奥登进入了严酷的战争现实和旅行目的地中国。他对西方文明抱有深切的疑虑和不安，对东方（中国）遭受的屈辱也寄予了理解和同情。门德尔松教授认为奥登在这首诗中借鉴了里尔克的颂歌体（非宗教的、具有赞美和谴责的双重声调，这个听觉是准确的），而约翰·富勒先生指出此诗的开篇可以联想到里尔克《致奥尔弗斯的十四行诗》第七首的写法——“赞美，只有赞美！一个受命赞美者，/他像矿砂一样诞生于/岩石的沉默……”

2. 指柏拉图在《理想国》第三卷提到的所谓的“高贵谎言”（Noble Lie）：神在造人的时候，在人的身上注入了金、银、铜、铁不同材质，金的灵魂成为统治者，银的灵魂成为辅助者，而铜和铁的灵魂则是生产大众。

3. 十八个行省：也称内地十八省或关内汉族十八行省。自清代始，十八省等同于中国的核心地带；民国建国时的军旗即是十八星旗，包含着恢复中原十八省的意义；西方人将这一区域称为 China Proper，即“严格意义上的中国”。

XIV[1]

是的，此刻我们已准备去承受；天空
如发烧的额头在抽搐；痛苦如此真实；
搜索着的探照灯会突然揭示
那些小小天性[2]，直令我们哭泣哀恸，

我们从来不相信它们会存在，也不信
它们就在我们身侧。它们出其不意地
令我们凛然一惊，如久已忘却的不堪回忆，
如所有枪炮武器抗拒的一个良心。

每一双友善而眷恋家乡的眼睛后面
那些秘密的屠杀正在发生；
女人，犹太人，富人，所有的人。

群山不会评判我们，当我们说出了谎言：
我们栖居于大地之上；而大地将隐忍
狡黠之徒和罪恶，直到它们一命归天。

1. 第十四首《是的，此刻我们已准备去承受……》此后在《诗选》版本中也被删去。这首作品的主题非常鲜明：恰是人类的天性造成了此刻人间的罪恶和杀戮。

2. 指人类崇尚暴力与嗜血杀伐的天性，第十一首中那头迷惑盖尼米德的鹰，业已成为现实暴力（纳粹）的象征图腾。

XV[1]

引擎负载着他们飞越天空：他们
俨如富翁，自在自得又孤立；
冷漠如学者，他们可以将活生生
的城市，只看作一个需要展现技艺

的靶子；他们永远不会认知
飞行恰是其本应憎恶的思想的产物，
也不会明白，为何他们的飞机
总要试图闯入生活。他们选择的命数

并非他们生活的岛屿所强迫。
大地虽会教导我们适当的纪律约束，
任何时候它都有可能把身转过

背弃那自由，如女继承人饱受束缚
在她母亲的子宫里被困住，
且同那贫穷者一样，总那般无助。

1. 奥登初到中国就亲历了日军空袭造成的恐怖，但他的目光穿透了当下的战争，清晰界定了战争中的个人责任："他们选择的命数，并非他们生活的岛屿所强迫"。驾驶飞机轰炸中国的日军飞行员以及所有的施暴个体，都直接参与了邪恶，但这并非全然是国家权力的胁迫，同时也是有意识的个人选择的结果。奥登对人性本质的解读在今天仍有启迪的意义：无人可以从自身或身边的恶行中侥幸脱身。

XVI[1]

这里,战争单纯得如一座纪念碑:
有人正在接听一个电话;
地图上的小旗表明部队已就位;
勤务兵端来了几碗牛奶。有个计划

却让活着的人为其性命心惊胆颤,
该中午口渴、九点钟就渴了的人,或许
迷了路果真已迷路的人,还有那些想念
妻子的人,与某种思想不同,很快都会死去。

但思想正确无误,尽管有人会死,
而我们会看到千百张的脸
被一个谎言撩拨得激动不已:

地图会确切地指向那些地点,
此刻,那里的生活意味着噩耗:
南京;达豪[2]。

1. 在第十六首《这里，战争单纯得如一座纪念碑……》中，奥登将镜头对准了中国内地抗战前线的一个指挥部，然而，错误的选择即便在战争正义的一方也存在。
2. 达豪：德国巴伐利亚州慕尼黑西北的一个中世纪小镇，1933 年纳粹在那儿建造了第一个集中营。此外，奥登他们到达中国的时间是在 1938 年初，南京大屠杀刚刚过去不久，此一事件已引发国际社会的强烈愤慨。

XVII[1]

他们活着，受着苦；已尽了全力：
一条绷带遮蔽了生气勃勃的人世
他对于这个世界的所有认识
仅限于手术器械提供的医治。

如此躺着，彼此相隔如不同世纪
——真理对他们来说就是忍受的程度；
强忍的不是我们的空话，而是叹息——
他们如植物般冷漠；我们站到了别处。

谁能接受只有一条腿的健康？
痊愈时我们甚至不记得有过一道伤，
而一阵狂乱过后，会去信仰

那个健全人的寻常世界，无法想象
就此与世隔绝。唯有快乐可以分享，
还有怒火，以及爱的思想。

1. 在第十七首《他们活着，受着苦……》中，奥登描绘了在商丘一家战地医院所看到的场景。在平静、克制的文字描述中，奥登寄予了深切的人道关怀，关注着人的境况——特别是饱受战争摧残的伤兵们的处境。

XVIII[1]

他被使用在远离文化中心的地方：
被他的将军和他的虱子所抛弃，
他双眼紧闭躺在一条厚棉被里，
然后就泯无踪迹。他不会列名其上，

当这场战役被载入史册之际：
没什么要紧知识毁灭在那头脑里；
他的笑话已过时；他的沉闷一如战争时期；
他的姓氏连同他的面容已永远消失。

他不知善也不选择善，却将我们启迪，
如一个逗号为之平添了意义，
当他在中国化身尘埃，我们的女儿才得以

去热爱这片土地，在那些恶狗面前
才不会再受凌辱；于是，那有河、有山、
有村屋的地方，也才会有人烟。

1. 第十八首《他被使用在远离文化中心的地方……》是奥登在中国旅行期间写下的唯一一首作品,在武汉文艺界为欢迎奥登和衣修伍德两人来访举办的招待会上,奥登曾当众朗诵过(可参看《战地行纪》游记部分的相关段落)。奥登后来进行了部分修改,但此后收于《诗选》中的版本似乎不如《战地行纪》的最初版本富有力量,语气甚至显得有些突兀。他删去了"他不知善也不选择善"一句,或许是考虑到这句话可能引发一些道德质疑;但更合理的理由是:奥登对人类作出正确选择的可能性已不再那么悲观了,至少仍抱有谨慎的信心。这首诗穆旦等前辈多有佳译,为便于读者参详体会,兹将穆旦先生的译文摘引如下:

他被使用在远离文化中心的地方,
又被他的将军和他的虱子所遗弃,
于是在一件棉袄里他闭上眼睛
而离开人世。人家不会把他提起。

当这场战役被整理成书的时候,
没有重要的知识在他的头壳里丧失。
他的玩笑是陈腐的,他沉闷如战时,
他的名字和模样都将永远消逝。

他不知善,不择善,却教育了我们,
并且像逗点一样加添上意义;
他在中国变为尘土,以便在他日

我们的女儿得以热爱这人间,
不再为狗所凌辱;也为了使有山、
有水、有房屋的地方,也能有人烟。

XIX[1]

只是到了夜晚，郁闷之气才消散；
座座山峰轮廓分明；天下过了雨：
越过草坪和精心莳弄的花坛
飘来了教养良好者的片言只语。

园丁们看他们走过，估摸着鞋价；
司机在车道里看书打发时间，
等他们交换完意见结束谈话；
这看似一幅私密生活的画面。

远方，不管他们意愿如何良好，
两支军队正等着出现一次口误
装备齐整只为将痛苦引发：

多亏了他们迷人魅力的功效
国土被夷为平地，年轻人尽遭屠杀，
女人们在哭泣，而城市陷入了恐怖。

1. 第十九首《只是到了夜晚,郁闷之气才消散……》的主角是那些“教养良好”的外交家和所谓的上层人士。他们不但无法阻止战争的发生,其实更是祸乱的直接根源。

XX[1]

他们心怀恐惧如揣着一个钱包，
畏惧那地平线如一件枪炮兵器；
所有的河流和铁路避之惟恐不及
如躲避诅咒般从这个地区溃逃。

在新的灾难中他们挤作了一团
如孩子们被送到学校，然后挨个哭泣；
只因空间自有他们学不会的定理，
时间说着他们从未通晓的一门语言。

我们在此地。置身于“现在”那闭合
的悲哀中；它的界限决定了我们所见。
囚犯决不应该宽宥他的单人牢房。

至此，未来时代究竟能否幸免？
直觉还能从所发生的一切中获得，
甚至源自我们，甚至这些都很正常？

1. 第二十首《他们心怀恐惧如揣着一个钱包……》描写的是战争中的难民。此后在《诗选》版本中也被删去。

XXI[1]

人类生活从来没有臻于完善；
冒险逞勇和无聊扯谈还会继续：
但是，如同艺术家感到才华已去，
这些行走尘世的人知道自己已完蛋。

有人不堪忍受也驯服不了年轻人，悲叹
缔造了昔日国际亲善的神话已受伤流血，
有人失去了一个他们从未理解的世界，
有人已将人的生来本性彻底地看穿。

“失败”是他们的妻子如影随形，
“焦虑”接纳他们如一间大饭店；而在可能
遗憾的地方他们必得遗憾；他们的生命，

会听到座座围城的呼告，会看见
陌生人带着快乐的神情盯视着他们，
而“自由”满怀敌意，在每一处房屋和树丛间。

1. 在第二十一首《人类生活从来没有臻于完善……》中，奥登对邪恶者的命运作出了预告性的裁定，"'失败'是他们的妻子如影随形，'焦虑'接纳他们如一间大饭店"，这两句犹如神来之笔；结尾段落再次采用拟人化的手法，带来了未来的希望：因为自由仍在，面对邪恶者，它"满怀敌意，在每一处房屋和树丛间"。

XXII[1]

天真一如所有虚幻美好的愿望，
他们使用了内心的初级语言，
劝告那些意欲逞欢的凶蛮力量：
垂死者和临别的恋人们听闻其言

只得吹声口哨。总是新颖百出，
他们映照出我们立场的每一次转变；
他们是我们所作所为的证物；
他们直接谈到了我们丧失的条件。

想想本年度什么让舞蹈家们最满意：
当奥地利死去，中国被丢到一边，
上海一片战火，而特鲁埃尔[2]再次失陷，

法国向全世界说明她的情况：
“处处皆欢乐。”美国向地球致辞：
“你是否爱我，就像我爱你那样？”

1. 第二十二首《天真一如所有虚幻美好的愿望……》为我们报道了当时的历史实况：希特勒吞并了奥地利，中国和西班牙战火已燃，二战的阴影正在步步逼近，而西方国家犹在观望：英国的张伯伦继续着无效的绥靖政策，法国歌舞升平，美国只关心自己的利益；1938 年的诸多事件，正是邪恶威胁全人类的征兆，诗人奥登敏感地嗅闻到了危机的气息。

2. 特鲁埃尔是西班牙中部城市，西班牙内战期间在此间发生过激烈的拉锯战。共和军于 1937 年 12 月夺回该市，因陷入重围又于 1938 年 2 月 15 日放弃了特鲁埃尔。

XXIII[1]

当所有报道战事的机构
齐齐证实了敌人的胜利，
我们的防线被突破，军队已撤后，
暴力如一个新的疫病成功侵袭，

而“邪恶”这个魔术师到处受到欢迎；
当我们为曾生于此世而懊悔自责：
且让我们追忆所有似被遗忘的生灵。
今夜，在中国，允许我纪念其中一个，

历经十年的默默耕耘和期冀，
直到在慕佐[2]，他所有的才能显露，
而一切就此尘埃落定：

于是怀着大功告成的感激，
走进这冬天的夜晚，他轻抚
的小小城堡有着巨兽般的身形。

1. 卞之琳先生此前将第一行译为“当所有用以报告消息的工具”，从原文看，apparatus这个词的本意为“设计或组装的一组设备或仪器”，与“工具”的意义还是有些差异，而与report(报道)这个词连接起来，概指某类组织或机构。有一个方法可以推敲，那就是把汉语“工具”的本意反推到英文里去找对应的词语，我们找到的三个单词是tool；instrument；implement；准确用词并不会减损诗意，译文和原文，在意义和声音的两个面向上都有无限切近的可能。

《战争时期》组诗穆旦先生有完整的译文，有兴趣的读者可以逐篇比对译文文本。在此将卞之琳先生的译文引录如下：

当所有用以报告消息的工具
一齐证实了我们的敌人的胜利；
我们的棱堡被突破，军队在退却，
“暴行”风靡像一种新的疫疠，

“邪恶”是一个妖精，到处受欢迎；
当我们悔不该生于此世的时分：
且记起一切似被遗弃的孤灵。
今夜在中国，让我来追念一个人，

他经过十年的沉默，工作而等待，
直到在缪佐显出了全部魄力，
一举而让什么都有了个交代：

于是带了“完成者”所怀的感激，
他在冬天的夜里走出去抚摩
那个小古堡，像一个庞然的大物。

2. 慕佐即慕佐城堡，是里尔克最后的居住地，位于瑞士瓦莱州小城西艾尔。1922年里尔克的好友莱茵哈特为他买下了城堡；翌年，诗人在这里完成了他的杰作《杜依诺哀歌》和《致奥尔弗斯十四行》，这一年，瓦雷里出版了《幻美集》，艾略特的《荒原》问世，而乔伊斯贡献出了令人目眩的《尤利西斯》。在寓居慕佐期间，里尔克还创作了400余首法文诗，翻译了瓦雷里的诗歌，确实可以说是“所有的才能显露”。

XXIV[1]

不，不是他们的名字。是别人建起了
每一处气势逼人的街道和广场，
身处其间，人们只能回忆和凝望，
那些真正孤独的人，内心带着愧责，

希望如此这般就能永久地延续；
不被爱的人必得留下物质痕迹[2]：
而这些人却只需要我们面带善意，
与之相处，就知道我们再也毋须

记住我们是谁、为何我们被人需要。
大地将他们哺育，如海湾养育了渔夫，山冈
养育了牧羊人。他们已长熟，结出了籽孢；

种子紧挨着我们；甚至我们的鲜血
也能将他们唤醒；他们再一次地生长；
他们会渴望幸福，对花朵和潮水也会更和悦。

1. 第二十四首《不，不是他们的名字……》对照性地呈现了两类祖先的原型，一类祖先孤独、无爱、充满内疚，寄希望于纪念碑（物质痕迹）来获得永存，另一类祖先则与自然契合，因此得以不断延续内在的生命力。奥登赞叹的显然是第二类祖先，里尔克在《致奥尔弗斯的十四行诗》第四首里也表达了同样的观点。此外，在将这首诗的《战地行纪》版本与《诗选》版本进行比较后，我们发现奥登几乎整篇重写了它。

2. 物质痕迹：考古学和刑事侦察学的专业术语。

XXV[1]

没什么唾手可得：我们须寻回我们的法律。

高楼巨厦在日头下争夺着统治权；

它们身后，如可怜的植物般

绵延着低矮瑟缩的贫民区。

我们没有指派给我们的命运：

没什么可靠之物仅剩这副躯身；我们

意欲改善我们自己；唯有医院楼群

犹在提醒着我们人类的平等。

孩子们在这里确实备受宠爱，连警察也概莫能外：

他们一说起孩子自立成人前的年月，

就有些怅然若失。

　　　　　　　　而唯有[2]

那些在公园里咚咚敲响的铜管乐队，会预言

某个沐浴在幸福与和平中的未来。

我们学会了同情和反叛。

1. 第二十五首《没什么唾手可得……》在世纪版《诗选》里被编入了组诗《航海记》的第六首,标题为《港口》;据约翰·富勒先生考证,这首诗写的是上海。彼时上海已沦陷,落入日军手中。奥登观察着这个亚洲的繁华商埠,看到了贫富差异的悬殊。结尾处,面对这个异域的陌生城市,他给出了里尔克式的浓缩答案:"我们学会了同情和反叛"。

2. 此处的排版严格与原书保持一致,其异乎寻常之处应是作者和原出版者刻意而为。

XXVI[1]

总是远离我们的话题中心——
那爱的小小车间：是的，但说起
古老领地、久已遗弃的愚行和小孩子
游戏，我们是何其荒谬不经。

只有贪婪者才会期待离奇的滞销产品
——某种取悦艺术女青年的物事；
只有自私鬼才会在每个不切实际
的乞丐身上看见圣徒显灵。

我们不能相信是我们自己将它设计，
我们大胆计划里的一个次等品
惹不出什么麻烦；我们没有留神注意。

灾难降临，我们发现它时很是惊异，
这独一无二的项目自从开始运行
在整个周期里显示了稳定的收益。

1. 第二十六首《总是远离我们的话题中心……》在此后的《诗选》版本中被删去，原因可能是这首作品的主题与整个组诗有些偏离：奥登以讽刺性的笔法评价了英国对香港这个远东殖民地的功利化政策，对此作了某些反省和思考。

XXVII[1]

在自我选择的山岭间迷失徘徊，
我们一再为古老的南方叹息感喟，
为那些温暖坦荡、天性沉着的年代[2]，
为天真口唇中那快乐的滋味。

在我们的小屋里睡着，我们恍然在梦中
置身于未来的盛大舞会；每座复杂的迷宫
都配有一张地图，训练有素的心灵律动
可以循着它的安全路线永远一路跟从。

我们钦羡溪流与房屋，它们如此确定：
而我们却为错误所困；我们
从未像大门般赤裸而平静，

也永远不会像泉水般完美；
我们必须生活在自由中，
一个山里的部族要住在群山之内。

1. 第二十七首《在自我选择的山岭间迷失徘徊……》是组诗的最后篇章。这首诗写到了人与自然分野之后，从确定性走向了迷失徘徊，正是后者使得我们永远处于“选择”之中——可能选择“恶”，譬若战争；当然也有可能选择“善”（或者“自由”）。在此，奥登为我们设定了一个结束所有错误选择的契机，一个人性的方向，一个存在的理由：“我们必须生活在自由中，一个山里的部族要住在群山之内”。他用强有力的自证逻辑重建了信心。

2. “那些温暖坦荡、天性沉着的年代”出自波德莱尔的诗歌《我爱回忆……》，其中有一句为“我们永远不可能抵达的黄金时代”(J’aime le souvenir des ces époques nues)。

诗体解说词

季节合法地继承了垂死的季节；
那些行星，被太阳广阔的和平所庇护，
继续周而复始地运行；而银河系

永远自由不拘地旋转，如一张巨大的饼：
置身于所有机器引擎和夏日花丛的包围中，
这小小地球上的小小人类凝望着

宇宙，他既是它的法官也是它的受害者；
不平凡角落里的一个稀罕物，目光落到了
那些伟大的遗迹[1]，彼处他的族类和真理已成空无。

无疑前脑的发育取得了成功：
他没有像酸浆贝或帽贝[2]那样迷失在
一汪死水里；也没有像巨蜥般就此绝种。

他那些蠕虫般无骨的先祖定会大吃一惊
当看到直立姿势、乳房和四室心脏[3]，
那在母亲荫庇下的隐秘进化。

“尽管痛苦，”注定失败者言道，“活着仍然可喜，”
于是年轻人脱离了父母的封闭圈子，
与其不确定性相对应，在确定的年月里

他们的学习科目只有无尽的焦虑和劳苦，
起先只不过感到初获自由的喜悦，
陶醉于新鲜的拥抱和率直的谈话。

但这让你存在和哭泣的自由从未令人餍足；
朔风围绕着我们的悲伤，不设防的天空
是我们所有失败的沉默而严苛的见证。

尤其是此地，这个有趣的毛发不兴的民族[4]，
他们如一种谷物已继承了这些山谷：
塔里木养育了他们；西藏是他们高高的巨石屏护，

而在黄河改道的地方，他们学会了
如何适足地生活，即使毁灭时时会迫近。

---

1. “遗迹”的原文为“trackway”，一般指道路、小径，生物学上也指化石遗迹（或足迹）；从上下文来看，当取后者。
2. 酸浆贝是一种带壳的海生蠕形动物，状如古罗马油灯，故亦称灯贝；帽贝也是一种海生蠕形动物。
3. 鸟类和哺乳动物发展出了四室心房，而人的心脏进化得更为精密，分为左右心房和左右心室。
4. 中国人的毛发比西方人要少，故有此说。

数个世纪以来，他们一直惊惧地望着北方的关隘[1]，

但现在他们必须转过身，如拳头般聚拢，
去迎击来自海上的邪恶，那些恶徒所住的纸屋
道出了他们珊瑚岛岛民的出身；

他们甚至对自己也否认人的自由，
耽迷于那个与世隔绝的暴君对大地的幻想
在血迹斑斑的旗帜下[2]陷入了平静的昏迷。

在这里，危险促成了一次国内和解，
共御外敌消弭了内部的仇隙，
抵抗的意志力如一座繁荣的城市正蓬勃发展。

只因侵略者此刻就像法官般致命而不偏不倚：
沿着乡间小路，在每一座城镇的上空，
他的愤怒席卷了富人，席卷了

所有挣扎在贫困夹缝中的人，

---

1. 自古以来，东北、西北地区的少数民族与中原地区的汉族之间，既有民族融合与同化的一面，也有刀光剑影的一面。
2. 奥登和衣修伍德走在上海黄浦江沿岸的时候，曾将随处可见的日本“太阳旗”形容为“血滴旗”(blood-spot flag)。

席卷了那些回忆起来只有辛劳一生的人，
还有那些无辜、矮小、却已丧失童真的人[1]。

当进入一个完好无损的国际区，
将欧洲人的身影投在了上海，
我们毫发无伤地走在银行高楼间，在一个

贪婪社会的历史建筑下显然不为所动，
有朋友、书籍和钱资，有旅行者的自由，
我们才意识到我们的避难所[2]是个冒牌货。

只因这场肉搏战已让虹口陷入恐怖与死寂，
而闸北已成一片凄凉荒漠，它不过是
一场斗争的地方性变体，置身其中的所有人，

老年人，恋人，年轻人，手巧的人，沉思的人，
那些认为感情是一门科学的人，那些热衷于
一切可以相加和比较的研究的人，

那些头脑空空如八月里的学校的人，

1. 奥登曾对友人说，这一行诗句的灵感来自但丁。在《神曲·地狱篇》里，但丁描写了乌戈里诺伯爵因生前罪恶而使他年幼的孩子们无辜地遭受酷刑。
2. 日本占领上海后，在上海的难民不下130万。公共租界（英美租界）和法租界以及南市区成为所谓的国际安全区。

那些内心的行动欲望如此强烈
以至于不嘀咕几句就读不了一封信的人，所有

在城市、在荒漠、在轮船上、在港口公寓里的人，
在图书馆爬梳陌生人前尘往事的人，
在床上创造自己未来的人，每个带着金银财宝的人，

在笑声和小酒杯里找到自信的人，
或是如忧郁的鸬鹚般呆木而孤独的人，
他们整个的生活都深深地牵连其中。

这是死者与未生者、“真实”与“虚假”之间的
全面战争的一个战区和一个乐章，
对于这能够创造、能够表达、能够选择的造物，

这唯一能够意识到不完美的生灵而言，
这场战争本质上永无休止。当我们离开洞穴，
在劳芬冰后期[1]温暖的阳光下眨着眼睛，

---

1. 劳芬冰后期：原文 Laufen Ice Retreat，指第四纪冰川期的冰后期，在此期间出现了最早期的人类。此外，Laufen 也指劳芬城堡，是著名的游览胜地，位于阿尔卑斯山瑞士与德国交界处的山丘上。这里，穆旦先生将其译为“劳丰饮冰室”，当时上海或有这样一间供应冷饮的休憩场所也未可知(因 Retreat 有双关含义，也可以指静居的场所和消夏别墅)。但我们并没有找到有力的佐证依据，因此，此处仍按照字面的意义来直译了。

将大自然视作一个亲密而忠诚的同族，
在每一寸土地上敌对双方正怒目相对，
而我们早已深入了伤亡肇始的地带。

如今的这个世界已没有局部性事件，
没有一个部族脱离了档案卷宗可继续存在，
而机器已教会了我们如何去泯灭人性，

那个落后而盲目的社会心知肚明
除了绝对而粗暴的否决，毋须什么争论，
我们的色调、信仰和性别完全一样，

问题也是同一个。有些军服款式很新，
有些人已改投了阵营；但战役还将继续：
“仁”[1]，真正的人道，还没有实现。

这是“第三次大幻灭”[2]的时代：
第一次是那个奴隶制帝国的崩溃
它的地方官边打呵欠边问：“真理是什么？”

---

1. 仁(Jen)：中国古代的道德范畴，孔子把“仁”视为最高的道德原则、道德标准和道德境界。在奥登眼里，“仁”在某种程度上与“大爱”(Agape)类似。
2. 奥登认为，西方文明在历史上经历了三次大幻灭：古罗马帝国的覆灭、中世纪基督教会的堕落和十八世纪启蒙运动的失败。

在其废墟上继之而起的是“普世教会”[1]：
人们如游客般在它们巨大的阴影下安营扎寨，
因人类共同的挫败感[2]而结为一体，

他们的固有知识只关乎永恒领域
在那儿“恒常的幸福”会接纳信仰坚定者，
而“无尽的噩梦”等着吞噬邪恶背德之辈。

其中的一群劳作者，有名的，没名的，
只打算用他们的眼睛来观看，却不知道
自己都干了什么，于是掏空了信仰；

取而代之的是一颗黯淡而垂死的星辰，
那正义无法涉足之地。自我是一座城市，一间
单人牢房，人人都须从中找到自身的安乐与苦痛，

肉体只不过是一台有用且讨喜的机器
用来为“爱”跑腿办事、料理家务，
当“精神”在书房里正同私密的上帝谈话说事。

---

1. 普世教会（Universal Church）：罗马天主教会在公元一世纪时惯用的名称。
2. 这里指基督教的“原罪说”。

而此刻，远自残忍的土耳其人猛攻君士坦丁堡的城门[1]，
远自伽利略喃喃自语着“但它在移动”[2]，
而笛卡儿想着“我思故我在”时

即已拍打着心灵的波涛，
今日已成强弩之末，正悄然退去：
那些被尾浪卷走的男女何其不幸。

“智慧”前所未有地富有创造力，
“心灵”遭遇了更多阻滞。人世如丛林
对同胞友爱和感情变得满怀敌意。

无辜的牧师和少年所发明的机器
如磁铁般将人们从穷乡僻壤
吸引到矿区市镇，奔向了某种自由，

在那儿，禁欲者和无地者激烈地讨价还价，

---

1. 1453年初，奥斯曼土耳其苏丹穆罕默德二世率军从陆海两面包围君士坦丁堡，最终于5月29日破门而入，占领了君士坦丁堡全城，彻底摧毁了东罗马帝国。
2. 伽利略借助望远镜发现了木星的4颗卫星、土星光环、太阳黑子、太阳的自转、金星和水星的盈亏等宇宙现象，开辟了天文学的新时代，有力地支持了哥白尼的日心说，挑战了当时罗马教会认可的托勒密天文观和地心说。1615年，伽利略受到罗马宗教裁判所的传讯，虽然被迫作了放弃哥白尼学说的声明，但此后仍长期遭受教会的迫害。

但在此行为中,夙仇的种子已播下,
它们在廉租屋和点着煤气灯的地窖里持续萌芽,

眼下正堵塞着我们感情的输水管道。
因其在殖民地的痛苦经历广为人知
许多家庭已被孤立,如羞怯病发作;

忧心忡忡的富人在"成功"这个小院子里
来来回回地踱着步;每个人的
内在生活方式已被扰乱;如侵入的岩床,

恐惧构成的巨大山脉在外部世界
投下了黯沉的阴影,令飞鸟也噤声,
而我们如雪莱般为之悲叹的山岭

已使我们所有的感觉和认知彼此分离,
也让欲望无凭失据;那十三个快乐的伙伴[1]
现在变得闷闷不乐,如山民般争吵不休。

我们在大地上徘徊,或流连于床笫不断作恶,
欲寻家园而不得,于是为迷失的纪元哭泣,

1. 十三个快乐的伙伴:应该是指耶稣和他的十二门徒。

从前的“因为”变成了“好像”，严格的“必然”

变成了“可能”。卑鄙者听到了我们，而暴虐者
急欲用杀戮来平息我们的内疚，他们
一刻不停地在将我们的希望变成他们的利益。

他们向每一方都开出了厚颜无耻的价码：
如今在那个形状如同康沃尔[1]的天主教国家，
欧洲第一次成了傲慢的专有名词，

北阿尔卑斯一带，黑发变成了金发，
现如今德国最为喧闹，土地失去了中心
悲愁的平原就像一个夸夸其谈的演讲台，

此刻这些整齐而狂暴的首脑集会近在我们身侧，
连黑潮[2]也要退避，将塔斯卡罗拉海渊[3]藏起，
那里的声音要平静些，但却更无情、更洋洋得意。[4]

通过电报和无线电收音机，在二十份糟糕的译文里，

1. 康沃尔：英国西南端的郡，其边界轮廓似靴子，犹如微缩的意大利。
2. 黑潮：产生于北太平洋西部，是世界第二大暖流，因水色深蓝、远看似黑而被称为黑潮。
3. 塔斯卡罗拉海渊：位于西北太平洋。
4. 奥登在这三节诗歌里接连提到了意大利、德国和日本这三个法西斯国家。

他们向人类世界发出了一个简单的讯息：

“人类若放弃自由就能和谐统一。

国家是真实的，个人是邪恶的；
暴力如一个曲调会让你们的动作协调一致，
而恐惧如严寒天气会遏止思想的洪水。

兵营和露营地会是你们友好的庇护所，
种族的骄傲如擎天一柱将高高耸起，
为安全起见，个人的悲伤全都要没收充公。

真理留给警察和我们来处理；我们了解善；
我们建起了完美之城，时间永不会将它改变；
我们的法律会一直保护你们如群山围抱着山谷，

你们的无知如危险海洋将抵挡罪恶；
在共同意志下，你们将臻于完美，
你们的孩子会像小兽般天真又迷人。”

所有的伟大征服者各自端坐于舞台之上，
以实践经验施加着他们阴森可怖的影响：
秦始皇焚书又坑儒，

疯子查卡[1]对两性实行隔离，

成吉思汗认为人类该被消灭杀光，

执政官戴克里先[2]发表了慷慨激昂的演讲。

拿破仑鼓着掌，他发现宗教很有用处，

还有所有耍手段欺骗民众的人，或是

像小腓特烈[3]那样说过“我将务求其成”的人。

与此同时许多著名学者支持他们的计划：

柏拉图这个好心人，对普通人感到绝望。

悲哀且疑虑地在他们的宣言上签了字；

商子赞成他们“无私德”[4]的原则；

《君主论》的作者[5]会起哄；霍布斯会和

1. 查卡(1786—1828)是非洲南部的酋长和暴君，曾屠杀了约百万人，被称为“黑拿破仑”。他为了训练自己的军队，将男性隔离，对他们实施斯巴达式的军事训练。

2. 戴克里先(245—312)是古罗马皇帝，他一上任就迫害基督徒，将礼拜堂夷为平地，烧毁经书，捉拿教会领袖，折磨基督徒。

3. 历史上有多位腓特烈二世，此处应指普鲁士国王腓特烈二世(1712—1786)，在他统治期间，普鲁士大事发展军事，扩张领土，使普鲁士在德意志取得了霸权。

4. 商子即商鞅(公元前395—公元前338)，他的著作《商君书》又名《商子》，主张强君权，立法治。奥登此处说的“无私德”原则，出自商鞅的言论：“明君之使其民也，使必尽力以规其功，功立而富贵随之，无私德也，故教化成。如此，则臣忠君明，治着而兵强矣。”

5.《君主论》的作者即马基雅维利(1469—1527)，意大利政治家和历史学家，主张为达目的不择手段，他本人的名字因此成为权术和谋略的代名词。

泛泛而谈的黑格尔和安静的鲍桑葵一起细加探究。[1]

每一个家庭、每一颗心灵都受到了诱惑：
地球在商讨；新月沃土[2]在辩论；
甚至那些通往某地的路边小镇，

如今由飞机施肥的沙漠里的花朵，
也在为此争吵；在英格兰的遥远内陆，
在高涨的潮水和通航河口后面也一样。

在遥远的西方，在绝对自由的美国，
在忧郁的匈牙利和聪明的法国，
“荒谬”都扮演了一个历史性的角色，

而此地，稻谷滋养了这些坚忍的家庭
封建堡垒的道德伦理已灌输渗透，
成千上万人相信，数百万人半信半疑。

---

1. 霍布斯(1588—1679)：英国政治哲学家，他认为人的本性是利己主义。黑格尔(1770—1831)是德国哲学家，德国古典唯心主义的集大成者。鲍桑葵(1848—1923)是英国新黑格尔主义、英国唯心主义和新自由主义的代表人物。
2. 新月沃土：中东两河流域及附近一连串肥沃的土地，包括累范特、美索不达米亚和古埃及，位于今日的以色列、约旦河西岸、黎巴嫩、约旦部分地区、叙利亚，以及伊拉克、土耳其的东南部和埃及东北部。由于在地图上好像一弯新月，所以美国芝加哥大学的考古学家詹姆士·布雷斯特德把这一大片肥美的土地称为“新月沃土”。这一带曾是诸多古代文明的摇篮。

而其他人已接受了帕斯卡尔的赌注[1]
决定将任何发生之事都视为上帝的意志，
或同斯宾诺莎一道，认定了邪恶的非实在性[2]。

我们的领导人也无济于事；我们知道
他们现在为行欺骗耍尽了徒劳的机巧，乞灵于
一整条走廊里的祖宗，仍在追求久已逝去的

壮观的海市蜃楼，却早已对之兴味索然，
如华伦海特[3]躲在伟大的摄氏王国的偏僻角落
嘀咕说夏天的温度也曾按他的标准测量。

尽管如此，我们仍有自己的忠实拥趸
他们从未丧失对知识或人类的信仰，
却如此热诚地工作以至废寝忘食，

也从未留意死亡或老年的来临，

---

1. 帕斯卡尔（1623—1662）：法国著名的数学家、物理学家、哲学家和散文家。曾有一位骑士向他讨教赌博输赢的几率问题，使他开始了这方面的研究，最终奠定了概率论的基础。他提出，上帝存在与否是一个和打赌一样非此即彼的问题。
2. 斯宾诺莎（1632—1677）：荷兰哲学家，西方近代哲学史上重要的理性主义者。他认为宇宙间只有一种实体，即作为整体的宇宙本身，而上帝和宇宙是一回事。
3. 华伦海特（1686—1736）：德国物理学家，华氏温度计的设计者。

他们为自由而绸缪，如郭熙[1]将灵感期求，
平静地等待着它，如静候一位贵客的到来。

有人以孩子般率直无欺的目光看着谎言，
有人以妇人般灵敏的听觉捕捉着不公义，
有人接受了必然性，了解了她，而她孕育了自由。

我们有些已故者享有盛誉，但他们不以为意：
邪恶总关乎个人，又如此触目惊心，
而仁善需用我们全体的生命来证明。

而且，即使善已存在，也必须如真理般被分享，
如同自由或幸福那样。（只因何为幸福，
若没有亲眼见证他人面容上的欢乐？）

他们活着，不是为了被人如权贵般特别铭记，
如同那些只栽种瓜果的人，他们将证明
自己的富有；而当我们称颂其名，

他们摇头以示告诫，斥令我们将内心的感激

1. 郭熙（1023—约1085）：北宋著名山水画家，其山水画气势磅礴、笔势雄健，得到当时文士苏轼、黄庭坚、王安石等人的赞扬。奥登应是在中国期间看过郭熙画作或者听人介绍过。

献给那“卑微者的无形学院”，正是那些无名者
历经时代沧桑成就了一切重要之事。

让我们的斗争绵延各方如寻常风景，
如风和水，与我们的生活自然交融，
所有已逝者的骨灰将把每一道晚霞染红；

给我们勇气去直面我们的敌人，
不仅在大运河上，或在马德里[1]，
席卷大学城的整个校园，

并且在每一个地方给我们以助力，在爱人的卧房，
在白晃晃的实验室，在学校，在公众集会上，
那些与生命为敌者会承受更加激越的攻击。

而且，若留神倾听，我们总能听到他们的声音：

“人类不像野兽般单纯，永远不会，
人类会自我完善，但永不会尽善尽美，

只有自由的人才会有诚实的天性，

1. 与中国的抗战一样，此时西班牙也在抵抗邪恶者的进攻。

只有诚实的人才会关切正义的实行，
只有正义的人才拥有意志力去赢得自由。

因为普遍正义能够决定个体自由，
如一片晴空会引发人类对天文学的兴趣，
或如一个半岛，自会说服人们去当水手。

你们谈到了自由，却并不公正；而现在
你们的敌人已揭开了你们的底牌；因为在你们的城市，
只有站在步枪背后的人才拥有自由意志。

有个愿望为你们所共有，那意欲建立一个
统一世界的愿望，如同那个面目冷酷的流亡者
在其三幕喜剧里所描绘的欧洲。[1]

不要哀叹它的衰落；那贝壳缩得太紧：
个体孤立的那些岁月自有其教训，
而为智慧着想非常有必要。

此时，在危机的紧要关头，在血腥的时刻，

1. 这里讽喻希特勒逐步吞并欧洲的野心和行径。至于说他是“流亡者”，主要源于希特勒从小就因为父亲屡次调动工作而无定所，成年后更是独自前往维也纳，成为“维也纳的流浪汉”。

你们必须击败敌人不然就将灭亡，但须谨记，
只有那些敬畏生命的人，生命才为其掌控；

只有一个完整而快乐的良知才有说服力，
去回应他们苍白的谎言；置身于正义，
惟其如此，统一才会与自由和谐共处。”

夜幕降临中国；暮色渐暗的辽阔天穹
移向了陆地和海洋，正改变着生活：
西藏已寂静无声，拥挤的印度渐渐冷却，

在种姓制度的麻痹中了无生气。在非洲
虽然植物如年轻人般依旧恣意生长，
然而在那些承受倾斜日照的城市里，

幸运者正在工作，大多数人都知道他们仍在受苦，
黑夜很快将逼近他们：夜晚的微弱杂音
会在猫头鹰发达的耳管里清晰地回响，

在焦虑的哨兵听来却很模糊；明月
俯照着战场，俯照着堆积如财宝的尸首，
它俯照在匆促拥抱中毁灭的恋人，也俯照着海轮，

轮船上，流亡者们正凝视着海面：寂静中
一声叫喊涌进了外部漠然的空间，
永不止歇，也不再低落，这声音

或许比森林与河流无尽的呜咽听来更清晰，
比华尔兹催眠似的复奏、比那些将森林
变作谎言的印刷机的嗡嗡声听来更迫切；

此刻，我听到了它，那人类的声音
正围绕着我自上海升起，伴随着远处游击队作战时

“哦，教会我摆脱我的疯狂。

理智总比发疯要好，被人喜欢总胜过令人畏惧；
坐下享受美食总比饭菜难以下咽要好；
相拥入睡总比孤枕难眠要好；快乐当然更好。

让矜持而冷漠的心方寸大乱，
再一次迫使它变得笨拙和活泼，
为它曾经忍受的一切作一个哭泣的见证。

从脑海里驱走感人的拉杂废话；
重新集结起意志那迷失而战栗的军队，

聚合它们，任其散布于地球之上，

直到它们最终建立一个人类正义，
呈献于我们的星球，在它的庇护下，
因其振奋的力量、爱的力量和制约性力量
所有其他的理性都可以欣然发挥效能。”

图　片

PICTURE COMMENTARY

蒋介石夫妇

蒋夫人

冯玉祥（来自北方）

李宗仁（来自南方）

周恩来（共产主义者）

杜月笙

蒋鼎文(时任西安行营主任)

熊式辉（时任江西省主席）

第一一〇师参谋

张轸(时任第一一〇师师长)

杨少校

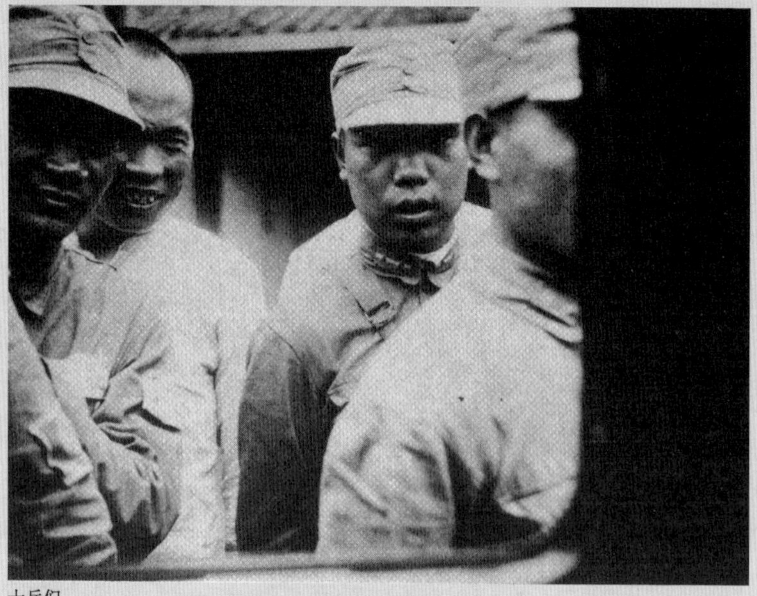

士兵们

少年兵（腿脚齐全的）

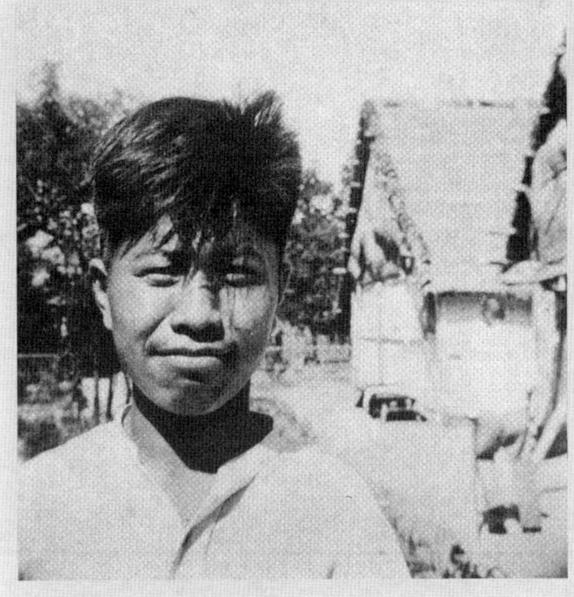

少年兵（缺胳膊少腿的）

曾养甫（时任广州特别市市长）

商丘的铁路工程师林先生

曾虚白（时任国际宣传处处长）

译者注：卢沟桥事变后，国民政府即增设军事委员会第五部，负责国际宣传与舆论动员工作。1937年11月第五部取消，在军事委员会宣传部内增设国际宣传处，1938年2月国际宣传处改隶国民党中央宣传部。原书注释文字中未具姓名。经寻找和比对资料照片，基本可判定奥登所拍的是担任国际宣传处处长一职的报人曾虚白。曾虚白的父亲即小说《孽海花》的作者曾朴。

司机

同行的中国记者一

同行的中国记者二

叶君健先生（知识分子）

苦力们

阿奇博尔德·克拉克·科尔爵士（当时的英国驻华大使）

W.H. 唐纳德（顾问）
译者注：这张照片所拍的并非内文提到的唐纳德先生——陈纳德将军，陈纳德将军的姓名是克莱尔·李·唐纳德。

特派记者彼得·弗莱明

新闻摄影师卡帕

白俄餐馆店主

上海商人

天主教传教士

新教传教士

瑞士人 穆瑟医生

加拿大人 布朗医生

英国水兵

意大利籍船长

日本俘虏

日军哨兵

奥登在战壕中

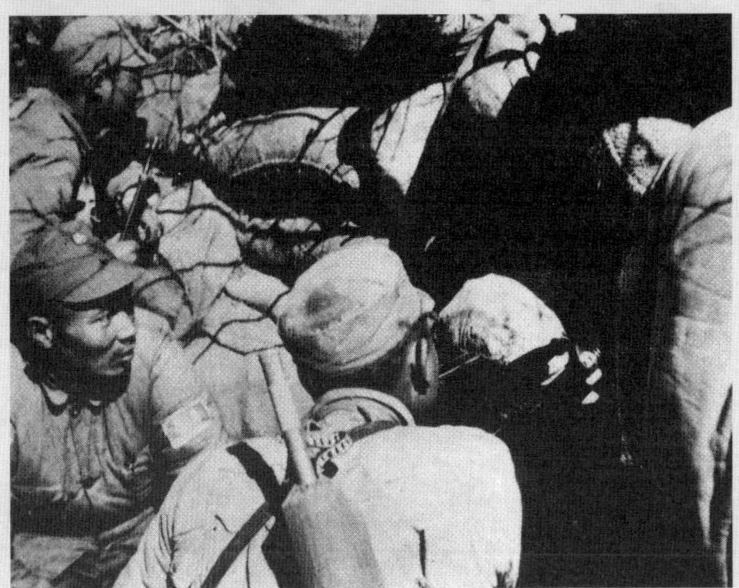

战壕里的士兵

前线的寺庙

日军前沿阵地

头顶的敌机

向导老蒋

无辜的死难者

罪犯

被炸毁的铁路桥

被毁的房屋，上海闸北

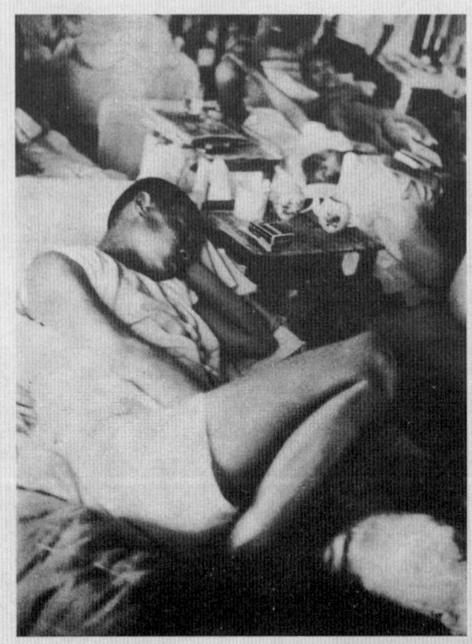

战地医院一

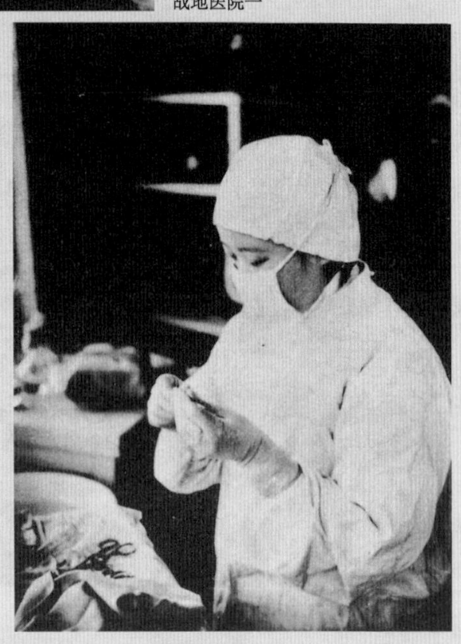

战地医院二

途中的难民一

途中的难民二

难民营

难民营的孩子们

事故现场

火车延误

乘客夫妇

列车服务员

铁路沿线的小贩

铁轨旁的乞讨老妇

人的境遇一

人的境遇二

《战斗到底》剧照一

《战斗到底》剧照二

无名士兵